KB250218

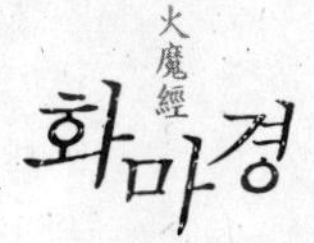

火魔經

화마경

FANTASTIC ORIENTAL HEROES

허담 新무협 판타지 소설

화마경 5

허담 新무협 판타지 소설

초판 1쇄 찍은 날 § 2010년 11월 3일
초판 1쇄 펴낸 날 § 2010년 11월 10일

지은이 § 허담
펴낸이 § 서경석

편집팀장 § 서지현
편집 § 주소영 · 박우진

펴낸곳 § 도서출판 청어람
등록번호 § 제1081-1-89호
등록일자 § 1999. 5. 31
어람번호 § 제2-1999호

주소 § 경기도 부천시 원미구 심곡2동 163-2 서경B/D 3F (우) 420-822
전화 § 032-656-4452팩스 § 032-656-4453
http://www.chungeoram.com
E-mail § chungeoram@chungeoram.com

ⓒ 허담, 2010

ISBN 978-89-251-2338-7 04810
ISBN 978-89-251-2263-2 (세트)

FANTASTIC ORIENTAL HEROES

허담 新무협 판타지 소설

화마경

火魔經

5

천목맹

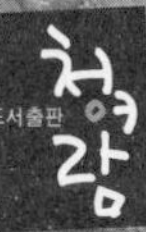

도서출판 청어람

目次

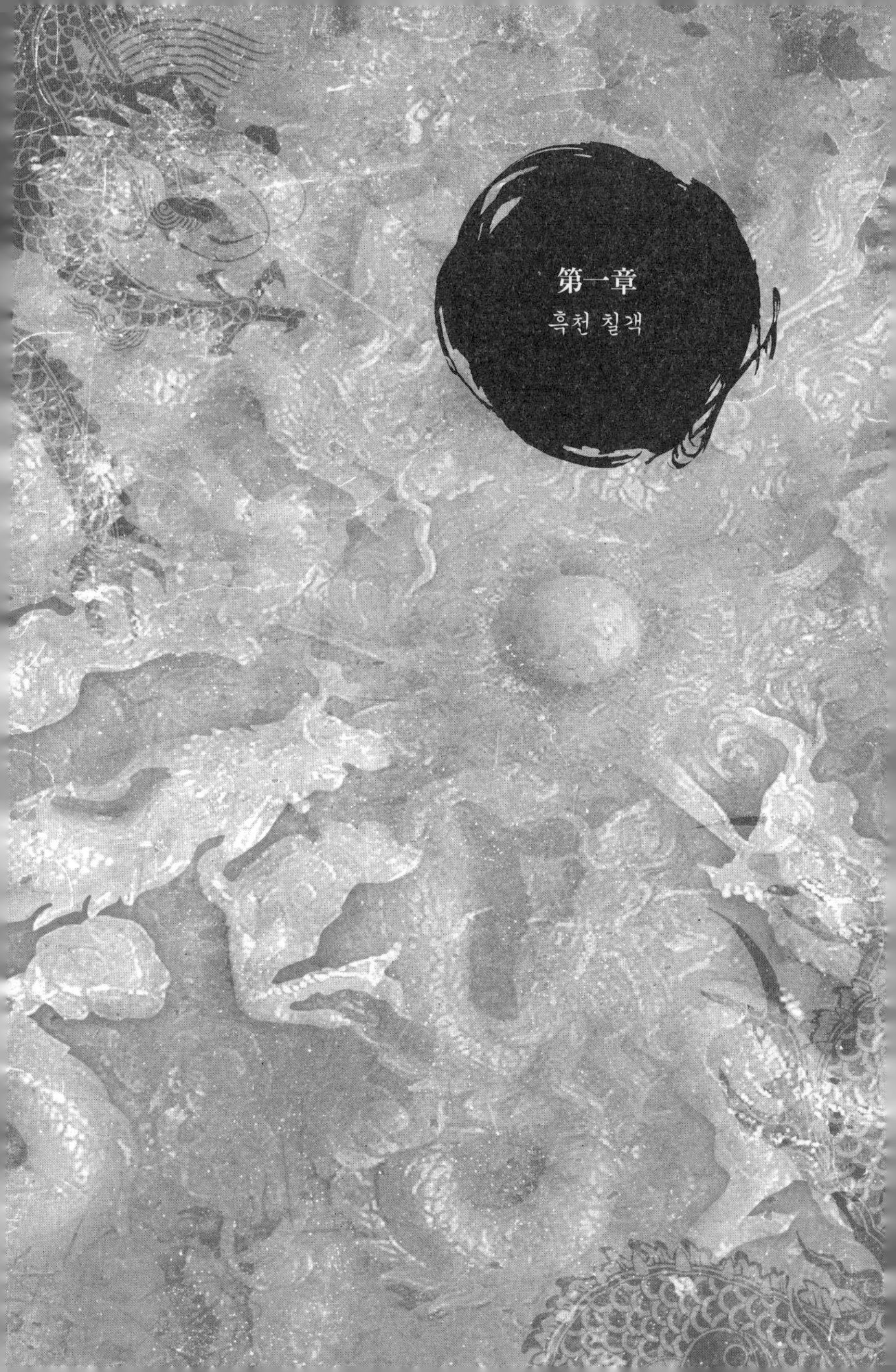

第一章

화마경

새벽이 끌어올린 안개가 구한산의 정상을 향해 밀려오기 시작했다. 안개는 한순간에 구름으로 변해 구한산 봉우리를 범했다. 송추월은 파도처럼 밀려드는 안개구름을 어둠 속에서 조용히 응시하고 있었다. 이제 곧 그 안개구름 너머로 태양이 뜰 것이다. 그리되면 또 한 번 불의 세계를 경험하게 될 것이다. 용암처럼 뜨거우면서도 그 극점에선 얼음처럼 차가운 불의 세계로.

안개가 송추월과 바위를 한 번에 집어삼키는 순간, 바위 아래 땅거죽이 불쑥 일어났다. 그리곤 땅이 천천히 바위를 거슬러 오르기 시작했다.

"어디로 간 거지?"

어둠 속에서 혁지광이 당황한 표정으로 중얼거렸다. 분명 안개가 밀려들기 전까지 자신의 시야에 잡혔던 두 명의 살수를 한순간에 눈에서 놓친 것이다.

"과연 대단한 자들이군. 계속해서 보고 있던 내 눈까지 속일 정도라니……. 후후후, 이놈, 내 얼굴에 상처를 낸 빛, 아니, 혼강에서 우리 혁가장의 일을 방해한 빛을 처절하게 받아내 주마. 오늘은 네놈을, 내일은 고모수를, 그리고 고무룡 그놈은 맨 마지막에 죽여주마. 네놈들은 내가 지살문의 살수들을 움직일 거라고는 생각도 못했겠지. 하지만 난 결국 그들을 움직였다. 강호에서 지살문 살수의 검을 피할 자는 존재하지 않는다."

혁지광은 송추월을 향해 움직인 살수들에 굳은 믿음을 가지고 있는 듯 보였다.

강호에 두 개의 전설적인 살문이 존재한다. 그 두 살문의 본거지가 어디에 있는지 알고 있는 사람은 거의 없다. 사람들은 어쩌면 이 두 개의 살문이 거처를 정하지 않고 천하를 떠돌며 살문의 맥을 이어가고 있을지도 모른다고 추측하기도 했다.

이 두 살문에 대해 알려진 것은 오직 이름뿐. 그중 하나를 사람들은 혹천이라 불렀고, 다른 하나를 지살문이라 불렀다. 이 두 곳의 살수들은 상대가 누구이든, 누가 지키고 있든, 또는 상대가 어떤 곳에 숨어 있든 반드시 청부된 살업을 완수했다. 그들의 살법은 너무도 치밀하고 무서워서 천하제일고수라도 그들의 손에서 살아날 수는 없을 거란 말이 돌기도 했다.

그런데 그렇게 뛰어난 살법을 익힌 자들이기에 또한 그들에게 청부하는 것은 하늘의 별을 따는 것만큼이나 어려웠다. 더군다나 본거지가 알려진 자들이 아니었으니 그들의 흔적을 찾는 것조차 보통 사람에겐 요원한 일이었다.

그런 그 살수계의 양대 산맥으로 강호이대살문 중 하나로 알려진 지살문의 살객을 혁지광이 움직이고 있었다. 고월산장에 인질로 끌려가는 것이 싫어 가문의 명예를 버리고 도주했던 그가 강호이대살문 중 한 곳인 지살문의 살수들과 접촉한 것은 놀라운 일이었다. 그에게 지살문의 살수들을 움직일 재력이, 권력이 있는 것도 아니었다. 혁가장 또한 마찬가지였다. 고월산장에 패퇴한 이상 혁가장 역시 지살문에 청부를 넣을 여력이 없었다. 그런데 혁지광은 지금 지살문의 살수들을 움직이고 있었다.

[숨을 멈춰!]

송추월의 눈빛이 번쩍였다.

'무극?'

귓속으로 파고드는 전음은 분명 대호산 다섯 산적 중 한 명인 원무극의 음성이었다.

[안개 속에 독이 있다. 두 놈이다. 한 놈은 네가 맡아!]

다시 원무극의 전음이 송추월의 귀를 파고들었다. 순간 송추월이 급히 숨을 참으며 온 신경을 기울여 주위를 살폈다. 그러나 그 어디에서도 사람의 기척을 느낄 수 없었다. 원무극의 위치도 찾을 수 없었다. 전음이 들려온 방향도 가늠하기 어려웠다. 바위 아래, 혹은 빈 허공에서 들려오는 것 같기도 했다.

'이놈이 도대체 무슨 무공을 익힌 거야?'

다가오는 위험보다 원무극에 대한 호기심이 먼저 일었다. 일 년 전 대호산에서 헤어질 때는 다섯 모두 전음이란 것을 익히지 않았었다. 물론 강호에 나와 전음이란 것이 고수들 사이에서 사용된다는 것은 알았지만 송추월 자신도 지금껏 전음을 배우거나 혹은 누군가가 보내는 전음을 들어본 적이 없다. 그래서 원무극이 보내오는 전음은 그가 경고한 살수의 위협보다 더 송추월의 관심을 끌었다.

'하지만 지금은 살아야 할 때지.'

"끙!"

송추월이 신음 소리를 내며 자리에서 일어났다. 오랫동안 굳어 있던 뼈마디들이 삐걱대며 제자리를 찾았다.

"숨는다면 나오게 할 밖에!"

쾅!

송추월의 검이 번개처럼 자신이 올라 있던 바위를 쳤다. 안개 속에서 불꽃이 튀고 바위가 뒤흔들렸다. 빙정까지 복용해 깊이를 가늠하기 어려울 만큼 강해진 공력을 모두 쏟아낸 송추월의 일격이 지진이라도 일어난 것 같은 충격을 만들어냈다.

'뒤와 왼쪽!'

갑자기 뒤흔들리는 바위의 요동에 기척을 숨기고 송추월에게 접근하던 살수들이 미세하게 동요했고, 그 움직임을 송추월은 놓치지 않았다.

"왼쪽 놈을 맡겠다!"

송추월의 입에서 고함이 터져 나왔다. 원무극에게 하는 소리였다. 송추월의 몸이 안개를 뚫고 허공으로 치솟았다. 그러자 순식간에 안개구름이 발아래로 깔렸다.

"후욱!"

송추월이 깊게 숨을 들이켰다. 안개 속에서 원무극의 경고에 따라 지금껏 참았던 숨이다. 차가운 새벽 공기로 가슴을 채운 송추월이 다시금 호흡을 멈추고 안개 속으로 뛰어들었다.

팟!

안개 속에서 송추월의 검이 번뜩였다. 이번엔 바위를 뒤흔든 앞서의 강력한 일검과 달리 빠르고 매서운 일초였다.

슈우욱!

검은 그가 올라 있던 바위 왼쪽을 향해 폭사했다. 순간 바위 표면이 마치 무 껍질 벗겨지듯 일어났다. 그리곤 벗겨진 바위의 껍질이 송추월의 검을 피해 훨훨 뒤로 날아갔다.

"어디, 실력을 보여봐!"

송추월이 뒤로 날아가는 바위의 껍질을 따라 몸을 날리며 통명하게 소리쳤다. 순간 바위 껍질 같던 물체가 복면을 한 사람의 모습으로 변했다. 그리고 거의 동시에 복면인의 손에서 두 줄기의 검은 빛이 송추월을 향해 뻗어 나왔다.

카캉!

검을 휘둘러 날아오는 암기를 쳐내는 순간, 송추월은 이자가 보통 인물이 아니라는 것을 깨달았다. 손끝에 느껴지는 충격이 그만큼 강렬했기 때문이다.

"보통 살수가 아니구나!"

어느새 바위에서 멀어진 송추월과 복면인은 구한산 봉우리 한쪽 공터에 내려섰다. 송추월은 이제 호흡을 자연스럽게 하고 있었다. 구한산 정상에 일기 시작한 바람이 살수들이 풀어놓은 독을 안개구름과 함께 동쪽으로 밀어냈기 때문이다.

"그대 역시!"

복면인의 입에서 차가운 음성이 흘러나왔다. 그 역시 송추월의 무공에 놀란 듯 보였다. 그런데 그때 여전히 안개에 휩싸인 바위 위에서 날카로운 도검의 충돌음이 들려왔다.

카캉!

"녀석도 시작했군."

분명 원무극이 또 다른 살수와 격돌하고 있음이 분명했다.

"조력자가 있었나?"

복면인이 중얼거렸다. 원무극의 존재를 모르고 있었던 게 분명하다.

"뭐, 나도 이상하게 생각하는 중이야."

"모르는 사람이란 말이냐?"

"알긴 아는 놈인데, 내 옆에 있는 줄은 몰랐단 말이지. 그런데… 살수치고는 너무 말이 많은 것 아냐?"

송추월이 빈정거리며 물었다.

"어차피 그댄 곧 죽을 테니까."

복면 살수가 차갑게 말했다.

"음, 죽는 놈 말이나 실컷 하고 죽게 하겠다? 그것도 좋지. 좋아, 그럼 어차피 죽을 놈 의문이나 풀어줘. 누가 청부했지?"

"청부자를 입에 올리는 살수는 없다."

"난 죽을 놈이잖아."

"시체에게도 청부자는 말해줄 수 없다."

"그래? 후후, 아마 날 죽이지 못할지도 모른다는 불안함이 있나 보군. 그런데 만약 그걸 걱정하고 있다면 제대로 판단한 거야. 오늘 죽을 사람은 결코 내가 아닐 테니까."

슈욱!

송추월의 검이 그의 말이 끝나기도 전에 살수를 향해 날아 갔다. 기습은 살수가 하는 것이란 통념을 비웃듯 송추월의 검 은 거의 실체가 보이지 않았다. 그 쾌속한 빠름에 복면인의 어 두운 눈빛이 더욱 어두워졌다.

스슥!

복면인이 몸을 움직였다. 그의 신형이 거무스름한 안개로 화하는가 싶더니 이내 송추월의 시야에서 사라졌다. 송추월의 검이 애꿎게 허공을 갈랐다. 그러나 송추월은 전혀 당황하는 기색 없이 재빨리 뒤를 향해 검을 휘둘렀다. 앞으로 나아가던 그의 자세로 보자면 도저히 시전할 수 없는 형태의 초식.

삭!

소름 끼치는 파열음이 일었다.

"읏!"

한마디 신음성과 함께 송추월의 뒤로 내려서려던 복면인이 황급히 대여섯 걸음 뒤로 물러났다. 그의 얼굴을 가리고 있던 복면이 송추월의 검에 갈라져 바람에 나풀거렸다.

"이제 알겠어, 누가 오늘 죽을지?"

송추월의 몸이 기이한 각도로 움직이더니 어느새 복면인의 정면으로 닥쳐들며 물었다.

"사술을 쓰는구나!"

복면인의 입에서 경계심이 잔뜩 묻어나는 목소리가 흘러나왔다.

"좀 특이한 검법이긴 해. 하지만 사술은 아냐. 사술이란 건 네놈 같은 살수들이나 쓰는 거니까."

송추월의 검이 정면에서 복면인을 찔렀다. 순간 복면인의 눈에 다급한 빛이 어리더니 한순간 검을 들지 않은 검은색 가죽 장갑을 낀 왼손을 허공으로 흩뿌렸다.

푸스스!

송추월의 눈앞에서 검은색 연무가 피어올랐다.

"또 독이냐?"

송추월이 발끝으로 가볍게 땅을 차 뒤로 물러나며 비아냥댔다.

"네놈 말대로 난 살수다."

송추월을 뒤로 물러나게 만든 복면인이 연이어 세 개의 암기를 던져 냈다. 암기는 송추월과 복면인 사이의 독무를 뚫고 송곳처럼 날아들었다. 송추월이 허공으로 가볍게 솟구쳐 오르며 암기를 피해냈다.

퍼퍽!

허공을 가른 암기가 송추월 뒤편의 나무에 박혀들었다.

푸스스!

순간 암기가 박힌 나무 주변이 검게 타들어갔다. 암기에도 강력한 독이 묻어 있었던 것이다.

"정말 위험한 놈들이군."

송추월이 혀를 찼다. 독과 암기, 그리고 날카로운 살검까지. 온몸에 사람을 죽이는 흉기를 지니고 있고, 머릿속은 사람 죽이는 방법으로 가득 찬 인물들이 분명했다.

"넌 오늘 반드시 죽는다."

약간의 여유를 찾았을까, 다시금 복면인이 송추월을 위협했다. 그러자 송추월의 눈에 살짝 붉은 빛이 돌았다.

"점점 마음에 들지 않는군. 날 건드린 것까지야 먹고살자니 어쩔 수 없는 일이라 치고, 그런데 뭐가 이렇게 당당해? 도적질하다 들켜도 삼십육계줄행랑인데 죽이려다 들킨 놈이 이렇게 뻔뻔해도 되는 거야?"

팟!

말이 끝나는 순간 송추월의 검이 움직였다. 순간 검에서 일어난 바람이 한순간에 그와 살수 사이에 번졌던 독무를 날려 버렸다. 그 사이로 송추월이 비호처럼 날아들었다.

슈욱!

송추월의 검이 매섭게 살수의 목을 잘라갔다. 살수가 급히 신형을 뒤로 물리며 검을 들어 송추월의 검을 막았다.

깡!

살수의 목 바로 앞에서 검과 검이 충돌했다. 순간 송추월이 검에 진기를 실었다.

"읏!"

예상치 못한 강력한 진기에 살수가 뒤로 밀려났다. 순간 송추월의 검이 재차 허공을 갈랐다. 그런데 검이 향한 방향이 이상했다. 송추월의 검은 살수의 등 뒤쪽을 향해 뻗어나갔는데 그건 일부러 살수의 몸을 피해 검을 찔러내는 것 같은 초식이었다.

자신의 몸을 피해 허공을 갈라 나가는 검을 살수가 의혹 어린 시선으로 주시했다. 그런데 그 순간, 살수의 등 뒤까지 향한 송추월의 검이 불가능한 각도로 꺾였다. 한번 뻗어낸 검의 검로를 이런 식으로 바꾸는 것은 무공의 이치에 크게 어긋나는 행동이었지만 송추월의 변식은 무척 자연스러웠다.

슈욱!

살수의 등 뒤에서 직각으로 꺾인 송추월의 검이 한순간 살수의 왼쪽 팔을 잘라갔다.

"읏!"

예상을 벗어나는 초식 변화에 놀란 살수가 급히 몸을 틀었다. 그러나 그때는 이미 송추월의 검이 살수의 왼쪽 팔을 가르고 있었다.

팟!

옷과 살이 함께 베어졌다. 얕지 않은 부상, 송추월은 손의 느낌만으로도 상대의 왼팔이 크게 상했음을 알아챘다.

"음!"

살수는 예상대로 신음성을 흘려내며 급히 뒤로 물러났다. 그런 살수를 송추월이 여유있게 압박하기 시작했다.

"오른손에는 칼을, 왼손에는 독과 암기를…… . 그런데 이제 왼손을 쓰지 못하게 되었으니 어찌할까?"

송추월이 놀리듯 살수를 향해 빈정거렸다. 처음부터 그의 목표는 상대의 왼팔이었다. 살수의 무공이 뛰어나기는 했으나 송추월이 능히 감당할 수 있는 것이었다. 반면 살수의 왼손에서 시작되는 독과 암기의 공격은 언제든 위험으로 몰아넣을 수 있었다. 해서 송추월은 먼저 상대의 왼팔을 제압하려 했던 것이다.

송추월의 예상대로 왼팔에 큰 부상을 당한 살수는 더 이상 송추월을 위협하지 못했다. 그의 오른팔에는 여전히 검이 들려 있고, 송추월의 검을 근근이 막아내기는 했지만 더 이상 그가 송추월의 목숨을 위협할 기회는 없었다.

"이제 오늘 죽을 사람이 누군지 알겠나? 죽기 전에 청부한 자를 불어. 그러면 혹 목숨은 살려줄지 모르니까."

깡!

송추월의 검이 살수의 이마 바로 앞에서 살수의 검에 막혔다. 그러나 송추월은 검을 거둬들이지 않고 그대로 찍어 눌렀다.

끄르륵!

송추월의 검을 막아내는 살수의 입에서 가래 끓는 소리가 흘러나왔다. 혼신의 힘을 다하고 있었지만 송추월의 공력은 태산처럼 살수를 내리눌렀다.

"날 죽이려면 목숨을 걸어야 해. 살수 짓을 하려거든 상대를 잘 골랐어야지?"

송추월이 한줄기 미소를 베어 물었다. 송추월의 눈에서 흘러나오는 붉은 열기가 점점 더 강렬해졌다.

"네… 네놈은 대체 누구냐?"

살수의 목소리가 잘게 떨렸다. 단언컨대 그 숱한 살행을 하는 동안 살수는 지금 송추월이 보이는 것과 같은 눈빛을 가진 자를 만나지 못했다. 송추월의 눈에 드리워진 적염은 마치 그의 심장 깊은 곳으로부터 흘러나오는 것 같았다. 살수는 생전 처음 두려움을 느꼈다. 그러자 삶의 본능이 살수를 지배했다.

살수의 생이란 결국 살행에 나서 강한 상대에게 죽는 것이 숙명이다. 송추월을 공격한 살수 역시 그런 죽음이 언젠가는 자신을 찾아올 거란 걸 알고 있었다. 그러므로 오늘 송추월의 손에 죽는 것 또한 담담하게 받아들여야 했다. 그것이 평소의 그였다. 그런데 지금 살수는 송추월의 손에서 벗어나고 싶다는 욕망에 사로잡혀 있었다. 분명 죽음에 대한 두려움은 아니었다. 그는 그저 본능적으로 이 붉은 눈빛의 사내로부터 벗어나고 싶을 뿐이었다.

팟!

한순간 송추월의 검이 매섭게 아래로 그어졌다.

삭!

송추월의 검이 무엇인가를 베었다. 그러나 살수는 아니었다.

펄럭!

다음 순간 검은 천이 두 조각으로 나누어지며 허공으로 날아갔다. 그 천의 뒤쪽 십여 장 밖에 도주하는 살수의 모습이 보였다.

"살수는 죽기 전엔 도주하지 않는다더니… 그도 아닌 모양이군."

어느새 송추월의 눈에서 적염이 사라졌다. 어쩌면 송추월은 살수가 느꼈던 그 두려움의 실체, 적염에 물든 자신의 눈빛을 모르고 있을 수도 있었다.

"다신 오지 마라. 그땐 결코 살려두지 않을 테니!"

송추월이 도주하는 살수를 보며 소리쳤다.

차창!

그때 송추월의 등 뒤에서 날카로운 격돌음이 들려왔다. 송추월이 고개를 돌려보니 옅어지는 안개 속에서 두 명의 흑의 복면인이 무서운 속도로 검을 교환하고 있었다.

'어느 놈이 무극이야?

송추월도 두 복면인 중 누가 친구인 원무극인지를 분간하지 못할 만큼 두 사람의 움직임은 빨랐다. 더군다나 안개에 휩싸여 있어 적아를 구분하는 것이 더욱 힘들었다. 그런데 그때 송추월이 문득 기이한 느낌을 받았다. 뭔가 끈적끈적한 기운이 자신의 목덜미를 물고 늘어지는 듯한 느낌. 순간 송추월의 신형이 앞으로 푹 꺼졌다.

팟!

땅으로 꺼지듯 가라앉은 송추월의 신형 위로 한 대의 화살이 날아갔다.

"놈!"

송추월이 노성을 토해내며 번개처럼 신형을 날렸다. 송추월이 눈 깜짝할 사이에 십여 장 밖의 숲 속으로 뛰어들었다. 그리곤 어른 몸통만 한 굵기의 삼나무를 향해 번개처럼 검을 휘둘렀다.

그르르!

송추월의 검에 허리를 잘린 아름드리나무가 서서히 미끄러지며 쓰러지기 시작했다.

"다른 놈이었나?"

처음 송추월은 자신에게 화살을 날린 자가 도주했던 살수라고 생각했다. 그런데 지금 무너지는 나무 뒤쪽으로 보이는 자는 도주했던 살수가 아니었다. 생각해 보면 당연한 일인지도 몰랐다. 도주한 살수는 왼팔이 상했으므로 화살을 날릴 수 없는 처지다.

"어디, 얼굴이나 보자."

화살을 날려 자신을 공격했던 자는 철궁을 내던지고 빠르게 도주하고 있었다. 송추월이 재빨리 암습자가 버린 철궁을 들어 번개처럼 도주하는 암습자를 향해 던졌다.

파아앙!

제법 무게가 나가는 철궁이 암습자의 등을 향해 무서운 속도로 날아갔다.

"헛!"

순간 암습자의 입에서 헛바람이 새어 나왔다. 동시에 암습자가 날아드는 철궁을 피해 급히 몸을 틀었다. 순간 희미하게 암습자의 얼굴이 송추월의 눈에 들어왔다.

"네놈은…… ?"

뺨을 가로지르는 긴 자상, 도도한 눈빛은 음흉하게 변했지만 여전히 허세를 버리지 못한 표정. 송추월은 단숨에 상대의 정체를 알아챘다.

"혁가 놈이었구나!"

송추월은 그제야 이 모든 상황이 이해됐다. 혁지광이라면 충분히 살수를 동원해 자신을 공격할 만한 이유가 있었다. 그러나 그 또한 혁지광에게 갚지 못한 빚이 남아 있었다.

"꼭꼭 숨어 있거라! 내 눈에 다시 보이는 날이 네놈 제삿날이니! 하하하!"

송추월이 혁지광이 사라진 숲을 향해 소리쳤다. 숨어 있는 자의 정체를 안 순간 그에 대한 위협은 반으로 감소한다. 송추월로서는 오히려 혁지광이 자신을 찾아왔다는 것이 반갑기도 했다. 이 넓은 천하에 놈이 숨자고 마음먹으면 혁지광을 찾는 일은 요원하기 때문이었다.

캉!

송추월이 혁지광이 사라진 곳을 주시하고 있을 때 다시 한 차례 강렬한 격돌음이 장내에 울렸다. 송추월이 재빨리 신형을 돌렸다. 그러자 어느새 안개에 싸인 바위에서 내려온 원무극과 흑의복면인이 송추월의 오 장 밖에서 검을 겨루고 있었다. 그리고 안개를 벗어나자 둘 중 누가 원무극이고 누가 살수인지를 구분해 낼 수 있었다. 원무극의 협검이 송추월의 눈에 익었기 때문이다.

"걱정할 필요 없겠군."

송추월이 담담한 목소리로 중얼거리고는 훌쩍 신형을 날려 뒤로 물러났다. 싸움은 언뜻 팽팽하게 진행되고 있었다. 그러나 자세히 보면 싸움의 기세는 원무극이 쥐고 있었다. 원무극의 검은 송곳처럼 날카롭게 흑의 복면인을 찔러대고 있었고, 그럴 때마다 흑의복면인은 조금씩 뒤로 물러나고 있었다.

"녀석, 제법 무섭게 검을 쓰네?"

송추월이 고개를 갸웃했다. 본래 대호산의 다섯 친구 중 원무극의 심성이 가장 여렸다. 해서 괴노 마효조차도 원무극에게 살수의 검 세우검을 전수하는 것을 망설였던 것이다. 그런데 오늘 원무극의 검은 살기로 충만해 있었다. 유약했던 원무극의 모습은 어디서도 찾아볼 수 없었다.

파파팟!

원무극의 세우검이 날카롭게 흑의복면인의 사혈을 노렸다.

흑의복면인이 급히 검을 들어 원무극의 공격을 막았지만 세 개의 초식 중 하나를 허용하고 말았다.

퍽!

원무극의 검이 복면인의 어깨 부위를 찔렀다.

"윽!"

복면인이 검을 허용한 순간 신음성을 흘려내며 재빨리 뒤로 물러났다. 순간 원무극의 검이 복면인의 어깨를 벗어나면서 붉은 선혈이 허공으로 치솟았다.

"두고 보자!"

복면인의 입에서 나직한 노성이 흘러나왔다.

"두고 보긴, 지금 끝을 보면 돼지."

원무극이 복면인을 향해 재차 검을 뻗어내며 소리쳤다. 순간 복면인으로부터 검은 물체가 떨어져 나왔다.

팟!

원무극의 검이 검은 물체를 관통했다.

펄럭!

순간 원무극의 검이 관통한 검은 물체가 반으로 갈리며 허공에 휘날렸다. 그리고 그 순간 복면인의 신형이 사라졌다. 장내에 남은 것은 원무극의 검에 잘린 검은 천뿐. 송추월로부터 도주하던 살수가 썼던 방법 그대로였다.

"놓쳤군. 제길!"

원무극이 아쉬운 듯 고개를 들어 복면인이 사라진 안개 속을 주시했다. 그런 그의 곁으로 송추월이 다가왔다.

“도망치는 데는 타의 추종을 불허할 자들인 것 같아.”

“당연하지. 지살문의 살수들이니까.”

“응? 놈들을 알아?”

“알지. 아마 강호에 저놈들 이름을 모르는 사람은 없을걸. 넌 못 들어봤냐? 지살문이란 살문을?”

원무극이 되물었다.

“아니. 처음 들어보는데…….”

송추월이 고개를 갸웃했다. 그러자 원무극이 복면을 벗으며 실소를 흘렸다.

“네 녀석은 강호에 나와 놀기만 한 모양이구나?”

“놀긴, 나름대로 바빴어. 그런데 지살문이란 곳이 그렇게 대단한 곳이냐?”

“강호이대살문 중 하나지.”

“오호, 그래? 그렇다면 정말 대단한 곳이군. 그런데 혁가 놈이 무슨 수단으로 그들에게 청부를 했을까? 도망자 주제에.”

“모용세가가 끼어들었어.”

“모용세가?”

“그래. 혁가 놈 뒤에 모용세가가 있어.”

“모용세가가 왜?”

“뭐, 쓰다 버릴 사냥개 한 마리를 구한 거지.”

“아니, 내 말은 모용세가가 왜 나를 노리냐고?”

“아, 놈이 살수를 고용해 널 노린 건 모용세가완 별개의 문제야. 단지 내 말은 살수를 고용할 수 있게 도와준 곳이 모용세가란 말이지. 한마디로 말하면 자신들의 사냥개를 만들기 위해 먹이를 던져 준 거랄까?"

"좋아. 어쨌거나 이 일에 모용세가가 연관되어 있다는 말이군. 흐흐… 처음부터 썩 마음에 들지 않는 자들이었어. 때가 되면 빚을 갚도록 해주지."

"모용세가는 위험한 문파야. 함부로 건들지 마. 더군다나 놈이 너를 노리는 건 그들과는 상관없는 일이니까."

"물론, 내가 그렇게 분별없는 사람은 아니잖아. 하지만 그래도 호감을 가질 수는 없지. 그나저나 무극 이 녀석, 넌 도대체 지난 일 년간 뭘 하고 산 거야? 어떻게 혁가 놈과 지살문인지 하는 놈들에 대해서 그렇게 잘 알고 있는 거지?"

"그건 내가 혁가 놈에 대한 청부를 받았기 때문이지."

"청부?"

"그래."

"지금 그 말은 네가 살수가 되었다는 말이냐?"

송추월이 놀란 눈을 하며 물었다.

"그래. 살검을 익혔으니 살수가 될밖에."

원무극이 담담한 목소리로 대답했다. 순간 송추월은 이 유약하던 친구가 일 년 사이 완전히 다른 사람으로 변했다는 것을 깨달았다.

"흑천(黑天)?"

구한산 봉우리가 붉게 물들어가고 있었다. 송추월과 원무극은 봉우리 동쪽 바위 아래에 등을 기대고 앉았다. 송추월은 원무극을 친구들이 있는 곳으로 데려가고자 했으나 원무극은 친구들 앞에 나타나는 것을 거부했다. 대신 두 사람은 구한산 정상에서 불덩어리 같은 일출을 맞고 있었다.

"그래. 지살문과 더불어 강호이대살문 중 한곳이지."

송추월의 물음에 원무극이 고개를 끄덕였다.

"어쩌다…… ?"

"운명은… 정해져 있는 것 같아. 마효 그 늙은이가 나에게 살검인 세우검을 전수하는 순간 난 살수가 될 수밖에 없는 운명이었던 거지."

"흑천이란 곳, 어떤 곳이야?"

"뭐, 살문이 별거 있겠어? 돈 받고 사람 죽이는 곳이지."

"좋지 않군. 사람 죽이는 일을 업으로 삼다니…… ."

"너무 걱정 마. 지살문과 달리 우리 흑천은 아무 청부나 받지 않아. 반드시 죽여야 할 자들만 죽인다고. 그래서 내가 흑천에 든 거야. 뭐, 최근엔 그조차도 거의 청부를 받지 않지만."

"살문이 청부를 받지 않는다니 기이하군."

"태생이 일반 살문과는 다르니까."

"어떻게 다른데?"

"지살문 같은 곳은 애초부터 살행으로 금자와 권력을 갖고자 생겨난 곳이지. 하지만 흑천을 달라. 흑천을 세운 살수들은 재물과 권력이 아니라 복수를 위해 살문을 세웠지."

"복수? 누구에 대해?"

"음… 흑천의 역사를 이야기하자면 길어. 흑천이 생겨난 것이 이백 년 전이니까 이백 년 전 일을 자세히 설명하기도 힘들고. 어쨌든 흑천은 살수 개인의 복수를 위해 만들어진 살문이야. 그래서 살법이 훨씬 치열하지. 자신의 복수를 위해 살법을 완성한 것이니까. 흑천이 강호이대살문이 될 수 있었던 이유는 바로 그 치열함 때문이야."

"좋아, 그건 그렇고, 넌 어떻게 흑천에 들어간 거냐?"

"인연이 닿았지, 뭐."

"인연?"

"그래. 흑천은 강호이대살문이지만 살수가 많지는 않아. 아, 지살문에도 살수가 많지는 않지. 흑천에는 칠객으로 불리는 일곱 명의 살수가, 지살문에는 십살로 불리는 열 명의 살수가 있어."

"그게 전부야?"

"그래."

"흠, 실망인걸. 강호이대살문의 살수들이 겨우 그 정도라니……."

"살문은 일반 강호 문파들과 달리 은밀히 사람을 죽이는 일을 하는 문파들이야. 세력은 필요없어."

"그렇긴 하지만……."

"사람이 적다고 무시하지 마. 흑천 칠객이나 지살문 십살이나 단 한 사람만 강호에 나서도 명문대파의 고수들을 소리 소문 없이 죽일 수 있으니까."

“흐흐, 그렇다면 오늘 난 그 대단한 살수들의 손에서 살아났다는 거네?”

“그런 거지. 하지만 운이 좋기도 했어.”

“운?”

송추월이 되물었다.

“그래. 물론 네 무공은 뛰어나. 만약 정면으로 지살문이나 흑천의 살수와 대결한다면 그중 널 이길 사람은 없을 거야. 넌 대호산을 떠날 때완 또 다른 경지에 이른 것 같으니까. 하지만 흑천 칠객과 지살문 십살은 살수야. 살수는 모든 방법을 동원해 목표를 죽여. 오늘 내가 너에게 경고를 보내지 않았다면 넌 상당히 곤란한 지경에 처했을 거야.”

“듣고 보니 그러네. 어쩌면 놈들의 독에 당했을 수도 있겠어.”

“네 공력이 대단하니 독이 널 얼마나 제압할 수 있었을지 모르겠지만 어째든 그들의 존재를 모르는 상태였다면 아까처럼 쉽게 놈들을 막아내진 못했을 거야. 지살문의 살수들은 살수 중의 살수들이니까.”

“앞으로도 조심해야 한다는 건가?”

“아마도!”

“지살문의 살수가 열 명이라고 했지?”

“그래. 물론 후예를 키우고 있을 수는 있지만 어쨌든 강호에서 활동하는 자는 열이지.”

“좋아. 그럼 앞으로 지살문의 살수를 만나면 꼭 죽여놔야겠

군. 어둠 속에서 날 노리는 놈들을 평생 데리고 다닐 수는 없
으니까."

송추월의 눈에서 한줄기 염기가 번득였다. 그런 송추월의
모습을 보면서 원무극이 조심스레 물었다.

"너… 괜찮은 거냐?"

"뭐가?"

"네 안광을 보니 그 늙은이가 심어놓은 마기와 화기가 더 강
해진 것 같아."

"아, 그거라면 걱정 마. 적어도 네 녀석들보다는 형편이 나
으니까."

"그래?"

"응, 난 빙정이란 걸 먹었거든."

"빙정이라……. 들은 적이 있다. 두 해 전에 북해에서 빙정
쟁탈전이 벌어졌다고 들은 것 같아."

"대단한데? 그런 소식도 알고."

"살수의 일은 생각보다 복잡해. 강호의 정세를 꼼꼼히 살피
는 것 역시 살수가 하는 일 중 하나지. 어쨌든 그 빙정을 네가
먹었다고?"

"그렇게 됐어."

송추월이 원무극에게 춘봉산 설죽암에서 겪었던 일을 짧게
설명했다. 이야기를 다 듣고 난 원무극이 어두운 안색으로 물
었다.

"그자가 죽지 않았다고?"

설죽암에서 빙정을 노렸던 사내에 대한 물음이다.

"난 정신을 잃어서 모르지만 설죽암 스님들의 말에 의하면 태산오룡과 함께 도주했다고 했어. 물론 회복하기 어려운 부상을 입은 것은 확실해."

"음, 살수를 하면서 깨달은 것 하나가 있어. 그건 바로 악연은 끝내야 할 때 끝내야 한다는 것이지. 그자가 그렇게 무서운 능력을 지녔다면 그 자리에서 놈의 숨통을 끊어야 했어. 아마도 설죽암 스님들이 호생지덕을 베푼 모양이군. 부상을 입었으니 굳이 쫓아 죽일 필요는 없다고 생각했겠지."

"녀석, 살수가 되더니 무척 무서워졌구나?"

"무서워진 게 아니라 세상을 안 거지."

"그런들 이미 지나간 일이니 어쩔 수 없지. 어쨌든 네 얘기나 계속해 봐. 어떻게 흑천과 인연이 닿은 건데?"

이야기가 오랫동안 다른 곳을 헤매다가 다시 본론으로 돌아왔다. 송추월의 물음에 원무극이 품속에서 작은 동패를 꺼내 들었다.

"이건 흑천 칠객의 신표야."

동패는 색이 바래 푸른빛이 돌고 있었다. 그러나 동패에 새겨진 한 자루의 검은 오랜 전통의 힘이 깃들어 있는 듯 보였다.

"어떻게 얻었지?"

"말했지만 인연이 닿았지. 애초에 이 동패의 주인은 아술이란 분이었어. 대호산에서 내려온 후 난 고향으로 돌아갔지."

"네 고향이라면 열하겠군."

"그래. 고향에서 할 일이 있었거든."

그 순간 원무극의 눈빛이 한기로 번뜩였다. 원무극이 무슨 일을 했는지는 묻지 않아도 알 수 있었다. 대호산 다섯 친구는 모두 산 아래에서 큰 아픔을 겪고 산에 오른 사람들이었다. 그들이 무공을 익힌 후 가장 먼저 할 일은 당연히 과거의 아픔을 치유하는 일이었을 것이다. 물론 그 치유의 과정이 상대에겐 고통과 두려움의 시간이었겠지만.

"고향에서 일을 마치고 다시 동쪽으로 길을 잡았는데 강변에서 한 명의 노인을 만났지. 처음엔 걸인이라고 생각했어. 등은 굽고 옷은 해져 있었거든. 더군다나 어디가 아픈지 강변 나뭇가지에 기대어 꼼작도 못하고 있더라고."

"당연히 도와줬겠군. 네 녀석 심성이 착한 건 모두가 아는 사실이니."

"후후, 글쎄. 내 본성이 착한 놈인지는 요즘 나조차도 의심하고 있어. 어쨌든 노인을 도와줬지. 열흘 정도 지나자 노인은 기운을 차렸어. 그때 난 노인이 범상치 않은 사람이란 걸 알았어. 왜냐하면 노인의 회복 속도가 무척 빨랐고, 또한 일단 기운을 회복한 노인은 나조차도 두려워할 만큼 무서운 살기를 지니고 있었거든."

"그 노인이 널 흑천으로 데려간 거냐?"

"처음엔 아니었어. 난 노인이 체력을 회복하자 노인과 헤어지려고 했지. 그런데 노인을 떠나기로 한 그날 밤 두 명의 살객이 노인을 급습했어. 나 역시 어쩔 수 없이 그 싸움에 끼어들었지. 살객들의 무공은 놀라워서 난 처음엔 정말 죽는 줄 알았어. 하지만 차차 싸움에 익숙해지자 내 무공이 결코 그들에 비해 떨어지지 않는다는 걸 알았지. 해서 결국 내가 상대하던 자에서 한칼을 먹였지. 그러자 놈들이 물러가더군. 그런데 그때 난 한 가지 사실을 더 알았어. 사실 노인은 몸이 완전히 회복되지 않았었다는 사실을 말이야. 그리고 노인의 몸을 허약하게 만든 것이 독(毒)이라는 사실도 알게 됐지.”

“음… 독이라……. 누가 그에게 독을 쓴 거지?”

“나중에 안 일이지만 그때 노인은 모종의 청부를 수행하고 흑천으로 돌아가는 중이었어. 본래 흑천은 한곳에 거처를 정하지 않지만 수년마다 한 번은 반드시 흑천이 시작된 모흑산에 머물러. 당시는 흑천 칠객이 모흑산에 모이기로 했던 때야. 그런데 그 와중에 지살문 살수들의 공격을 받았던 거지.”

“지살문 살수들이라고? 왜 그들이 흑천의 살수를 공격한 거지?”

“수십 년 전부터 흑천과 지살문은 강호 최고의 살문 자리를 놓고 치열하게 싸워왔어. 강호에 알려지진 않았지만 양 문파의 싸움은 강호 문파들의 싸움에 비할 바가 아닐 정도로 치열하지.”

“그런 일이 있었나? 참나, 살수의 세계에서도 그런 싸움을 하다니. 역시 살수도 무림인은 무림인인가 보군.”

“살수의 세계에도 권력은 있어. 그 권력의 정점에 이대살문이 있지. 그런데 지살문에선 자신들 외의 또 다른 호랑이를 인정하고 싶지 않았던 거야. 공격은 지살문에서 먼저 시작했다고 해. 어쨌든 그 싸움이 수십 년을 내려온 거지."

"하여간 그놈의 권세라는 것이 항상 문제군."

"맞아. 어쨌든 난 그렇게 흑천과 인연을 맺게 됐어. 노인의 눈은 날카로웠지. 내 검이 살검이라는 걸 한눈에 알아봤어. 노인이 내게 부탁했지, 자신을 모흑산까지 데려다 달라고. 물론 그때까진 자신이 살수라는 것을 말하지 않았어. 난 노인을 모흑산까지 데려갔어. 그것도 인연인가 싶더라고."

"모흑산은 어딨는데?"

"홍안령 남쪽 경계에 있어."

"멀리도 갔군."

송추월이 혀를 찼다.

"그렇게 노인과 모흑산에 도착했을 때 노인은 자신에 대한 모든 걸 말했지. 흑천이라는 살수문과 그 역사, 그리고 자신이 그 흑천의 칠객 중 한 명이라는 사실, 더불어 자신이 곧 죽을 거라는 것을……."

"응?"

"지살문의 독은 노인의 심장까지 파고들어 가 있었어. 그가 모흑산까지 살아온 것만도 놀라운 일이었지."

"그곳에서 다른 살수들을 만난 거야?"

"그래. 난 그곳에서 흑천의 나머지 여섯 살수를 모두 만났지. 노인 아술은 흑천의 살수들과 반나절 동안 이야기를 나눈

후 나에게 흑천에 들기를 권했어. 내 검이 살검임을 알고 있다면서."

"네가 순순히 응했을 리는 없을 것 같은데?"

"아니. 난 순순히 그들의 제안에 응했어."

"뭐? 왜? 넌 사람 죽이는 일과는……."

"나도 처음엔 그렇게 생각했지. 그러나 고향에 돌아가 어린 날의 빚을 갚을 때 깨달았지, 사실은 내 유약한 가슴 안에 강렬한 파괴의 본능이 자리 잡고 있다는 것을!"

그 말을 하는 순간 원무극의 눈빛이 번뜩였다. 순간 송추월은 가슴 한쪽이 서늘해지는 것을 느꼈다. 그가 아는 원무극은 결코 이런 친구가 아니었다. 그에게 선천적인 살기가 있을 거라곤 전혀 생각지 못한 송추월이다.

'혹 그놈의 마기가?

괴노 마효가 남긴 마기에 다시 생각이 닿았다. 송추월도 알고 있는 그 파괴의 본능이 어쩌면 이 유약했던 친구를 변화시키고 있는 건지도 몰랐다. 만약 그렇다면 그와 친구들은 결국 괴물이 될 수도 있다. 마효의 마기는 시간이 지날수록 점점 더 커져갈 테니까. 송추월의 마음을 아는지 모르는지 원무극이 다시 입을 열었다.

"난 흑천의 조사들이 살법을 수련했던 조사동에 들어갔어. 그곳에서 흑천에 내려오는 살법들을 익혔어. 무공은 더 이상 익힐 필요가 없었어. 내가 그 마효 늙은이에게서 배운 세우검만큼 뛰어난 살검은 없었으니까. 대신 은술, 잠입, 독, 암기 같은 것들에 대해 배웠지. 뭐, 그것도 그리 어렵지는 않더군. 웬일인지 마치 오래전부터 익혀왔던 것들처럼 느껴졌어. 난 육개월 만에 조사동에서 나왔지. 다른 살객들이 그러더군, 흑천 역사상 가장 빠르게 조사동을 나온 사람일 거라고."

第二章

화마경

"참 세상일이란 알 수가 없어."

송추월의 등으로 날카로운 햇살이 내리꽂히고 있었다. 초겨울에 들어선 햇살은 온기 속에 얼음처럼 차가운 냉기를 숨기고 있었다. 송추월 곁에 원무극은 없었다. 살수가 얼굴을 내밀고 다닐 수 없다며 원무극은 구한산 정상에서 사라졌다.

"이번 회합 동안은 항상 네 녀석들 곁에 있을 거야. 물가에 내놓은 어린애들 같아서 내가 돌봐줘야 할 것 같으니까. 다른 놈들에겐 내가 와 있다는 말은 하지 마. 살수의 정체가 여기저기 떠벌려지는 건 좋지 않아."

원무극이 송추월과 헤어지면서 한 말이다.

"산음장이라……."

송추월이 잠시 걸음을 멈추고 나직하게 중얼거렸다. 오늘 구한산 정상에서 원무극을 만나게 된 것은 산음장의 장주 도문강의 역할이 컸다고 할 수 있다. 지난날 송추월에 의해 불구가 되고, 또 그 귀한 백호의 호피를 빼앗겼으며, 애지중지하던 아들을 백두에서 잃은 산음장주 도문강은 그 모든 일이 혁가장에 의해 일어난 일이라고 생각하고 있었다. 특히나 혁가장의 소장주 혁지광에 대한 원한이 골수에 사무친 도문강이다.

혁가장의 몰락으로 산음장에 대한 압력은 없어졌지만 그렇다고 혁가장에 대한 도문강의 원한이 사라질 리는 없었다. 하지만 아무리 몰락했다고 해도 산음장이 혁가장을 무력으로 응징할 수는 없었다. 수많은 고수들이 빠져나갔다고 해도 여전히 혁가장에는 수십 명의 고수가 존재했다. 봉문으로 강호에 나올 순 없지만 산음장 같은 상인의 가문이 혁가장을 공격하는 것은 여전히 섶을 지고 불에 뛰어드는 일이나 마찬가지였다.

재물은 있고 힘이 부족한 자가 선택할 수 있는 길은 오직 하나, 힘을 사는 일이다. 산음장주 도문강은 자신의 모든 재력을 이용해 강호이대살문으로 꼽히는 흑천에 청부를 넣었다.

애초에 흑천은 도문강의 청부를 거절할 생각이었다. 왜냐하면 흑천이 지켜온 전통에 어울리지 않는 청부였기 때문이다. 아니, 도문강이 청부를 한 이유는 흑천의 규칙에 맞을지도 몰랐다. 하지만 문제는 청부자인 도문강 자신이었다.

흑천이 조사한 바에 의하면 강호에서 산음장의 평판은 썩 좋지 못했다. 그들이 장백의 사냥꾼들을 착취하는 방법은 대단히 교묘할 뿐 아니라 때로는 무척 혹독한 것이어서 사람들의 원성이 자자했다. 그런 자의 원한을 풀어주는 것은 흑천이 하는 일이 아니었다.

그럼에도 불구하고 흑천은 도문강의 청부를 받아들였다. 이유는 단 하나, 새롭게 흑천의 칠객이 된 원무극이 원했기 때문이다. 원무극이라고 흑천의 전통을 어겨가며 산음장의 청부를 받아들일 이유는 없었다. 하지만 도문강이 청부한 자의 이름을 보는 순간 원무극은 그의 청부를 수락할 것을 다른 칠객들에게 요청했다.

혁지광, 이 이름은 대호채 다섯 산적에게는 모두가 함께 풀어야 할 숙제와도 같은 이름이었다.

"뭐, 목표가 혁지광이라는 이름을 듣는 순간 더 이상 고민이 필요가 없었지. 다른 칠객 어른도 내가 그에게 갚아야 할 빚이 있다는 걸 아시고는 순순히 청부를 받아들이는 것에 동의했고."

원무극이 송추월에게 혁지광에 대한 청부를 받아들인 경위를 설명하며 한 말이다. 그런 원무극에게 송추월은 자신과 산음장 사이의 일을, 그가 대호산을 내려와 처음으로 행한 일을 말해줬다.

"후후, 이것 참, 기이한 인연이로군. 원한은 돌고 돈다더니 이런 식으로 엮이나? 혁지광 그놈도 참 운이 없군. 하하!"

원무극은 송추월의 이야기를 듣고는 한바탕 웃음을 터뜨렸었다.

"무극 녀석의 표적이 됐으니 혁지광 네가 살아날 길은 없을 것 같구나. 흠, 그런데 이거 남의 말 할 처지가 아니군. 그 지살문의 살수라는 자들이 여전히 날 노리고 있을 테니까. 조심해야겠어."

송추월이 공연히 주위를 한 번 두리번거리고는 조심스런 발걸음으로 산 아래로 향했다.

구한산 신단평에 거대한 목조 구조물이 들어섰다. 삼지왕의 능력은 비상해서 허허벌판이었던 공터에 누가 봐도 감탄할 만한 무관을 설치했다. 사람들은 구조물이 제 모양을 갖추는 순간부터 끊임없이 그 곁을 맴돌았다.

무관이 신단평에 모인 무인들에게 주는 의미는 각별했다. 그건 그저 단순히 무공을 시험하는 관문이 아니라 신단평에 모인 무인들의 운명에 새로운 길을 열어줄 일생일대의 기회일 수도 있었다.

"첫 번째 관문은 경공을, 두 번째 관문은 공력을, 세 번째 관문은 무공을 시험한다고 하더군."

대일이 말했다. 숙영지로부터 이십여 장 위쪽의 구한산 자락, 송추월과 대일, 그리고 서연이 거의 마무리에 들어간 무관을 내려다보고 있었다.

"궁금하군요, 어떤 관문을 만들어놓았을지."

서연이 호기심을 드러냈다.

"서 소저께서도 도전하실 겁니까?"

대일이 물었다.

"글쎄요. 뭐 재밌을 것 같기는 한데… 나중에 사부님이 알면 잔소리를 할 거예요. 쓸데없는 짓을 했다고."

"흠, 그럼 안 하실 생각이군요?"

"본래 우리 양산종 사람들은 이런 일을 귀찮게 여기지요."

"고월산장도 양산종의 한줄기라고 하지 않았나요?"

대일은 이제 서연에 대해 제법 많은 것을 알고 있었다. 송추월과 서연이 보통 사이가 아니라는 것을 짐작한 이후 그는 끊임없이 서연에게 질문을 던져 그녀의 과거에 대해 캐물었다. 해서 이제 그도 양산종에 대해서 대략의 정보를 알고 있었다.

"맞아요. 고월산장도 양산종에서 시작했죠."

"그런데 그들은 관문에 도전하지 않습니까?"

"음, 고월산장은 좀 특별해요. 아니, 특이해요. 본래 양산종의 다른 고수들은 대체로 일인전승으로 이어지죠. 또 일인전승이 아니라도 제자를 많이 두는 경우는 드물어요. 그런데 고월산장은 처음부터 무가(武家)를 만들었어요. 무림에 무가를 형성한 이상은 결국 강호의 분쟁에 끼어들 수밖에 없지요."

"그렇군요. 아무튼 전 서 소저의 무공을 한번 보고 싶은데요."

"호호, 그래요? 그럼 한번 무관에 도전해 볼까요?"

서연이 슬쩍 송추월을 바라보며 물었다.

"같이 해봅시다."

대일이 부추겼다.

"송 소협은 어쩌실 거예요? 무관에 도전하실 거예요?"

서연이 물었다. 그러자 송추월이 고개를 끄덕였다.

"원하는 사람이 많으니 어쩔 수 없지요."

"한 가지 궁금한 게 있어요."

서연의 말에 송추월이 고개를 돌려 그녀를 바라봤다.

"만약 송 소협이 무관을 통과하면 대산문의 친구 분과 고월산장 중 어느 쪽을 도우실 거예요?"

"그러고 보니 어려운 문제일세."

대일이 옆에서 고개를 갸웃하며 중얼거렸다. 그러나 송추월의 대답은 생각보다 쉽게 나왔다.

"아쉬운 쪽을 도와야지요."

"어라? 듣고 보니 쉬운 문제네. 그런데 지금 상황으로 보자면 역시 부루 녀석이 아쉬울 것 같은데? 고월산장이야 서압록 문파들의 확고한 지지를 받고 있으니……."

"두고 봐야지."

송추월이 담담하게 대답했다. 그런데 그때 등 뒤에서 걸쭉한 목소리가 들려왔다.

"뭣들 하냐?"

곽풍산이었다. 어깨에 도끼를 걸쳐 멘 곽풍산이 홀로 산길을 걸어 송추월 등이 있는 곳으로 다가왔다.

"웬일이야?"

대일이 반가운 얼굴로 물었다.

"무료해서 산책 나왔지. 이거 신단평에 오면 재밌는 일이 많을 거라고 하더니 아주 심심해 죽겠어. 차라리 산채에 있을 걸 그랬어."

"걱정 마라. 이제 무관 시험이 시작되면 흥미진진해질 테니까."

"그런가? 보자, 저게 무관이군."

곽풍산이 눈을 가늘게 뜨고 거대한 목조 구조물을 응시했다.

"어때? 자신있겠어?"

대일이 물었다.

"자신? 흐흐, 수틀리면 다 부숴 버리면 돼지. 그럼 통과하는 것 아니냐?"

"하여간 네놈은 예나 지금이나 무식해."

"흐흐흐, 그래서 산적 아니냐. 솔직히 우리 중에 나만이 유일하게 제대로 된 산적이지."

"그래, 너 잘났다."

"그나저나 부루 녀석 말이야."

"부루는 왜?"

"정말 요동무림을 손에 넣을 생각을 하는 걸까?"

"당장은 아니더라도 언젠가는 그럴걸?"

"하여간 대단한 녀석이야. 그러면 이번에 우리도 힘 좀 보태야지?"

곽풍산이 어깨를 으쓱이며 말했다.

"넌 그냥 가만히 있는 게 좋을 것 같은데."

“왜?”

“산적 친구 둔 게 흠이 되면 어떡하냐?”

“그게 문제가 될까?”

“당연히 흠을 잡으려면 흠이 되겠지.”

대일의 말에 곁에서 두 사람의 말을 듣고 있던 송추월이 나직한 목소리로 말했다.

“힘이 있으면 상관없어.”

“무슨 말이야?”

“누가 산적이라고 시비를 걸지 못할 만큼 강한 힘을 보여주면 된다는 말이야.”

“그러니까, 무지막지하게 강한 모습을 보여주란 말이지?”

“네 말대로 무관 한쪽을 부숴 버리는 것도 좋겠지.”

“후후후, 그건 농으로 한 말인데…….”

“어쨌든 네가 제대로 된 힘을 보여주면 사람들은 오히려 너와 인연을 맺으려고 줄을 설 거다. 세상이란 그런 곳이지. 산적이라도 힘을 가지고 있으면 명문대가와 인연을 맺을 수 있는 것이 세상의 이치다.”

“흐, 어려울 것 없군. 힘을 보여주면 돼지.”

곽풍산의 눈빛이 한순간 번들거렸다.

*　　　*　　　*

둥둥둥!

무관이 완성된 날 정오, 무관 왼쪽에 세워진 거대한 망루에서 장정 둘이 지름이 일 장이 넘는 커다란 북을 울렸다. 그러자 신단평에 모인 무림인들이 무관 주변으로 모여들었다.

완성된 무관의 규모는 웅장했다. 그러면서도 사방으로 트여있어 어느 방향에서든 무관에 도전한 사람의 무공을 볼 수 있는 구조를 갖추고 있었다.

"정말 머리 하난 뛰어난 자들이 분명해."

완성된 무관을 보며 대일이 혀를 내둘렀다. 눈앞에 서 있는 거대한 무관은 단 칠 일 동안 만들어진 것이라고는 믿을 수 없을 만큼 정교했다.

"괜히 그들을 삼지왕이라고 부르는 것은 아니죠."

서연이 대일의 말에 대꾸했다.

"저들이 바로 그들이군요."

대일이 무관 왼쪽, 북소리가 울리는 곳 옆에 세워진 누각을 가리켰다. 제법 넓은 공간의 누각 위에는 세 명의 노인이 서 있었는데, 그중 한 명은 송추월의 눈에도 익었다. 혼강 변에서 보았던 독심호리 심온이었다.

무관 주위로 몰려든 사람들의 시선이 누각 위에 서 있는 삼지왕에게로 향했다. 그러자 삼지왕 중 가장 연장자로 보이는 백염의 노인이 앞으로 나섰다.

"모두 반갑소이다. 불초는 서언이라 하오."

백선 서언, 항상 흰옷을 즐겨 입는다 하여 붙여진 별호이기도 하고, 또 절대 자신의 손에 피를 묻히지 않는다고 해서 붙여진 이름이기도 하다. 그러나 그렇다고 그가 강호의 분란에서 초월하다는 것은 아니었다. 왜냐하면 자신의 손에 피를 묻히지 않는다는 것일 뿐 다른 사람의 손에 피를 묻히지 않는다는 말은 아니었다. 그는 타인을 이용해 난제를 풀어가는 것으로 유명한 인물이었다.

백선 서언이 앞으로 나서자 웅성거리던 사람들이 입을 닫았다. 잠시 침묵이 무관 주변을 장악했다. 백선 서언은 그렇게 사람들의 시선을 자신에게 모은 후 담담한 목소리로 침묵을 깼다.

"요동의 동도들께서 우리 세 사람을 믿고 무관의 설치와 그 운영을 맡겨준 것에 대해 진심으로 영광스럽게 생각하는 바이오. 요동무림이 하나의 힘으로 뭉쳐 강호 천하에 우뚝 서려는 이때, 그 일의 중심에 우리 삼지왕이 서게 된 것은 우리 세 명 모두의 큰 영광이라 할 수 있겠소이다."

백선 서언이 잠시 말을 끊고 무관 주변의 고수들을 바라봤다. 어느새 무관 주위로 몰려든 고수들의 숫자가 수백에 이르고 있었다.

"눈 밝은 분께서는 이미 보셨겠지만 이 무관은 세 개의 관문으로 이루어져 있소. 제일 관문은 경공을, 제이 관문은 공력을, 제삼 관문은 무공을 시험하게 될 것이오."

서언이 무관에 대해 설명하기 시작했다.

"애초에 무관을 설치하게 된 것은 이번에 신단평에 모인 동도 모두가 요동무림의 통합에 관여할 수 없기 때문에 그 대표들을 선출하고자 하는 목적이었소이다. 해서 우리 삼지왕은 무관을 무척 까다롭게 구성했소. 아마도 무관을 통과하는 형제들은 요동을 넘어 강호의 일류고수로 인정받아 마땅할 것이오. 그 말은 그만큼 무관의 통과가 쉽지 않다는 의미기도 하오. 그러니 스스로의 능력이 미치지 못하는 분께서는 자중하시어 일의 진행을 원활하게 해주시길 바라겠소.”

다시 말해, 능력이 없는 사람이 무관에 도전해 공연히 시간 낭비를 하지 말라는 말이었다.

“무관의 운영은 지금부터 시작해 도전자가 없을 때까지 계속될 것이오. 그리고 그 첫 번째 도전자는 우리 삼 인이 될 것이오. 비록 무관을 설치했다고는 하나 우리 역시 요동무림의 일에 관여하기 위해선 무관을 통과해야 하는 것이 당연한 일이고, 또한 무관을 어떤 방식으로 통과해야 하는지 동도들께 보여줄 필요도 있으니 우리 삼 인이 먼저 무관을 통과해 보이도록 하겠소이다.”

말을 마친 백선이 독심호리 심온과 통천 가섭을 보며 고개를 끄덕였다. 그러자 두 사람이 십여 장에 이르는 누각에서 훌쩍 몸을 날려 땅으로 내려섰다. 뒤이어 백선 서언 역시 누각 아래로 날아 내렸다.

무관의 입구에 선 세 사람 중 가장 앞서 무관을 향해 나아간 사람은 독심호리 심온이었다.

“심온이오!”

　심온은 무관의 입구를 통과하기 전 큰 소리로 자신의 이름을 밝혔다. 그러자 입구 옆을 지키고 있던 중년의 무인 둘이 재빨리 붓을 들어 앞에 놓은 종이에 심온의 이름을 기록했다.

　무관의 입구를 통과한 심온 앞에 제일 관문이 나타났다. 무관 제일 관문은 가운데 십여 장 공터를 두고 입구와 출구에 오 장 높이의 대(臺)가 세워져 있었다. 대와 대 사이에는 세 개의 가느다란 대나무가 땅에 꽂혀 있을 뿐 다른 어떤 물건도 존재하지 않았다.

　"제일 관문은 땅에 발을 딛지 않고 이쪽에서 반대편까지 건너가는 것이오. 발을 디딜 곳은 오직 저 세 개의 대나무뿐이오. 하지만 보시다시피 저 대나무들은 어린아이의 몸무게도 견디지 못할 만큼 가느오. 그러니 제일 관문에 도전하는 형제들께서는 대나무를 밟기 전 자신의 몸무게를 크게 줄여야 할 것이오. 더 좋은 것은 저 대나무들을 밟지 않고 단번에 반대편까지 건너가는 것이나 그런 능력을 지닌 사람이라면 아마도 천하제일을 다툴 만한 분이라 할 것이오. 이제 이 심온이 첫 번째 관문에 도전하겠소."

　말이 끝나는 순간 심온의 신형이 한줄기 바람처럼 대 위에서 날아올랐다.

　슈우욱!

　하늘로 솟구친 심온은 장쾌한 파공음을 일으키며 첫 번째 대나무를 밟지 않고 그대로 날아 넘었다.

　"오오!"

일차 관문의 넓이를 생각하자면 세 개의 대나무는 삼 장여의 간격으로 꽂혀 있었다. 그중 첫 번째 것을 그대로 날아 넘었으므로 심온의 경공이 무척 대단하다는 것은 단번에 알 수 있었다. 사람들 입에서 자연스럽게 탄성이 흘러나오고, 그사이 심온은 어느새 두 번째 대나무 위에 당도해 있었다.

"탓!"

심온의 오른발이 두 번째 대나무 끝을 가볍게 찼다. 본시 제일 관문에 꽂혀 있는 세 개의 대나무는 대나무라기보단 차라리 갈대에 가까운 굵기였으므로 심온의 발에 밟힌 대나무는 단번에 부러질 듯 크게 굽혀졌다.

"핫!"

다음 순간 심온이 낮은 기합성과 함께 대나무가 부러질 찰나 번개처럼 신형을 허공으로 띄워 올렸다. 그리곤 순식간에 세 번째 대나무에 도달하더니 이번엔 왼발로 가볍게 툭 대나무 머리를 차고는 다시 허공으로 도약했다. 심온의 발에 차인 세 번째 대나무는 거의 굽혀지지도 않았다. 그렇게 세 번째 대나무를 차고 오른 심온은 단번에 관문의 반대편 누대에 내려섰다.

"오오!"

다시금 사람들의 입에서 탄성이 흘러나왔다.

"저 녀석은 좀 힘들겠는걸."

심온이 일차 관문을 통과하는 모습을 지켜본 대일이 고개를 돌려 멀리 구한산 기슭에서 뭇 산적들에 둘러싸여 삼지왕의 관문 통과를 지켜보고 있는 곽풍산을 보며 말했다.

"너나 걱정해."

송추월이 퉁명스럽게 말했다.

"후후, 나야 풍산 녀석보다는 낫지. 녀석은 나보다 쌀 한 말은 더 무거우니까."

대일이 어깨를 으쓱거렸다. 그러는 사이 독심호리 심온이 두 번째 관문을 향해 다가갔다.

무관의 두 번째 관문은 공력을 시험했다. 관문은 의외로 간단했다. 마치 손으로 다듬어놓은 듯 매끄럽고 거대한 바윗덩이가 관문의 중앙에 놓여 있었다. 관문 옆으로는 비스듬히 경사가 지어져 있어서 통과하려면 바위 덩어리를 경사지로 밀어 올린 후 그 틈을 이용해 바위 덩어리가 놓였던 곳을 지나야 했다. 만약 경사지로 바위를 충분히 밀어 올리지 않았다가는 졸지에 바위에 깔릴 수도 있는 위험한 관문이었다.

"두 번째 관문에 도전하시는 분은 각별히 조심하셔야 할 것이오. 만약 바위를 충분히 밀어 올리지 못한다면 아예 관문을 지나갈 생각을 하지 마시길 바라오."

심온이 여유있게 자신을 바라보는 사람들을 향해 주의를 준 후 바위에 손을 댔다. 잠시 후 심온의 얼굴에 옅은 홍조가 서렸다. 진기를 끌어올리고 있다는 증거였다.

그르르르!

얼마 후 바위가 무거운 소음을 내며 옆 경사지로 밀려 올라가기 시작했다. 독심호리 심온은 바위를 거의 석 자 이상 밀어

올린 후 재빨리 몸을 회전시키며 관문을 통과했다.

그르릉!

심온이 관문을 통과하는 순간 경사지로 밀려 올라갔던 바위가 밀릴 때보다 수배는 더 큰 굉음을 만들어내며 경사지를 굴러 내려왔다.

쿵!

바위가 거대한 충격음과 함께 애초에 있던 자리에 박혀들었다. 만약 미처 피하지 못한 사람이 있다면 분명 즉사를 면치 못할 위력이었다.

"정말 위험하군."

이번에도 대일이 중얼댔다.

"하지만 이번만큼은 너나 풍산 녀석에게 유리하겠지."

"흐흐, 맞아. 저 관문은 부루 녀석이 걱정해야 할 거야."

대일이 나직한 웃음을 흘렸다.

"드디어 세 번째 관문이에요."

서연은 두 사람의 대화보다 심온이 도착한 세 번째 관문에 더 관심이 많은 모양이었다. 심온은 어느새 세 번째 관문에 도착해 검을 빼 들고 있었다.

"세 번째 관문에는 열두 개의 표적이 있소이다. 이 열두 개의 표적을 반 각 안에 병기나 권각으로 가격해야 문이 열릴 것이오. 또한 표적을 맞추는 것만이 문제가 아니라 표적에 두 근 이상의 충격을 주어야 관문이 열리니 이를 유념해 두시기 바라오."

거대한 나무 기둥들이 교묘하게 교차하며 세 번째 관문을 가득 메우고 있었다. 그 기둥들 사이사이에 청색과 홍색을 띤 돌덩어리들이 박혀 있었는데 아마도 그것들이 관문을 열 수 있는 표적인 모양이었다.

심온도 세 번째 관문을 앞두고는 깊게 숨을 골랐다. 심온의 신중한 모습에 사람들이 숨을 죽이고 그를 응시했다. 잠시 후 심온이 미세하게 숨을 토해내며 세 번째 관문을 향해 달려갔다.

슈우욱!

심온의 검이 노도처럼 움직였다. 통나무들 사이에 박혀 있는 표적들은 높이와 방향이 제각기 달랐으므로 그것들을 반 각 안에 가격하는 것은 결코 쉬운 일이 아니었다.

그러나 심온은 마치 물이 관문에 흘러들어 간 듯 유연한 움직임을 보이며 표적들을 검으로 때려대기 시작했다.

탕!

첫 번째 타격음이 생긴 이후 다시 열한 번의 타격음이 일어나기까지는 반 각에 훨씬 못 미치는 시간이 걸렸다. 그리고,

탕!

마지막 표적의 타격음이 일어나는 순간 세 번째 관문의 출구를 가로막고 있던 커다란 문이 누가 밀기라도 한 듯 좌우로 열렸다.

그르르룽!

제법 무게가 나가는 듯 출문이 열리면서 묵직한 마찰음이

들려왔다. 심온이 바람처럼 열린 출문을 통과하더니 무관의 끝 부분에 서 있는 또 다른 높다란 누각을 타고 올랐다. 그리곤 가볍게 누각 위에 내려섰다.

"와아!"

무관 주위에서 심온의 움직임을 보고 있던 무인들이 일제히 손뼉을 치며 환호성을 질러댔다. 제삼 관문에서 심온이 보인 유연한 움직임과 쾌속한 검술은 일류 경지에 오른 고수만이 보일 수 있는 무공이었다. 또한 이 무관에서만 볼 수 있는 특별한 구경거리기도 했다.

그러나 독심호리 심온은 사람들의 탄성에 아무런 반응도 하지 않고 그저 팔짱을 낀 채 자신의 뒤를 이어 무관을 통과하는 백선 서언과 통천 가섭의 모습을 지켜보고 있었다.

백선 서언과 통천 가섭 역시 어렵지 않게 무관을 통과해 심온이 기다리고 있는 누각 위로 올라왔다.

서언과 가섭이 올라오자 심온이 한 걸음 자리를 비켜 두 사람에게 공간을 내주었다. 서언과 가섭은 누각에 오른 후 잠시 숨을 골랐다. 아무리 그들이 고수라 해도 세 개의 관문을 연달아 통과하는 일은 그리 쉬운 일이 아니었던 모양이다.

그렇게 잠시 숨을 고른 백선 서언이 누각의 앞쪽으로 나서며 입을 열었다.

"모두 잘 보셨으리라 생각하오. 무관의 도전은 이곳에 모인 요동의 무림인이라면 누구라도 할 수 있소이다. 다만 이미 알고 계시겠지만 개인이 아닌 한 문파를 대표해 무관에 도전할 경우에는 한 문파당 오직 세 명만이 도전할 수 있소이다. 이는 어떤 한 문파에 요동무림의 권력이 집중되는 것을 막기 위함이니 모두 양해해 주시기 바라오. 무관 도전은 바로 지금부터 시작할 수 있소이다. 그럼 형제들의 무운을 비는 바이오!"

백선 서언이 정중하게 포권을 하는 것으로 말을 끝냈다. 그러자 한쪽에 서 있는 거대한 북이 다시 십여 번 거대한 울음을 울었다. 무관이 열렸음을 알리는 북소리였다.

의외의 침묵이 이어졌다. 무관이 열렸지만 도전하는 사람은 한동안 나서지 않았다. 삼지왕이 어렵지 않게 무관을 통과하기는 했지만 그들 세 명은 요동을 넘어 강호 천하에서 명망이 높은 인물들이다. 그들이 쉽게 통과했다고 무관을 통과하는 일이 누구에게나 쉬운 것은 결코 아니었다.

더군다나 무슨 일이든 시작이 어려운 법이라 누구 하나 먼저 나서서 무관에 도전하는 자가 나오지 않았다.

"뭐야? 다들 겁먹은 거야?"

대일이 지루한 듯 조용한 무관의 입구를 보며 중얼거렸다.

"겁먹을 일은 없지. 죽는 일도 아니고. 그저 누군가 먼저 무관에 도전하기를 기다리는 것이겠지."

"하여간 가슴들은 새가슴이라서……. 내가 먼저… 어?"

대일이 걸음을 옮기려다 말고 무관의 입구를 바라봤다. 그러자 건장한 체구를 가진 사내가 당당한 모습으로 무관 앞으로 나서고 있었다.

"내가 나설 필요는 없겠군."

대일이 팔짱을 끼며 중얼거렸다. 그러는 사이 무관 앞에 선 사내가 제일 관문을 들어서며 호기롭게 소리쳤다.

"사평에서 온 말생(末生)이오!"

사내가 이름을 밝히자 관문 옆에 자리를 잡고 있던 두 명의 중년 사내가 재빨리 붓을 들어 그 이름을 적었다..

"잘해보시오!"

워낙 호기롭게 나선 첫 번째 도전자라 무관 주변에 있던 사람들이 열화와 같은 성원을 보냈다. 사람들의 환호에 힘을 얻었는지 스스로를 말생이라 밝힌 사내는 짐짓 사람들에게 손을 들어 보이는 여유까지 보였다. 그러나 그의 얼굴빛을 자세히 살펴보면 그가 결코 이 도전을 만만히 생각하고 있지 않음을 알 수 있었다. 들어 올린 그의 손은 잘게 떨렸고, 눈에선 눈앞에 닥치자 생각보다 멀어 보이는 첫 번째 대나무에 대한 걱정이 떠올라 있었다.

"핫!"

사내가 용기를 냈다. 그가 힘찬 기합성과 함께 허공으로 치솟아올랐다. 사내의 장대한 체구가 한 마리 새처럼 허공을 날아갔다.

"오오!"

사람들 사이에서 탄성이 흘러나왔다. 사내의 몸은 생각보다 가볍게 하늘을 날고 있었다. 급기야 그의 발이 드디어 첫 번째 대나무 위에 닿았다. 순간 사내의 몸무게를 느낀 대나무가 활처럼 휘었다.

"핫!"

사내의 입에서 한 기합성이 터져 나왔다. 그러자 가녀린 대나무 가지의 탄력을 이용해 사내의 몸이 다시 허공으로 치솟았다.

"와아!"

첫 번째 대나무를 의지해 무사히 다시 허공으로 몸을 띄운 사내에게 사람들이 아낌없는 찬사를 보냈다. 사내는 허공에서 몸을 한 바퀴 회전한 후 다시 두 번째 대나무를 밟았다. 그런데 그 순간!

딱!

사내의 거대한 몸무게를 버티며 활처럼 휘던 대나무가 날카로운 소음과 함께 중간에서 뚝 부러져 버렸다.

"헛!"

순간 지지할 곳을 잃은 사내의 입에서 한마디 헛바람이 새어 나오더니 속절없이 땅으로 떨어져 내렸다.

타탁!

사내가 기울어진 몸을 재빨리 바로 세워 균형을 잡으며 땅에 내려섰다. 사내의 얼굴이 붉게 달아올랐다. 조금 전까지 사내에게 응원의 함성을 보내던 사람들이 이젠 껄껄대며 조롱의 눈으로 그를 바라보고 있었다. 만인 앞에 구경거리가 된 사내가 잠시 당황한 빛을 보이다 서둘러 꼬리를 말고 무관을 벗어났다.

　첫 번째 도전자가 제일 관문도 통과하지 못하고 실패하자 무관에 도전하겠다는 사람이 쉽게 나타나지 않았다.
　"명문의 고수들은 뭐 하나?"
　대일이 고개를 돌려 요동삼문을 비롯한 명문의 고수들을 바라봤다. 그러나 그들도 전혀 움직일 생각을 하지 않고 있었다.
　"하여간 눈치들은… 쯧!"
　대일이 혀를 찼다. 그런데 그때 누각 위에 올라 있는 삼지왕 중 백선 서언의 목소리가 들려왔다.
　"모두들 겁을 먹은 것은 아닐 것이오. 그러니 더 이상 무관의 도전을 뒤로 미루지 마시오. 이미 형제들이 신단평에 온 지 십여 일이 지나고 있소. 언제까지 형제들이 신단평에 머물 수는 없는 일 아니겠소? 무관은 그저 하나의 요식행위에 지나지 않소. 그런 무관에 시간을 허비해서야 되겠소이까? 우리에겐 요동무림의 통합이라는 중대한 사명이 있소. 그러니 형제들께서는 시간을 허비치 마시기 바라오. 그런 의미에서 앞으로 도전자가 일각 이상 지체되면 무관을 닫는 것으로 하겠소. 그리고 그때까지 무관을 통과한 사람만이 요동무림의 통합을 논의할 수 있을 것이오!"
　서언의 단호한 말에 잠시 사람들 사이에 동요가 일었다. 그리고 그 동요는 한 명의 거대한 장한에 의해 깨졌다.

"무인이란 사람들이 무슨 겁이 그렇게들 많소. 이 몸이 도전하겠소."

장한이 첫 번째 관문 입구로 홀쩍 뛰어오르며 큰 목소리로 말했다.

"출신과 이름을 밝히시오."

관문 옆을 지키고 있던 중년 사내가 재빨리 소리쳤다.

"난 장백십삼채의 총재주인 곽풍산이라 하오!"

"어이구, 저 녀석, 성질 급한 거 하고는."

대일이 무관 제일 관문 앞에 선 곽풍산을 보며 혀를 찼다.

"어차피 할 일이라면 빨리 해치우는 것도 나쁘진 않아."

송추월이 담담하게 말했다.

"그렇긴 한데 걱정이다. 저 녀석 몸무게를 저 가느다란 대나무가 버텨낼지 말이다."

"너나 걱정해."

"글쎄, 난 풍산 녀석보단 가볍다니까."

대일이 어깨를 으쓱거렸다.

그런데 곽풍산이 무관 도전에 나서자 여기저기서 웅성거리는 목소리가 들리기 시작했다.

"햐, 말세군, 말세야. 산적 나부랭이가 무림인들의 회합에 나타나다니 말이야. 예전 같으면 얼굴도 내밀지 못했을 것들이……."

"그러게 말이야. 며칠 전부터 구한산 중턱에 떡하니 진을 치고 있더니 급기야 무관에까지 도전하는군."

“아마 톡톡히 망신을 당할 걸세. 저 무관은 일류고수라 해도 통과하기가 쉽지 않은 관문일세. 산적 나부랭이가 통과할 관문이 아니지.”

“당연하지. 하물며 저 산적 놈 몸뚱이를 보게. 저게 어디 사람 몸인가? 저 몸으로 과연 제일 관문이나 통과하겠나?”

“하긴 그래. 저놈의 몸뚱이를 견디려면 대나무가 아니라 무쇠가 필요할 걸세.”

“아무튼 오늘 망신을 당하면 당장 짐을 싸 구한산을 떠나야 할 거야. 지금이야 험상궂은 인상과 떼거지로 몰려온 그 숫자로 버티고 있지만 밑천이 드러나면 더 이상 구한산에 머물 수는 없을 테니까. 계속 머물다간 분명 누군가에게 큰 곤욕을 치르게 될걸.”

“아암, 당연한 일이지. 이곳에 모인 사람들이 어디 보통 사람들이던가? 요동의 내로라하는 명문 협사들 아닌가. 당연히 산적 나부랭이가 요동무림의 명예를 더럽히는 것을 용납하지 않을 걸세.”

“일단 녀석이 어떻게 망신을 당하나 구경이나 하세.”

송추월과 대일의 귀에도 사람들의 빈정거림이 들렸다.

“저것들, 버릇을 고쳐줘?”

대일이 곽풍산에 대해 험담을 늘어놓는 자들을 돌아보며 나직하게 중얼거렸다.

“놔둬. 풍산이 관문을 통과하면 모두 입을 닫을 테니까.”

“하긴. 그런데 풍산 녀석은 왜 저렇게 뜸을 들여. 단번에 관문을 통과해 본때를 보여주지 않고!"

대일의 말을 들었을까, 곽풍산이 드디어 몸을 날렸다.

슈우욱!

곽풍산의 거구가 가벼운 새털처럼 허공을 날았다. 단번에 삼 장을 도약한 곽풍산이 첫 번째 대나무 위에 내려섰다. 그러 자 대나무가 곽풍산의 무게를 이기지 못하고 크게 휘어졌다. 그러나 다음 순간 곽풍산의 무거운 몸이 여린 대나무의 탄력 을 이용해 다시 허공으로 치솟았다.

"어어!"

애초에 장백십삼채의 산적 출신이란 말에 그를 업신여기고 있던 장내의 고수들이 곽풍산이 첫 번째 대나무를 밟고 날아 오르자 당황스런 음성을 흘려냈다.

곽풍산의 두 발이 가볍게 허공에서 교차했다. 그러자 그의 신형이 순식간에 두 번째 대나무 위에 도달했다.

팟!

이번엔 곽풍산이 대나무 위에 내려서지 않고 가볍게 한 발 로 대나무 끝을 찼다.

탕!

곽풍산의 발에 차인 대나무가 맑은 파공음을 일으켰다. 순 간 곽풍산의 신형이 쏘아지듯 앞으로 날아갔다. 그리곤 순식 간에 세 번째 대나무를 밟더니 허공으로 크게 치솟아 관문의 반대편에 내려섰다.

순간 장내에 잠시 침묵이 감돌았다. 산적 출신인 곽풍산이 첫 번째 관문을 통과할 거라 예상한 사람은 많지 않았다. 그런데 곽풍산은 모두의 예상을 뒤엎고 무척 고절한 수법을 사용해 거구의 몸으로 일차 관문을 통과했던 것이다.

"잘했다!"

짝짝짝!

사람들의 시선에도 아랑곳 않고 대일이 곽풍산을 향해 박수를 쳐댔다. 그러자 사람들이 기이한 시선으로 대일을 바라봤다. 대일은 요동 최고의 표국이라는 천리표국의 표두였다. 대일의 얼굴을 아는 사람은 적었지만 그의 옷차림만 보아도 그가 천리표국의 표두라는 사실은 누구나 알 수 있었다. 그런 그가 표국과는 상극이랄 수 있는 산적을 응원하고 있으니 기이한 일이 아닐 수 없었다.

어쩌면 사람들 중에는 대일과 곽풍산의 관계를 의심하는 사람도 있을 터이다. 예전부터 표국과 화적들이 은밀한 관계를 맺고 대상들의 상행을 노린다는 말이 끊이지 않고 나돌고 있기 때문이다. 그러나 대일은 사람들의 시선에 아랑곳하지 않고 곽풍산을 격려했다. 그에게 있어 곽풍산은 산적이기 이전에 어린 시절을 함께한 친구였기 때문이다.

어쨌든 대일의 격려를 뒤로하고 곽풍산이 이차 관문을 향해 움직였다.

곽풍산의 거대한 몸이 그와 비슷한 크기의 바위 앞에 섰다. 사람들이 숨죽여 곽풍산을 응시했다.

　본래 사람의 근육으로 들 수 있는 무게는 한계가 있다. 아무리 근력을 키운 사람이라도 근육의 힘으론 지금 곽풍산 앞에 놓인 바위를 움직일 수 없었다. 바위를 움직여 길을 만들자면 공력이 필요한데, 과연 산에서 산적질을 하는 자가 얼마나 공력을 쌓았을까 하는 의문을 여전히 사람들은 가지고 있었다.

　그러나 기실 곽풍산에겐 이 두 번째 관문이 가장 수월한 시험이라고 할 수 있었다. 타고난 천력에 마효에게 전수받은 화수유천의 신공은 곽풍산에게 강호에서 흔히 볼 수 없는 거력을 선물해 주었기 때문이다.

　턱!

　곽풍산이 길을 막고 있는 바위에 두 손을 올렸다.

　"으찻!"

　그리곤 마치 공력이, 아니, 타고난 힘으로 바위를 밀 듯 기합성을 흘려냈다. 그러자 길을 막고 있던 바위가 가볍게 기울어진 경사지를 굴러 올라갔다.

　"오오!"

　산적이라 무시하던 무림인들이 이번에는 감탄사를 흘려냈다. 지금 곽풍산이 바위를 움직이는 모습은 앞서 무관을 통과한 삼지왕 때보다 오히려 더 자연스러워 보였다. 그건 곧 이 젊은 산적이 그들이 생각하는 것보다 훨씬 뛰어난 공력을 지니고 있다는 것을 의미했다.

　"핫!"

곽풍산의 입에서 한마디 기합성이 다시 터져 나왔다. 그러자 그의 손을 떠난 바위가 한 자 정도 더 위로 밀려 올라갔다. 그 틈을 이용해 곽풍산이 여유있게 걸음을 옮겨 바위가 막고 있던 관문을 통과했다.

구르릉!

곽풍산이 관문을 통과하자 위로 밀려 올라갔던 바위가 천둥 같은 소리를 내며 경사지를 미끄러져 내려오더니 벼락이라도 치듯 강하게 본래 자신이 있던 자리로 들어가 박혔다.

쿵!

바위가 제자리를 찾아들어 갔을 때 곽풍산은 어느새 세 번째 관문 앞에 서 있었다.

"와아아아!"

"대단하다, 산적!"

여기저기서 탄성이 흘러나왔다. 본래 예상치 못한 자의 활약은 사람을 더욱 흥분시키게 마련이다. 처음 곽풍산을 비웃던 자들이 한순간에 열렬한 지지자로 변했다.

"사람들 인심 하고는 참!"

곽풍산을 향해 환호를 보내는 사람들을 보며 대일이 혀를 찼다.

"그게 세상 인심이죠."

서연이 미소를 지으며 말했다.

"인간은 본래 간사한 존재야."

송추월은 심드렁히 중얼거렸다.

“어쨌든 녀석이 제법 사람들의 인심을 얻은 것 같아. 이젠 녀석이 산적이라고 해서 무시할 사람은 없겠어.”

“마지막 관문을 통과한다면 그렇겠지.”

송추월이 대일의 말을 받았다.

“통과할까?”

“걱정은 통과하는 것이 아니라 과연 관문이 성하냐는 것이겠지.”

“흐흐흐, 생각해 보니 그러네. 녀석의 부술(斧術)이라면야 뭐 관문 통과를 걱정할 필요는 없겠지.”

대일이 고개를 끄덕였다.

세 번째 관문을 앞에 둔 곽풍산이 생김새와는 달리 차분한 표정으로 관문 안의 표적들을 살폈다. 그러나 표적들은 교묘하게 배치되어 있어 입구에서 모든 표적을 한눈에 살필 수는 없었다. 그건 곧 관문을 통과하면서 표적들의 위치를 확인해 가격해야 한다는 의미였다. 기본적인 무공에 더해 뛰어난 임기응변의 능력을 가지고 있어야 관문을 통과할 수 있다는 의미. 그러나 곽풍산의 생각은 좀 다른 모양이었다.

“보이지 않으면 가린 것을 치우면 되지.”

곽풍산이 훌쩍 신형을 날렸다. 이후 사람들의 눈앞에서 경악스런 일이 일어났다.

콰콰쾅!

곽풍산의 도끼가 광풍을 일으키며 휘날렸다. 도끼가 한 번

휘둘러질 때마다 정확하게 한 개씩의 표적을 적중시켰다. 그리고 그중 몇 개는 가루가 되어 떨어져 내렸다.

삽시간에 세 번째 관문이 풍비박산 나기 시작했다. 교묘하게 사람들의 시야를 가리며 서 있던 나무 기둥 중 두어 개가 곽풍산의 도끼에 허리가 부러져 쓰러졌다.

그렇게 일진광풍이 몰아치듯 관문을 돌파한 곽풍산이 한순간 커다란 기합성과 함께 마지막 표적을 내려쳤다.

"핫!"

쿠릉!

곽풍산의 도끼에 가격당한 표적이 두 조각이 나며 갈라졌다.

그르릉!

마지막 표적이 깨어지는 순간 세 번째 관문을 막고 있던 문이 큰 소리를 내며 좌우로 열렸다. 곽풍산이 번개처럼 열린 문 사이로 뛰어들더니 태산처럼 무섭게 관문 끝 누각에 올라섰다.

순식간에 세 번째 관문을 관통한 곽풍산이 마치 신장(神將)과 같은 모습으로 누각에 우뚝 섰다. 무관을 둘러싸고 있던 무림인들이 일순 입을 다물지 못하고 곽풍산을 바라봤다. 곽풍산의 공력이 대단하다는 것은 두 번째 관문을 통과할 때 이미 드러난 바이지만, 세 번째 관문을 통과한 그의 부술은 공력의 강력함을 넘어선 전율적인 파괴력을 보여주었던 것이다. 단언컨대 장내의 고수 중 오늘 곽풍산이 보여준 것과 같은 강력한

부법을 시전할 사람은 존재치 않을 것이다. 더군다나 그는 그
들이 경원시하던 산적 두목이었다.

"이거… 관문이 너무 약한 것 같습니다?"

침묵을 깬 것은 곽풍산 스스로였다. 그의 시선은 삼지왕에
게로 향해 있었다.

第三章
무관(武關)

화마경

무관 도전이 중지됐다. 다른 이유가 있는 것은 아니었다. 단지 무관이 제 기능을 하지 못하게 되었기 때문이다. 곽풍산은 무관의 제삼 관문을 엉망으로 만들어놓고는 유유히 장내를 떠나 구한산 기슭 장백십삼채의 숙영지로 올라갔다.

삼지왕을 제외하곤 첫 번째로 무관을 통과한 곽풍산의 만행 아닌 만행에 무관 도전은 시작하자마자 중지됐다. 그러나 삼지왕은 곽풍산에게 어떤 불만이나 불평도 늘어놓지 않았다. 다른 사람들 역시 마찬가지였다. 곽풍산이 무관을 통과한 방법은 과격했지만 그가 보여준 무공은 사람들을 감탄시키기에 충분했기 때문이다.

사람들은 곽풍산의 거침보다 그의 무공, 그가 보여준 호쾌

한 무공에 마음을 빼앗겼다. 강호는 워낙 권모술수가 판을 치는 곳이라 사람들은 거칠어도 호탕한 모습을 보이는 곽풍산 같은 사람에게 오히려 매력을 느끼게 마련이다. 덕분에 곽풍산은 의도하지 않게 한순간에 신단평의 중요한 인물로 부각되고 있었다.

삼지왕은 서둘러 곽풍산의 도끼에 흐트러진 제삼 관문을 손보기 시작했다. 삼지왕을 돕는 무인들이 서둘러 아름드리나무 기둥을 가져오고 삼지왕의 손이 숙련된 목수처럼 움직였다. 그러길 두 시진, 거의 반나절을 보내고서야 무관은 다시 제 모습을 찾았다.

"오늘 무관에 도전하시는 분들은 모두 요동제일의 고수 분들이시오. 하지만 보시다시피 무관은 목재를 써서 만든 것이오. 만약 이곳에 계신 고수 분 중 한 분이라도 무관을 부수겠다고 마음먹는다면 누구나 부술 수 있을 것이오. 그러니 만약 모든 분들이 앞서 무관에 도전했던 장백십삼채의 총채주 곽대협처럼 무관을 대한다면 이 시험은 일 년이 지나도 끝나지 않을 수 있소. 그러니 부디 무관을 여인 다루듯 부드럽게 대해주시기 바라오."

무관의 정비를 마치고 다시 누각에 오른 삼지왕 중 통천 가섭이 짐짓 장난스러운 말투로 무관 주위의 무인들에게 부탁을 했다.

"하하하! 알겠습니다, 어르신! 아이 다루듯 하지요."

"하하하!"

이곳저곳에서 통천 가섭의 말에 호응하는 대답들이 흘러나왔다.

"역시 대단한 사람이군."

오랜 기다림으로 지루했을 무인들의 불만을 한마디 말로 풀어버리는 통천 가섭을 보며 송추월이 고개를 저었다.

"통천 가섭의 혀는 사람을 죽이기도 하고 살리기도 한다고 하지요."

서연이 대답했다.

"그는 어떤 사람입니까?"

"뭐, 평판이 나쁘지는 않아요. 혹자는 강호에서 가장 거래를 능숙하게 이뤄내는 사람이란 평가를 하기도 하지요. 해서 분란을 도검으로 해결하지 않으려는 사람들은 통천 가섭을 찾아 중재를 맡기지요. 그가 나서서 해결되지 않은 분란이 없다고 하지요?"

"이번 회합에 꼭 필요한 사람이란 뜻이군요."

"그렇지요. 백선 서언이나 독심호리 심온 같은 경우는 호불호가 분명한 사람들이라 많은 사람들의 이해관계를 조절하는 데에는 통천 가섭에 비해 부족함이 있다고 할 수 있지요."

서연이 통천 가섭에 대해 설명하는 사이 다시 백선 서언이 앞으로 나섰다.

"자, 이제 오늘 해도 얼마 남지 않았으니 무관에 도전하실 분은 서둘러 앞으로 나와주시기 바라오!"

백선 서언의 재촉이 있자 흑색 장삼의 사내 하나가 무관 앞으로 뛰어나왔다.

"이릉에서 온 송양이오!"

자신의 이름을 밝힌 사내가 지체하지 않고 제일 관문을 통과하기 시작했다. 그렇게 다시 무관의 시험이 시작됐다.

무관이 열린 첫 번째 날 무관을 통과한 사람은 생각보다 많지 않았다. 도전자는 근 삼십여 명에 이르렀으나 무관을 통과한 사람은 겨우 일곱 명뿐이었다.

"생각보다 무관 통과가 쉽지 않은 모양이군."

해가 서쪽으로 지자 무관이 닫히고 사람들은 자신들의 숙영지로 돌아갔다. 송추월과 서연, 그리고 대일도 막사로 향했다. 말을 꺼낸 것은 대일이었다.

"첫날이라 그럴 거야. 오늘 무관에 도전한 사람들 중 이름있는 사람은 오직 삼지왕뿐이었잖아. 고수들은 서두르는 법이 없으니까."

송추월이 대답했다.

"그렇긴 하군. 요동의 명문이란 곳에서도 한 명도 도전자를 내지 않았으니까."

대일이 고개를 끄덕였다.

"내일부터는 달라지겠죠. 무관을 통과하려면 어느 정도 수준의 무공이 있어야 하는지 오늘 눈으로 보았으니 자신의 무공을 생각지 않고 도전하려던 사람들은 이제 무관 도전을 포기할 거예요. 그렇게 되면 진정한 강자들이 나오게 되겠지요."

“얼마나 될까?”

대일이 고개를 갸웃하며 물었다.

“뭐가?”

송추월이 되물었다.

“최종적으로 무관을 통과한 사람의 숫자 말이야.”

“글쎄. 오늘 결과로 보아서는 그리 많을 것 같지 않은데? 더군다나 한 문파에서 오직 세 명까지만 무관에 도전할 수 있다는 제약도 있으니.”

“흠, 그럼 대장로가 되기 위한 물밑 싸움이 더욱 치열해지겠군.”

“그렇겠지.”

“넌 어쩔 거야? 언제 도전할 거야?”

“글쎄……”

송추월이 머뭇거렸다.

“할 거면 빨리 하는 것도 좋죠.”

서연이 말했다.

“하하, 역시 서 소저께서는 호탕하시군요.”

대일이 너털웃음을 터뜨렸다. 그러는 사이 세 사람이 어느새 숙영지에 도착했다. 그런데 숙영지엔 고월산장과 천리표국에 어울리지 않는 사람이 세 사람을 기다리고 있었다.

“총채주께서 두 분 대협을 초대하셨습니다.”

사내는 곽풍산의 명을 받고 송추월과 대일을 데려가기 위해 장백십삼채에서 나온 산적이었다.

“무슨 일이 있습니까?”

“총채주께서 무관을 통과하신 기념으로 오늘 밤 잔치를 연다고 합니다.”

“헛, 우스운 녀석일세. 그게 무슨 대단한 일이라고.”

“산채에는 중요한 일이지요.”

대일의 코웃음에 심부름 온 산적이 조금 불만스런 표정으로 대답했다. 아마도 곽풍산이 오늘 무관을 통과한 일을 대단치 않게 생각하는 대일의 말이 거슬린 모양이었다.

“알았수. 곧 가리다.”

대일이 상대의 불만에는 아랑곳하지 않고 심드렁하게 대답했다.

“그럼 산에서 뵙지요.”

심부름 온 산적이 건성으로 고개를 숙여 보이고는 이내 산을 치달아 올랐다.

“두 분은 또 내일 아침에야 돌아오시겠군요.”

서연이 송추월과 대일을 보며 말했다.

“뭐, 풍산 녀석에게 걸리면 그렇게 되겠지요.”

대일이 고개를 끄덕였다.

“그럼 전 먼저 들어가서 잘게요. 즐겁게 놀다 오세요.”

서연이 말을 마치고는 서둘러 자신의 막사로 들어갔다. 서연이 들어가자 송추월과 대일이 천천히 산길을 오르기 시작했다.

　　　　　　＊　　　＊　　　＊

　“역시 대단치 않군요.”

　흑의를 입은 중년 사내가 어둠 속에서 신단평에 펼쳐진 요
동고수들의 숙영지를 내려다보며 말했다.

　“무슨 말인가?”

　노인이 물었다.

　“사람들은 요동의 저력이 무섭다고 하지만 일개 산적이 통
과한 관문을 일곱밖에 통과하지 못했으니 역시 요동은 무림의
변방이 인 듯싶습니다. 더군다나 앞서 관문을 시험 삼아 통과
한 삼지왕을 제외하면 겨우 넷이 아닙니까?”

　“좋지 않군.”

　노인의 말에 말을 꺼낸 중년 사내가 의아한 눈으로 노인을
바라보며 물었다.

　“무슨 말씀이시온지?”

　“자네의 눈 말이야. 대천추성 북황사자의 눈이 겨우 그 정도
이니 내가 걱정을 하지 않을 수 없단 말이네.”

　노인이 질책하듯 말했다.

　“제가 잘못 보았다는 말씀이시온지?”

　“잘못 봐도 한참 잘못 봤어.”

　“가르침을 주십시오.”

　사내가 공손하게 머리를 조아렸다.

　“좋아. 부족하나 배우려는 자세가 있으니 아주 나쁜 것은 아

니군. 먼저 요동무림에 사람이 없다는 말부터 잘못됐네. 요동무림에 어찌 사람이 없겠나. 오늘 나선 자들은 요동무림의 진실한 강자들이 아니야. 강자들은 아직 얼굴을 내밀지 않았다는 말일세. 내일부터는 달라질 테니 두고 보게. 그리고 두 번째는 삼지왕에 이어 첫 번째로 관문을 통과한 산적 말이야.”

“곽풍산이라는 그자 말입니까?”

“그래, 그자. 결코 무시할 자가 아닐세.”

“그리 보셨습니까?”

“나이가 어리고 산채에 머무는 자라 하나 그 나이에 장백십삼채의 총채주가 되었다는 것을 생각해 보게. 그건 곧 그에게 그럴 만한 실력이 있다는 의미일세. 아니, 오히려 어린 나이에 총채주가 되었으니 겉으로 보는 것보다 더 뛰어난 인물일 수도 있지. 솔직히 그런 것을 모두 제쳐 두더라도 오늘 그가 무관을 통과하는 모습을 보았을 때, 그의 무공은 적어도 그대들 북황사자에 비해 뒤지지 않는 수준일 걸세.”

“설마 그렇게까지야…….”

노인을 지극히 공경하는 중년 사내였지만 이번만큼은 불쾌한 기색을 드러냈다.

“후후, 아니라고 보는가?”

“십 초 안에 그를 제압할 자신이 있습니다.”

“하하, 큰일이군. 이리 자만해서야…….”

“성주께서 왜 그를 그리 높이 평가하시는지 모르겠습니다. 물론 그의 신력이 대단하기는 했사오나… 제삼관을 그리 통과해서는……."

"자넨 그가 실력이 없어서 제삼관을 손실했다고 보는 건가?"

"아니란 말입니까?"

"당연히 아닐세. 그의 부술은 내가 본 부술 중 최고의 경지에 이른 것이었네. 산적 주제에 어디서 그런 뛰어난 부술을 익혔는지 궁금해 미칠 지경일세. 그의 부술은 강하면서도 날카로웠네. 그가 제삼관에 어떤 피해도 주지 않고 관문을 통과하려 했으면 분명 그리했을 거야. 말인즉슨 그는 일부러 제삼관을 부순 것일세."

"정말 그렇다면 이유를 모르겠군요. 무공을 모르는 사람이라면 삼관을 부순 그의 행동에 겁을 먹겠지만 조금이라도 무공에 조예가 있는 사람이라면 오히려 그 행동으로 자신을 애송이 취급을 할 텐데요."

"둘 중 하나겠지. 애초에 성질이 더러운 자이거나, 혹은 자신의 진실한 실력을 감추고자 했거나."

"어느 쪽으로 보십니까?"

"본래 이런 경우는 후자의 경우가 대부분이야. 그런데 웬일인지 그자만큼은 전자일 수도 있다는 생각이 드는군."

"그를 좋게 보셨군요."

"후후, 자네가 내 마음을 읽는 것만큼 타인도 유심히 살폈으면 좋겠군. 자네 말이 맞아. 난 그가 마음에 드는군."

"어떤 점이 말입니까?"

"나와 자네들, 우린 천추성 북황성의 사자로 살아오면서 무림의 온갖 귀계와 술수를 겪었지. 그런데 그자는 산적이라서 그런지 신선한 느낌을 줘. 아주 오랜만에 느껴보는 신선함이야. 야성의 기운도 느껴지고… 독특한 기도를 가지고 있어.”

“그럼 손을 내밀어보심이 어떨까요?”

그러자 노인이 고개를 저었다.

“아니. 그렇다고 해도 그가 천목맹의 주인이 될 수는 없네.”

“어째서 말입니까?”

“그가 나이나 신분에 비해 대단한 무공을 지니고 있다고는 해도 그 뿌리가 변하는 것은 아니야. 다시 말해, 천목맹의 주인이 되기 위해선 무공뿐 아니라 그에 합당한 세력과 강호의 평판도 필요하단 말이지. 그의 무공이 놀랍기는 하지만 그가 과연 요동삼문의 문주들과 비교될 수 있겠는가?”

노인이 물었다.

“어렵지요.”

“맞네. 설혹 그가 요동삼문의 문주들과 비슷한 수준의 무공을 가지고 있다 하더라도 그가 물건의 주인이 되어 천목맹을 장악할 수는 없을 걸세. 요동삼문의 전통을 넘어서는 일은 쉬운 것이 아니야. 사실 요동무림이 이 신단평에서 이런 회합을 가질 수 있는 것도 기실은 요동삼문의 힘이 있기에 가능한 일이니까.”

“그렇군요. 하면 역시 요동삼문이……?”

“가능성으로는 그들이 최고지. 하지만 난 다른 두 문파를 눈여겨보고 있네.”

“요동삼문과 비견될 문파가 있단 말입니까?”

“지금으로서야 요동삼문에 비할 바 아니지만 어떤 변수가 생긴다면……”

“어딥니까?”

“고월산장과 대산문일세.”

노인의 대답에 중년 사내가 고개를 갸웃했다.

“의외군요. 물론 그들이 제법 대단한 명성을 얻고 있긴 하지만 그래도 요동삼문에 비한다면……”

“하나의 문파로선 당연히 비할 바가 못 되지. 하지만 이번 모임은 문파와 문파 간의 힘겨루기가 아니네. 어느 문파가 요동 고수들의 마음을 많이 얻느냐 그 싸움이지. 그런 면에서 보자면 이들 두 문파는 가능성이 있네. 고월산장엔 고무룡이라는 요동 최고의 후기지수가 있네. 그의 광명정대함은 이미 요동을 넘어 중원에까지 알려지고 있어. 또한 대산문은 황문과의 싸움에서 탁월한 능력을 발휘한 그 젊은 총관, 대산문주의 사위가 되었다고 했던가?”

“그렇습니다. 부루라고 했지요.”

“그래, 그 총관이 심상치 않아. 들리는 소문에 그의 무공도 무공이지만 대산문주가 문의 모든 일을 그에게 일임했다는 것을 보면 그의 지모가 삼지왕에 못지않게 뛰어나다는 것을 의미하지. 요동의 고수들을 불러들인 후 그들의 눈앞에서 스스로의 힘으로 황문을 물리치는 것을 보여준 것은 무척 대범한 계책이라고 할 수 있네. 그런 자는 본시 야망이 큰 법이라네.

이 두 사람이 변수가 될 수 있을 것 같아."

"하지만 그래도 요동무림의 우두머리가 되기에는 너무 젊지 않습니까?"

"맞아. 유일한 약점이 그것이지. 일단 일이 어찌 되어가나 보자고."

"차라리 지금이라도 천리표국주에게서 물건을 받아내시는 것이……."

"쓸데없는 짓이네. 이곳에서 함부로 분란을 일으키는 것은 현명한 생각이 아니야. 만에 하나 물건을 손에 넣지 못하고 우리의 신분만 드러나게 된다면 천추성에서 우리 북황성의 위치는 바닥으로 떨어져 내릴 걸세."

"하지만 그 물건을 손에 넣는다면 요동무림을 손에 넣을 수도 있지 않습니까? 모험을 해볼 만한 일 아닐까요?"

"그 또한 모르는 소리."

노인이 단호하게 고개를 저었다.

"가르침 주십시오."

"그 물건을 손에 넣는다고 우리가 요동무림을 차지할 수 있을 것 같나? 비록 신인 도명의 유물이라 할지라도 그 물건이 지닌 힘을 발휘하는 것은 요동무림인의 손에 있을 때일세. 신인 도명은 수백 년 전 사람이야. 사실 그의 유훈 같은 것은 쓸모가 없는 시대네. 단지 필요한 것은 명분인데, 그 명분은 오직 요동무림인에게서만 나올 수 있네. 우리가 그 물건을 손에 들고 요동무림은 천추성을 따르라고 호령한다면 아마도 복속은 커녕 큰 전쟁이 벌어질 걸세. 신인 도명의 물건을 중원에 넘겨줄 수 없다면서 말이야. 그러니… 애초에 그 물건을 손에 넣어 우리의 꼭두각시를 세우는 일이 틀어진 이상 역시 물건의 주인이 될 만한 자와 선을 대는 것이 더 나은 선택일세.”

“알겠습니다.”

“두고 보세, 과연 요동의 판세가 어찌 돌아가게 될지. 이미 우리 사람도 저 안에 들어가 있으니.”

노인이 다시 시선을 돌려 신단평을 응시했다.

무관이 열린 후 둘째 날, 사람들은 아침부터 무관 주위로 모여들었다. 또한 무관에 도전하는 자들도 어제완 다르게 서둘렀다. 이미 무관을 통과하기 위해선 어느 정도의 무공이 있어야 하는지 드러났기 때문에 둘째 날 무관에 도전하는 사람들은 하나같이 고수였다. 그리고 요동 명문에서 나온 고수들도 무관에 도전하기 시작했다.

덕분에 무관을 통과하는 비율이 첫째 날에 비해 월등히 높아졌다. 둘째 날은 셋 중 하나는 무관을 통과하고 있었다.

“확실히 다르군.”

무관을 통과하는 자들의 모습을 보며 대일이 고개를 끄덕였다.

“고수 중의 고수들이 나오는 것 같아.”

송추월도 관심을 기울이며 말했다.

“지금까지 관문을 통과한 자가 모두 스물이니 오늘 중으로 오십은 너끈히 관문을 넘겠구먼."

다시 대일이 말했다.

"이대로라면 모두 얼마나 관문을 통과할까요?"

서연이 고개를 갸웃하며 물었다.

"글쎄요. 적어도 일백은 넘을 것 같군요. 아직 요동삼문의 고수들은 나서지도 않았으니."

그때 갑자기 사람들 사이에서 웅성거림이 일어났다.

"드디어 그가 나섰군요."

서연이 호기심을 드러내며 말했다.

"녀석, 생각보단 참을성이 없는데?"

대일이 무관의 입구에 선 부루를 보며 빙긋 미소를 지었다.

"다 생각이 있겠지."

송추월이 대답했다.

"지금 계산을 하고 나왔다는 말이야?"

"근 한 시진째 관문을 통과하는 사람은 많아도 사람들의 이목을 끌 만큼 대단한 무공을 보인 사람은 없었어. 그러니 지금 특별한 실력을 보이면 사람들에게 강한 인상을 줄 거야. 더군다나 녀석은 이미 사람들 사이에 제법 알려져 있으니까."

"그렇군. 벌써 사람들이 모두 녀석을 주목하고 있잖아?"

대일은 생각보다 많은 사람들이 부루에게 관심을 보이자 새삼스럽게 그의 유명세에 놀란 모양이었다.

제일 관문 위에 잠시 서 있던 부루가 훌쩍 신형을 날렸다.

대호산의 다섯 산적 중 원무극을 제외하고는 부루가 가장 마른 체구를 가지고 있었다. 부루의 외모는 그가 대산문의 총관이란 사실을 모른다면 젊은 학인처럼 생각되어질 정도였다. 그건 무관에 도전하고 있는 지금도 마찬가지였다. 더군다나 그는 도검을 사용하지 않았기에 더욱더 무인들이 모인 장소에 어울리지 않았다.

"대산문의 총관 부루요!"

제일 관문의 입구를 통과하며 부루가 낮고 빠르게 말했다. 관문 옆에서 도전자를 확인하던 중년 사내가 재빨리 붓을 놀렸다. 그사이 부루는 어느새 첫 번째 대나무를 밟고 있었다.

착!

대나무에서 낮은 소음이 일어났다. 부루의 발에 밟힌 대나무가 가볍게 굽혀졌다 싶은 순간 그의 신형이 다시 허공으로 치솟았다.

탁탁!

첫 번째 대나무를 밟고 도약한 부루가 연이어 두 개의 대나무를 차례로 밟고 순식간에 관문의 건너편에 도달했다. 부루의 신법은 실로 간결해서 마치 제비가 물을 차고 나는 듯했다.

"아!"

"역시!"

송추월의 귀에 이곳저곳에서 들려오는 사람들의 탄성 소리가 들어왔다.

"녀석, 역시 제법이야."

대일 역시 부루의 신법에 진심으로 감탄한 모양이었다. 일차 관문을 통과한 부루는 서두르지 않았다. 그는 이차 관문 입구에 서서 차분하게 사람들의 웅성거림이 가라앉기를 기다렸다. 그리고 잠시 후 마른 체구의 부루가 이차 관문을 어찌 통과할지 호기심이 생긴 사람들이 입을 닫았을 때, 부루가 천천히 이차 관문인 거대한 바위 덩어리를 향해 움직였다.

가녀린 손이 수많은 고수들의 손이 닿은 바위에 닿았다. 손은 전혀 무공을 익힌 자의 것 같지 않았다. 그러나 그 가녀린 손에 가늘고 푸른 혈관이 비치는 순간 놀랍게도 거대한 바위가 미끄러지듯 경사지로 밀려 올라갔다.

"오!"

익히 대산문의 젊은 총관의 실력이 만만치 않다는 것을 들어 알고 있던 사람들조차도 그 가녀린 손이 만들어내는 광경에 감탄사를 흘려냈다.

그르릉!

부루는 바위를 밀어낸 후 작은 개울을 건너듯 가볍게 뛰어 이차 관문을 통과했다. 그의 모습이 여전히 무인 같지 않았기에 이차 관문을 통과하는 부루는 다른 사람들이 이차 관문을 통과할 때와는 또 다른 인상을 심어주고 있었다.

"만약 녀석이 사람들의 관심을 끌길 원했다면 이미 성공한 것 같군."

대일이 흡족한 미소를 지으며 고개를 끄덕였다.

"분위기가 달라요."

서연이 문득 입을 열었다.

"다르죠, 우리완."

송추월도 서연의 말에 동의했다.

"정말 저 사람이 산적이었어요?"

서연이 확인하듯 되물었다.

"그럼요. 보기엔 저래도 우리 중 가장 독한 구석이 있는 녀석이라니까요."

대일이 대답했다.

"그런가요? 전혀 그래 보이지 않는데."

"만약 우리 중 강호에 큰 세력을 만들 놈을 꼽으라면 난 당연히 저 녀석을 꼽을 겁니다."

"다른 분들은 아닌가요?"

"흐흐, 솔직히 말해 우리 다섯 중 난 그릇이 안 되고, 무극 그 녀석은 소심하고, 풍산 녀석은 너무 무절제하고, 그리고 이 녀석은……."

대일이 눈을 가늘게 뜨고 송추월을 응시했다.

"난 어떤데?"

송추월도 자신에 대한 대일의 평가가 궁금한지 물었다.

"넌… 너무 불안해."

"내가?"

"그래. 네놈은 통 그 속을 모르겠단 말이야. 어떤 때는 야차처럼 거칠고, 어떤 때는 여인처럼 여리고… 하여간 종잡을 수가 없어."

“내가 그런가?”

“그래. 그래서 네놈은 사람을 불안하게 해.”

“그렇군.”

“본래 누군가의 곁에 사람이 머물게 되는 것은 그에게서 어떤 방식으로든 안정감을 느끼기 때문이거든. 그런데 네놈은 곁에 있는 사람을 불안하게 만들어. 더군다나 욕심도 없으니 다른 사람이 네 곁에서 얻을 이익도 없지. 그래서 네놈도 강호에서 한 세력 만들기에는 적당치 않아.”

“그래? 나도 모르던 사실을 알게 됐군. 하지만 뭐 애초부터 그런 것에는 관심없었으니까.”

“알아. 하여간 그래서 우리 중 제대로 된 녀석은 부루 저 녀석밖에 없다는 거지.”

“네 말이 맞다. 하지만 녀석도 단점이 없는 게 아니야.”

“부루 녀석에게 단점이 있다고?”

“그래.”

“난 잘 모르겠는데?”

대일이 고개를 갸웃했다.

“녀석은 독하고 치밀하지. 무공도 뛰어나고 학식도 깊어. 사람들의 마음을 움직일 능력도 있고. 하지만…….”

“하지만 뭐?”

“녀석은 너무 차가워.”

“차갑다라…….”

“네가 말한 대로라면 다른 사람들이 나에게서 불안함을 느끼는 것은 내가 어디로 튈지 모르기 때문이지?”

“그래.”

대일이 고개를 끄덕였다.

“그런 면에서 보자면 부루 곁에 있는 사람들도 부루 녀석에게 불안함을 느낄 수 있어. 아니, 불안함이 아니라 두려움이겠지. 녀석의 그 차가운 성정은 진심으로 자신을 따르는 사람을 만들기에 좋지 않아.”

“음, 그도 그렇군.”

“하지만 뭐, 세상의 꼭대기에 올라가는 방법은 하나가 아니라 여러 가지니까. 사람을 이끄는 방법도 여러 가지고. 부루 나름대로 자신의 방식대로 권력을 쟁취할 수는 있겠지. 하지만… 그럼에도 그 차가운 성정이 걱정은 된다.”

“추월, 부루도 알고 보면 착한 녀석이야.”

“후후, 너나 나나, 혹은 다른 녀석들이나 칼 들고 산적질 하던 놈들이 착하다면 개가 웃겠다.”

“낄낄, 그런가?”

대일이 뭐가 즐거운지 혼자 키득거렸다. 그런 두 사람을 보며 서연은 참으로 기이한 사람들을 만났다는 생각을 하며 제삼 관문 앞에 선 대산문의 젊은 총관 부루를 향해 시선을 돌렸다.

부루가 가볍게 삼관문의 입구를 찼다. 그러자 그의 몸이 구름에 떠오르듯 부드럽게 허공으로 올라섰다. 부루의 손이 춤

을 추듯 움직였다. 그럴 때마다 관문의 표적들이 부루의 손에
가격당했다.

퍼퍽!

부루의 손은 가볍게 움직이고 있었지만 표적들은 고통으로
아우성을 쳤다. 곽풍산만큼은 아니지만 부루의 수공에 깃든
강력한 공력은 표적의 떨림만으로도 보는 사람들에게 고스란
히 전해졌다.

"놀라워요!"

서연조차 감탄사를 흘려냈다. 지금껏 이렇게 춤추듯 가벼운
움직임으로 삼관문을 통과한 사람은 없었다. 삼지왕조차도 부
루와 같은 모습은 보이지 못했다.

"녀석, 많이 컸네."

대일이 씁쓸한 목소리로 말했다. 아마도 무공에서만큼은 자
신이 부루보다 나을 것이라 생각했던 믿음에 금이 가는 모양
이었다.

"다른 무공을 익혔어."

그런데 송추월은 전혀 다른 말을 했다.

"뭐?"

대일이 놀란 표정으로 송추월을 돌아봤다.

"다른 무공을 익혔다고."

"아니, 저건 부루가 익힌 쇄금수가 맞잖아?"

"수공은 쇄금수인데 움직임은 녀석이 산에서 익혔던 것이
아니야. 다른 신법을 익혔어. 그래서 부루의 움직임이 신비해

보이는 거야."

"허! 그새 다른 기연을 만난 걸까?"

"모르지. 대산문에 들었다니 대산문의 무공을 익혔을지도."

"음, 그럴 수도 있겠구나. 대산문에서 회수했다는 그 다섯 권의 비급이 제법 대단하다고 했으니까. 하여간 운 좋은 녀석들이란……."

대일이 송추월을 흘겨보며 혀를 찼다. 송추월 또한 빙정을 얻어 공력이 급증한 것을 두고 하는 말일 터이다.

"대신 죽을 고비를 넘겼어."

"결국 살아났잖아?"

"그럼 너도 어느 절벽에 가서 떨어져 봐라. 혹시 알아? 죽음 중에 기연을 만날지."

"악담을 해라."

대일이 퉁명스레 대답하며 고개를 돌렸다. 그사이 어느새 세 번째 관문의 열두 표적을 모두 가격한 부루가 출구를 통해 가볍게 무관을 벗어나 누각 위에 올라섰다.

"와아!"

"최고다!"

여기저기서 부루를 향한 환호성이 터져 나왔다. 전날 곽풍 산이 폭풍 같은 강력함을 보여 사람들의 이목을 끌었다면 오늘은 단연코 부루의 날이었다. 그의 신묘한 움직임은 지금까지 무관을 통과한 자들의 몸놀림과는 다른 경지를 보여주는 것이었다.

부루는 자신을 향해 환호를 터뜨리는 사람들을 잠시 응시하다가 이내 훌쩍 신형을 날려 무관을 벗어났다.

부루가 무관을 통과하고 난 후에도 무관에 도전하는 고수들의 발길은 끊이지 않았다. 그러나 그중 그 누구도 무인들로부터 부루만큼의 관심을 끌어내지 못했다. 부루가 남긴 그 신묘한 무공에 매료된 무인들은 오히려 이어지는 무관 도전자들의 무공에 지루함을 느끼고 있었다. 그런데 그런 무인들의 지루함이 한 사람의 등장과 함께 순식간에 사라졌다.
"고무룡이다!"
누군가의 입에서 무관을 향해 다가오는 한 사내의 이름이 흘러나왔다.
"고무룡!"
"그 사람이야."
이곳저곳에서 웅성거리는 소리가 들려왔다.
"드디어 나서네요."
서연도 호기심이 동한 표정으로 고무룡을 주시했다. 서연은 이미 혁가장과의 싸움에서 고무룡의 무공을 보았지만 그가 이 무관을 어떤 모습으로 통과할지에 대해선 호기심이 생기는 모양이었다.
"그에겐 무척 중요한 일이 될 겁니다."
대일이 나직하게 말했다.
"알아요. 그가 어떤 모습을 보이느냐에 따라 고월산장의 운명이 결정되겠지요.”

서연이 대답했다. 송추월은 그저 묵묵히 고무룡의 움직임을 지켜볼 뿐 입을 열지 않았다.

“고월산장의 고무룡이오!”

고무룡이 무관의 입구를 통과하며 자신의 이름을 밝혔다. 물론 무관 옆에서 도전자들의 이름을 확인하고 있던 중년 사내들은 익히 고무룡의 얼굴을 알고 있었으므로 그가 자신의 이름을 밝히기 전 이미 그의 이름을 흰 종이에 적고 있었다.

제일 관문 앞에 내려선 고무룡이 잠시 숨을 고르며 세 개의 대나무를 응시했다. 어느새 고무룡의 등장으로 시끄럽던 웅성 거림도 잦아들었다. 사람들의 시선은 온통 고무룡의 발로 향했다.

팟!

고무룡이 숨을 한 번 크게 들이쉬고는 망설이지 않고 제일 관문을 향해 뛰어들었다. 무겁지도 그렇다고 가볍지도 않은 고무룡의 움직임은 사람들의 예상을 뒤엎고 첫 번째 대나무를 훌쩍 넘어 두 번째 대나무에까지 단번에 도달했다.

팟!

그의 발이 두 번째 대나무를 찼다.

팡!

고무룡의 발에 차인 대나무가 휘어지는 대신 부르르 몸을 떨며 한 자 가까이 땅에 박혀들었다. 그리고 다음 순간, 고무룡의 신형이 허공으로 떠오르더니 단번에 세 번째 대나무를 날아 넘어 제일 관문의 반대편에 내려서는 것이었다.

"아!"

누군가의 입에서 나직한 탄성이 흘러나왔다. 고무룡이 제일 관문을 통과한 방법은 지금껏 그 누구도 선보이지 못한 무공의 경지를 보여주고 있었다.

일단 그가 단 한 번밖에 대나무를 밟지 않았다는 것은 그의 공력이 절정의 경지에 올라 있다는 것을 의미한다. 그리고 그가 밟은 유일한 대나무인 두 번째 대나무가 다른 사람들이 밟았을 때처럼 크게 휘어지는 대신 꼿꼿이 선 채 땅속으로 박혀 들었다는 것은 그의 신법이 그만큼 정묘할 뿐 아니라 공력을 발에 모아 대나무 아래까지 전달할 만큼 진기의 운용이 능숙하다는 것을 의미했다.

현재 신단평에 모인 무인들은 요동에서 모두 내로라하는 고수들이었기에 고무룡이 보인 움직임에 내포된 무공의 신묘함을 대부분 읽어내고 있었다. 그렇기에 사람들 입에서 감탄을 넘어 경탄의 탄성이 흘러나온 것이다.

"삼지왕보다도 낫군."

대일 역시 놀란 표정으로 중얼거렸다.

"그의 무공은 이미 삼지왕을 넘어선 지 오래야."

송추월이 담담한 표정으로 말했다. 이미 고무룡이 혼강 변에서 삼지왕 중 한 명인 독심호리 심온과 대결하는 모습을 본 송추월이다. 당시 혁지광의 암계로 인해 싸움이 중도에 멈춰 심온이 물러났지만 계속 두 사람의 싸움이 진행되었다면 그 싸움의 승자는 고무룡이었을 거란 것이 송추월의 생각이었다.

"부루 녀석, 긴장해야겠는데?"

대일이 재차 입을 열었다.

"고 대협과 친구 분이 경쟁하실 거라고 보시는 건가요?"

서연이 물었다.

"젊은 쪽에서는 그렇지 않겠어요?"

"아직 요동삼문의 후기지수들은 나오지 않았어."

송추월이 성급한 대일의 판단에 반대했다.

"그들이 나선다고 부루와 고 대협만 한 무공을 보여줄 수 있을까? 아니, 그들이 두 사람만큼의 무공을 선보인다고 해도 그들은 두 사람의 경쟁자가 될 수 없어."

"어째서?"

"어차피 요동삼문의 수장들은 분명 이 회합에서 중요한 위치를 차지하게 될 거야. 그렇게 되면 요동삼문의 후기지수들이 사람들의 주목을 받기는 힘들지. 사람들은 의도적이든 아니든 그들을 멀리하게 될 거야. 본래 사람이란 누군가 한 사람이나 집단이 모든 걸 차지하는 걸 보고 싶어하지 않거든. 다시 말해, 요동삼문 후기지수들에게 그들의 아버지와 숙부들이 벽으로 작용한다는 말이지. 반면 고월산장과 대산문은 달라. 이 두 문파의 최고 고수들은 바로 부루와 고 대협이니까. 두 사람을 가로막을 윗대가 없는 거지."

"그럼 두 사람이 대장로라도 될 거라고 보시는 건가요?"

서연이 물었다.

“그건 아닙니다. 두 사람이 대장로가 되는 것은 쉬운 일이 아닐 겁니다. 대장로라는 직책은 아무래도 무공을 떠나 연배를 생각하지 않을 수 없으니 말입니다. 그러나 요동무림이 하나의 세력으로 뭉쳐지면 대장로 말고도 이 세력을 움직일 사람이 필요하게 되지요. 그때 부루와 고 대협은 중히 쓰이게 될 겁니다.”

“어쩌면 대장로로 뽑히는 사람들보다 더 큰 힘을 가질 수도 있겠군요.”

“아마도 그렇지 않겠습니까? 나이 지긋한 대장로들이 직접 앞에 나서서 무림의 일을 처리하기에는 무리가 있지요. 그들은 뒤에서 요동무림을 조종하는 위치에 머물 겁니다.”

“그렇다면 요동삼문도 결코 후기지수를 뒤에 머물게 놔두지 않을 것 같은데요?”

“물론 그들도 자신들의 입장을 대변할 후기지수를 내기는 할 겁니다. 하지만 좀 전에도 말했듯이 그 후기지수들의 무공이 부루와 고 대협을 뛰어넘지 않는 이상은 권력이 요동삼문으로 쏠리는 일은 없을 겁니다.”

“대 표두께서는 이제 보니 머리가 상당히 좋으시군요. 그런 사정을 꿰뚫고 계시다니……”

“흐흐, 내가 머리 좋다는 말은 처음 들어보는군요. 그저 표두들께서 하는 말을 주워들어 전하는 것뿐입니다.”

대일이 겸연쩍은 표정으로 대답하는 사이 다시 장내에 환호성이 터져 나왔다.

"오, 대단하다."

"역시 고 대협이야!"

사람들의 탄성에 송추월이 고개를 돌렸다. 어느새 고무룡은 제이 관문의 중앙, 커다란 바위 앞에 서 있었다. 그는 한 손을 바위에 대고 있었는데, 오직 한 손만으로도 앞을 가로막은 바위를 경사지 위로 밀어 올리고 있었다.

"정말 대단하군."

다시 대일이 감탄했다.

"공력을 쓰는 일에 한 손이든 두 손이든!"

송추월이 퉁명스럽게 말했다.

"흐, 듣고 보니 그러네. 한 손 두 손 따지는 거야 근력을 쓸 때의 문제지. 하지만 어쨌든, 그래도 한 손으로 바위를 밀어 올리는 것은 두 손으로 미는 것과는 달라. 균형을 잡는 데 공력이 더 소모될 테니."

"별 차이 없어."

"추월, 설마 질투하는 거냐?"

"질투? 누굴?"

"고 대협을 말이야, 너보다 무공이 뛰어나다고."

"누가 그래, 고 대협이 나보다 무공이 뛰어나다고?"

"그럼 네가 고 대협을 이길 수 있단 말이냐?"

"그야 붙어봐야 알지. 하지만 지지는 않을 것 같은데?"

송추월이 자신있게 대답했다.

"허? 배포도 크군. 그러고 보니 진정한 강자는 여기 계셨군!'

대일이 농을 던졌다. 그러자 곁에 있던 서연이 말했다.

"저도 송 소협이 고 대협에게 뒤질 것은 없다고 생각해요."

"오호라, 부창부수구나!"

다시 대일이 농을 던졌다.

"쓸데없는 소리 말고 그의 무공이나 봐!"

송추월이 손으로 대일의 고개를 돌렸다. 고무룡은 어느새 밀려 올라간 바위 덩어리를 피해 이관문을 통과한 후 제삼 관문에 뛰어들고 있었다. 그의 손에는 한 자루 장검이 들려 있었는데, 그가 삼관에 뛰어드는 순간 푸른 검기가 일렁이기 시작했다.

차차창!

고무룡의 움직임은 거칠 것이 없었다. 마치 여의주를 문 청룡처럼 고무룡이 삼관문의 기둥 사이를 바람처럼 지나쳤다. 그러면서도 그의 검은 열두 개의 표적을 하나도 남김없이 가격했다.

땅!

마지막 표적이 투명한 울음을 우는 순간, 제삼 관문의 문이 열렸다. 열린 문으로 고무룡의 신형이 쏜살같이 빠져가나 부드럽게 관문 밖 누각 위에 올라섰다.

"최고다!"

이곳저곳에서 탄성 소리가 들려왔다. 특히 고월산장의 고수들과 서압록 출신의 무인들 사이에선 마치 자신들이 무관을 통과한 것 같은 환호성이 터져 나왔다. 그도 그럴 것이, 서압록을 대표하는 이 젊은 고수는 그 누구보다도 빠른 시간에 관문을 통과했던 것이다. 그건 곧 그의 무공이 지금까지 무관에 도전한 사람들 중 가장 강하다는 의미이기도 했다. 개중 자신의 무공을 감춘 사람이 없다면.

"오늘 안 할 거냐?"

사람들의 환호성 속에서 대일이 송추월에게 물었다. 이미 해가 서산으로 지고 있었다.

"내일 아침에!"

"뭐, 나쁠 것 없지."

대일이 고개를 끄덕였다.

고무룡 이후 다시 몇 명의 사람이 무관에 도전했다. 그중 세 명이 더 무관을 통과한 이후 무관 도전의 두 번째 날이 막을 내렸다. 그날 무관을 통과한 사람은 도합 오십. 실패한 자들의 쓰림과 성공한 자들이 환희 속에서 신단평에 또 한 번의 밤이 찾아왔다.

第四章
요동의 강자들

화마경

　무관 삼 일째, 고수들의 등장이 폭풍처럼 이뤄졌다. 하루 전까지 무관을 통과한 사람이 육십여 명, 그중 사람들의 이목을 끈 사람은 삼지왕과 곽풍산, 부루, 그리고 고무룡 정도였다.

　그런데 무관이 열린 지 삼 일째 날이 밝자, 그 이전에 주목받았던 인물들과 비견될 만한 고수들이 소나기처럼 쏟아져 나왔다. 그리고 그 시작은 송추월과 대일이었다.

　이 두 젊은 청년고수는 일단 무관에 들어서자 사람들의 시선을 압도할 만한 무위를 선보였다. 두 사람의 무공이 화려한 것은 아니었지만 지금까지의 도전자들과는 달리 무척 쉽고 편하게 무관을 통과했던 것이다.

두 사람의 무공이 여실히 발휘된 곳은 역시 제삼 관문. 대일의 청룡도는 전설의 명장 관우가 살아 돌아온 것처럼 폭풍 같은 질주로 표적들을 격중했고, 송추월의 검은 무혼검의 특징 그대로 흐름이 아닌 점으로 불쑥불쑥 튀어 올라와 번개처럼 표적을 가격하고 사라지는 움직임으로 지금까지의 그 어떤 무관 도전자보다 빠른 시간에 삼관문의 출문을 열었던 것이다.

무관 주위에 몰려든 사람들은 두 사람으로 인해 아침부터 탄성을 자아내기 시작했다. 특히나 이 두 사람은 무림에 잘 알려진 인물들이 아니었기에 그들을 알고 있는 소수의 사람들을 제외하고는 극적인 신진고수의 출현 순간을 보았다는 감흥에 빠졌던 것이다.

서연 역시 무관을 통과했다. 그러나 무척 조용히 무관을 통과했기에 그녀에게 관심을 기울이는 사람은 없었다.

그런데 송추월과 대일의 놀라운 무공은 그날 펼쳐진 무공 향연의 시작일 뿐이었다. 사람들은 두 사람의 도전 이후에도 삼 일째 준비된 고절한 무공의 폭포를 경탄과 전율 속에 즐길 수 있었던 것이다.

요동삼문은 세 명씩의 고수를 냈다. 그들의 도전이 시작되자 장내는 깊은 긴장에 빠졌고, 도전이 끝났을 땐 신단평은 열광의 도가니 속으로 빠져들었다.

"그들이 강한 건가?"

아침 일찍 무관을 통과하고 다른 도전자들의 무공을 지켜보고 있던 대일이 고개를 갸웃하며 송추월에게 물었다. 방금 전 도전을 끝낸 모용세가 고수들에 대한 강호인들의 터질 듯한 환호성을 보고 의구심이 든 것이다.

"강하군."

"그래? 상대하기 힘들겠어?"

"뭐, 그 정도는 아니고."

"난 사람들이 저렇게 열광할 정도라고 보지는 않았는데. 뭐, 모용세가의 가주인 모용우는 그렇다 치고, 그 아우인 모용수와 아들인 모용검천의 무공은 충분히 감당할 만한 것 같은데… 왜들 난리지?"

모용세가의 도전자들은 거의 동시에 무관에 뛰어들어 시차를 두지 않고 삼관문을 통과해 출구에 있는 누각에 올라 있었다. 그들에 대한 환호가 신단평을 뒤흔들고 있었기에 뒤를 이은 도전자들은 장내의 동요가 가라앉을 때까지 무관에 들지 않고 있었다.

"그게 모용세가의 힘이지요."

문득 서연이 입을 열었다.

"모용세가의 힘이라뇨?"

"지금 사람들은 저들의 무공이 아니라 모용세가라는 가문에 환호를 보내는 것이에요. 모용세가의 세력은 그들 가문의 고수들에만 한정되는 것이 아니지요. 모용세가를 추종하는 중소 문파가 적어도 십여 곳은 넘을 거예요. 이 신단평에 온 문파만 해도 말이죠. 그들은 모용세가와 자신들의 운명을 동일시하죠. 이 환호는 그들로 인해 비롯된 것이에요."

"듣고 보니 서 소저 말씀이 맞는 것 같군요. 하긴 모용세가의 세력은 요동 최고로 알려져 있으니 당연한 일이겠군요."

대일이 고개를 끄덕였다.

"전 오히려 조금 실망이에요."

"실망이라뇨?"

"모용검천 말이에요."

"모용세가의 소가주 말입니까?"

"그래요. 사실 고월산장의 고 대협이 등장하기 전까지 모용검천은 요동무림 최고의 후기지수로 꼽혔지요. 그의 무공이 이미 가문의 노고수들에 육박했다는 말도 들렸고, 물론 성정이 모용세가의 가주에는 미치지 못한다는 말이 있기는 했지만, 그래도 무공에 있어서는 일대 영웅의 기상이 보인다고 했죠. 그런데 오늘 보니 조금 실망이군요."

서연의 말에 침묵하고 있던 송추월이 입을 열었다.

"나 역시 같은 생각입니다. 그는 고 대협에게는 미치지 못할 것 같군요."

"흐흐, 그러면 부루 녀석, 한자리 차지할 수도 있겠군."

대일이 낮은 웃음과 함께 중얼댔다.

"두고 봐야지. 다른 문의 고수들은 어떨지……."

모용세가에 연이어 장백파가 등장하자 신단평의 분위기는 용광로처럼 들끓었다.

“장백파의 이조명이오.”

“장백의 이자천이오!”

“장백의 청도지요!”

두 명의 노고수와 한 명의 중년고수가 함께 무관 입구에서 신분을 밝혔다.

“이조명이란 사람이 장백파의 문주예요. 이자천은 그의 아들이자 후계자고, 청도지라는 사람은……”

서연이 무관 앞에 선 장백의 세 고수를 설명하다가 고개를 돌려 다른 장백파의 고수들이 모여 있는 곳으로 시선을 돌렸다.

“누굴 찾습니까?”

대일이 물었다. 그러자 서연이 고개를 끄덕이며 손을 들어 장백의 고수들 중 한 명을 가리켰다.

“기억하죠?”

송추월에게 묻는 말이었다. 송추월이 고개를 끄덕였다.

“기억합니다. 청송산 대협이군요.”

“그래요. 무관에 나선 청도지라는 저분이 바로 청송산 대협의 부친이에요.”

서연의 말에 송추월이 새삼스런 눈으로 청도지를 바라봤다. 고월산장에서 청송산에 대한 인상은 무척 어두운 것이었다. 그는 말이 없었고 전장에선 거칠었으며, 눈빛은 항상 우울했다. 그건 지금도 마찬가지였다. 신단평에 모인 고수들 중에는 서압록의 패자를 다투는 고월산장과 혁가장의 싸움에 관여한 자들이 여럿 있었다. 물론 그중에는 혁가장 편에 섰던 사람도 있고, 고월산장 편에 섰던 사람도 있었다. 그중 고월산장 편에 섰던 사람들은 신단평에 도착한 이후 고월산장주 고모수를 한두 번씩은 방문했었다. 그런데 유독 청송산만은 고월산장의 숙영지를 찾지 않았다. 그렇다고 그가 고월산장에 어떤 반감이 있는 것도 아니었다. 고월산장을 찾지 않은 것은 오로지 그의 어두운 성정 때문일 터였다.

'상처가 있는 사람이야.'

얼굴엔 그 사람의 삶이 투영된다. 송추월은 나이는 어리지만 적어도 청송산의 얼굴에 드리워진 그 그늘이 과거의 상처로 인한 것임을 알 수 있었다. 그런데 그런 청송산의 아버지가 대장백파의 무관 도전자 중 한 사람으로 나섰다는 것은 확실히 의외의 일이었다.

"어떤 사람이죠?"

송추월이 물었다.

"누구요?"

"청도지라는 분."

"흠, 저도 자세히는 몰라요. 하지만 알려진 바에 의하면 청송산 대협의 선조들은 대대로 장백파의 충실한 가신이었다고 해요. 장백파의 이씨 혈족과 거의 한 혈족으로 대우받는다고 하던데……."

"아무리 그래 봐야 가신은 가신일 뿐이지요. 내가 보기엔 저 청송산이란 사람은 어째 장백파에 불만이 있는 사람 같은데……."

대일이 멀리 떨어져 있는 청송산을 보며 중얼거렸다.

"속사정이야 저도 모르죠."

서연이 어깨를 으쓱거렸다. 그러는 사이 장백파의 세 고수가 줄지어 무관을 통과하기 시작했다.

장백파의 무공은 한줄기 한풍과 같았다. 그들은 날카로운 파공음을 남기며 일차 관문을 가볍게 통과한 뒤 이차 관문 역시 어렵지 않게 관통했다. 그리고 삼차 관문에서 장백파의 세 고수는 장백파의 검법이 지니는 특징을 고스란히 드러냈다.

서리를 뿌리는 검기, 강렬함을 넘어 살기가 묻어나는 초식, 빠르고 간결하면서도 섬뜩한 느낌을 주는 장백파의 무공은 그들을 지켜보는 사람들로 하여금 한순간 두려움을 느끼게 만들었다.

"살검이군."

대일이 장백파의 검술을 보며 말했다.

"청 대협의 검술이 날카로운 이유를 알겠군요."

서연도 대일의 말에 맞장구를 쳤다.

관문을 통과한 장백파 세 고수의 행동 역시 모용세가의 고수들과는 달랐다. 모용세가의 고수들은 자신들의 무공에 환호를 보내는 장내 고수들의 환호성을 충분히 음미하다 누각을 내려갔지만, 장백파의 고수들은 사람들의 환호성을 기다리지 않고 세 번째 관문을 통과하는 즉시 누각을 내려와 자신들의 숙영지로 돌아갔다.

"이제 금문만 남은 건가?"

문득 송추월이 금문의 숙영지 쪽을 바라보며 말했다. 천목의 북쪽에 위치한 금문의 숙영지는 여전히 조용했다. 장백파의 뒤를 이어 몇 명의 도전자들이 무관에 도전했으나 사람들의 시선은 무관에 있지 않았다. 장내의 사람들 모두 송추월과 마찬가지로 금문의 고수들을 주시하고 있었던 것이다.

무공으론 요동제일의 문파라고 알려진 곳, 그 진실한 내력은 안개 속에 가려져 있고, 오직 김능원과 석조원이라는 두 명의 고수를 강호에 내보냄으로써 요동삼문의 한자리를 차지한 문파. 그 금문에선 어떤 고수들을 무관에 내보낼 것인지가 이제 마지막으로 남은 사람들의 관심사라 할 수 있었다.

금문의 고수들이 모습을 드러낸 것은 해가 서쪽으로 기울어지기 시작할 무렵의 일이었다. 금문의 고수들이 나타나자, 무관에 무관심한 듯 구한산 깊숙한 자락에 자리를 잡고 있던 사람들까지 무관 주위로 내려왔다.

금문의 고수들은 워낙 신비에 싸여 있는 사람들이라 오늘처럼 그들의 무공을 직접 눈으로 확인할 수 있는 기회가 좀체 없기 때문이었다. 사람들은 많아졌지만 공기는 오히려 가라앉았다. 긴 침묵이 금문 고수들의 발걸음 소리를 크게 만들었다.

"대단하군."

금문 고수들의 출현과 그로 인한 긴장감에 대일이 목을 꺾어 어깨 근육을 풀며 말했다.

"기도(氣道)가 달라."

송추월이 말했다.

"기도가 다르다고?"

"그래. 아마도 그들만의 독특한 심법을 가지고 있는 것 같아."

"그야 당연한 일 아냐? 뭐, 금문만 그렇겠어? 강호의 전통있는 명문이라면 그들만의 심법이 있는 것은 당연한 일이지."

대일이 대수롭지 않다는 듯이 말했다.

"그런 말이 아냐."

"그럼 뭐가 다르다는 말이냐?"

"그냥, 보통의 무림인들과는 다른 느낌이야. 색달라, 너와 나처럼!"

대일이 놀란 눈으로 송추월을 바라봤다.

"설마 저들이 그 늙은이와 연관이 있다는 거냐?"

"그런 것은 아니고… 그저 그만큼 기도가 독특하다는 말이지."

"에휴, 네놈이 무슨 말을 하는지 난 모르겠다. 어디, 그 무공이나 보자고!"

대일이 더 이상 송추월의 말에 관심이 없는 듯 두 손을 들어 올리고는 시선을 금문의 고수들에게로 돌렸다.

무관 앞에 이른 금문의 고수는 모두 열 명이었다. 그리고 그 중 두 명의 노고수와 사십대로 보이는 중년 사내 한 명이 무관으로 올라섰다.

"금문의 김능원이오!"

"아!"

무관에 오른 금문의 노고수 중 한 명의 입이 열리는 순간 장내가 탄성으로 가득 찼다.

"설마하니 그 유명한 김능원이 직접 무관에 도전할 줄은 몰랐군."

대일이 놀란 얼굴로 중얼거렸다. 그런데 다음 순간 또 다른 노고수의 말에 장내는 더욱 흥분의 도가니로 빠져들었다.

"석조원이 강호 동도들을 뵙소."

"와아!"

"오오!"

김능원과 석조원, 이 두 사람은 현재로선 강호에 알려진 금문의 전부였다. 금문은 오직 이 두 사람으로 인해 요동삼문의 명성을 얻었다. 그런데 이 두 사람이 모두 무관에 도전하기 위해 모습을 보였으니 신단평에 모인 무인들로서는 흥분하지 않을 수 없는 순간이었다. 그런데 사람들이 김능원과 석조원의 출현으로 흥분을 감추지 못하는 상태에서 다시 중년 사내의 입이 열렸다.

"금문의 김안이오."

사내의 모습은 도도하기 이를 데 없었다. 흐르는 기품은 남달라서 그의 앞에 선 자 누구라도 스스로 허리를 숙일 듯 고귀함이 엿보였다.

"누구지?"

송추월이 김안이란 사내를 보며 호기심을 드러냈다. 전체적으로 기이한 기도를 흘리는 금문의 고수들 중에서도 김안은 특히나 그 기도가 독특했다.

"글쎄, 나도 모르겠는데."

대일이 고개를 저었다.

"저도 저 사람은 잘 모르겠군요."

서연 역시 고개를 저었다. 그런데 그때 문득 고무룡이 세 사람 곁으로 다가서며 입을 열었다.

"그는 금문의 후계자네."

"아니, 고 대협께서도 나오셨습니까?"

대일이 김안의 정체보다도 고무룡의 등장에 더 놀란 표정으로 물었다. 본래 고무룡은 다른 사람들과 달리 무관에 도전하는 사람들에게 도통 관심을 보이지 않았다. 그래서 다른 사람들이 무관 주위에서 낮과 밤을 보내는 중에도 고무룡은 대부분의 시간을 자신의 막사 안에 머물렀던 것이다. 그런 고무룡이었으므로 이 자리에 모습을 보인 것은 특별한 일이라고 할 수 있었다.

“그는 보아둘 만한 사람이지.”

“누굴 말하는 겁니까?”

“김안 저 사람 말일세.”

“그에 대해 얼마나 알고 계세요?”

서연이 고무룡에게 물었다.

“사매는 그에 대해 모르나?”

같은 양산종 출신이라 고무룡은 서연을 사매로 대하고 있었다.

“그에 대해선 들어본 바가 없어요.”

“음, 금문의 사람들이 잘 알려져 있지 않기는 하지. 말했지만 그는 금문의 후계자야. 금문의 문주 김산에게는 오직 김안 한 명의 아들이 있을 뿐이지. 그러니 그는 금문의 다음 대 문주가 될 사람이지. 아니, 사실은 지금도 그가 실질적인 금문의 문주라고 할 수 있지.”

“왜요?”

“금문의 사람들이 강호에 좀처럼 얼굴을 보이지 않는다 해도 요동의 노고수들이나 요동삼문 고수들의 경우에는 약간의 교류가 있지. 금문 역시 무림에서 완전히 동떨어져 있지는 않다는 말이야. 그런데 몇 해 전부터 금문을 찾는 강호의 고수들을 접대하는 일은 김안 저 사람의 차지였다고 하더군. 그 이전에는 문주 김산이 직접 귀한 손님들을 맞았었거든. 그때부터 김산의 모습을 본 사람은 아무도 없다고 해. 금문의 대소사 역시 김안 저 사람이 처리하는 것으로 되어 있어.

이번에 신단평의 회합 또한 금문에서는 김안이 주도하고 있어.”

“그럼 혹 금문의 문주가 죽은 것은 아닐까요?”

대일이 물었다. 그러자 고무룡이 고개를 저었다.

“그건 아닐 걸세. 그가 죽었다면 숨길 이유가 없으니까. 금문이 문주 한 사람의 존재로 흥망이 결정되는 문파도 아니고, 대체적인 의견은 김산이 큰 병에 걸리지 않았나 하는 걸세.”

“무인이 거동치 못할 병에 걸리는 일은 쉽지 않아요. 특히나 금문의 문주쯤 되는 사람이라면.”

서연이 말했다. 서연의 말대로 대체적으로 공력을 쌓는 수련을 매일 거르지 않는 무인들에겐 큰 병이 깃들지 않는 법이다. 물론 나이가 들고 기력이 쇠해지면 생로병사의 이치를 무인 역시 거부할 수 없지만, 무인의 수명은 일반인에 비해 무척 긴 편이고 또한 건강 역시 보통 사람에 비할 바가 아니다.

“물론 사매의 말도 일리는 있지만 무인이라고 신은 아니지. 무슨 특별한 사고를 당했을 수도 있고.”

“하긴 세상엔 예상치 못한 일이 많긴 하지요.”

서연이 고개를 끄덕였다.

“어쨌든 그가 비록 금문의 문주를 대신해 나섰다고는 해도 그는 이미 자신의 무공을 완성한 사람이야. 그러니 나도 나와 보지 않을 수 없더군. 김능원, 석조원 두 노고수의 무공도 궁금하긴 하지만 문주 직계로 이어지는 금문의 정통 무공은 또 다르지 않을까 해서."

"김안의 무공이 김능원과 석조원을 넘어섰을까요?"

서연이 물었다.

"그야 알 수 없는 일이지. 한번 보자고, 과연 소문대로 금문의 무공이 그렇게 대단한지."

소문은 사실이었다. 금문의 무공은 대단했다. 사람들은 금문의 고수 셋이 몸을 날리는 순간부터 무관에서 시선을 떼지 못했다. 금문의 고수들은 일차 관문에서 다른 요동삼문과 마찬가지로 오직 한 번만 대나무를 밟고 관문을 통과했다.

이차 관문에선 가볍게 바위를 밀어 길을 냈고, 삼차 관문에선 요동삼문의 고수들에 비해 훨씬 빠르고 강력한 무공을 선보이며 관문을 통과했다.

금문의 고수들이 무관을 모두 통과했을 때 사람들은 한 가지 사실을 인정할 수밖에 없었다. 적어도 무공에 관해서라면 이 요동 땅의 고수 중 금문의 고수들을 넘어설 인물들이 없다는 사실을. 물론 지금까지 무관을 통과한 사람 중 자신의 진실한 실력을 숨기고 있는 사람이 있을 수도 있다. 그러나 일단 드러난 것만 보자면 금문의 고수들은 무관을 통과한 근 일백의 고수 중 가장 뛰어난 무공을 선보인 사람들이었다.

"어때요?"

금문의 고수들이 사람들의 경탄 어린 시선 속에 무관을 떠

나자 서연이 조심스럽게 고무룡에게 물었다. 그러자 고무룡이
잠시 생각에 잠겼다가 전혀 엉뚱한 말을 했다.

"소문이 사실인 모양이군."

"무슨 말씀이세요?"

"강호에 떠도는 소문 중에 금문의 연원에 대한 풍문 한줄기
가 있지."

"금문의 연원이요? 그들의 시조에 대한 이야기는 들어본 적
이 없는데요?"

"음, 사매는 모를 수도 있어. 이 이야기는 나도 수미산문에
서 무공을 수련하는 도중 산문의 노승들께 들은 이야기니까."

"해동에도 금문이 알려졌나요?"

"물론이지. 해동의 선문들은 강호의 소식에 의외로 밝아.
남쪽 바다를 통해서 들어오는 소식도 있어서 어떤 면에서는
요동무림보다 더 많은 정보를 가지고 있지."

"아, 그랬나요? 전 한쪽에 치우쳐져 있어서 무림과 접촉이
거의 없을 줄 알았는데……."

"후후, 보통은 그렇게 생각하지. 그러나 해동의 뱃길은 아주
오래전부터 천축까지 이어졌어. 오히려 이 요동이 더 척박한
곳이라고 할 수 있지."

"그렇군요. 그런데 수미산문의 노승들께서 어떤 말씀을 해
주셨는데요?"

"음… 노승들께선 금문의 시작이 해동이라고 하시더군."

"금문이 해동에서 시작되었다고요? 하지만 금문은 북쪽 혹

수 인근에 자리를 잡고 있잖아요?"

"거기엔 이유가 있다고 했어. 해동에서 쫓긴 한 가문이 백두를 넘어 흑수 인근에 이르러 세운 문파가 금문이라는 거야. 그러니 결국 뿌리는 해동이라는 거지."

"그래요? 믿을 만한 이야긴가요?"

"글쎄, 나도 확인해 보지 않았으니 모르지. 그저 지어낸 이야기일 수도 있고. 아무래도 신비에 싸인 문파라 이런저런 소문이 많으니까. 결국 진실은 금문의 사람들만이 알겠지. 하지만 오늘 그들의 무공을 보니 어쩌면 그 소문이 사실일 수도 있겠어. 무공이 해동의 무공과 통하는 면이 있는 것 같아. 정확한 것은 모르겠지만."

"요동이 하나로 통합되면 그들도 좀 더 자신들을 드러내겠죠?"

"그렇게 되겠지. 그때가 되면 그들의 연원을 알 수 있을 거야. 자, 난 그만 들어가겠네."

고무룡이 송추월과 대일을 보며 말했다.

"더 보지 않으시고요?"

서연이 물었다.

"금문의 무공을 보았으니 볼만한 것은 다 본 것 같아."

은연중에 고무룡은 금문의 무공을 요동 최고로 평가하는 것 같았다. 그러나 고무룡의 생각은 두 사람에 의해 변해야 했다. 물론 고무룡은 이미 자신의 막사로 들어간 후의 일이었기에 그들을 볼 수 없었지만 실질적으로 무관 시험의 대미를 장식

할 인물들을 따로 있었던 것이다.

　"장백옥검 아화요!"
　한 여고수가 무관 입구에서 자신의 이름을 밝혔을 때 사람
들의 표정이 변했다. 그리고 너나 할 것 없이 시선을 그 여인
에게로 향했다. 백발이 성성했지만 피부는 소녀처럼 주름살
하나 없었다. 그건 곧 그녀가 깊은 내공을 지니고 있음을 증명
한다.
　"백 여협은 이미 무관을 통과하지 않았나요?"
　서연이 고개를 갸웃하며 물었다.
　"어제 통과했지요."
　송추월이 대답했다.
　"이상하군요."
　다시 서연이 의문스런 음성으로 말했다.
　"뭐가 말입니까?"
　"장백옥검께서 무관에 도전하실 줄은 몰랐거든요. 더군다
나 그 제자인 백 여협이 이미 관문을 통과한 상황에서……. 본
래 장백옥검께선 사람들 앞에 잘 나서지 않는 분인데……."
　장백옥검 아화의 명성은 요동을 넘어 강호 전체가 널리 퍼
져 있었다. 그녀는 누구라도 인정할 요동무림 여중제일인이었
다. 과거 송추월은 고월산장에서 그녀의 제자인 백선혜와 안
면을 익혔기에 장백옥검의 별호는 그에게도 그리 낯설지 않았
다. 그런데 서연은 그 장백옥검이 무관에 도전하기 위해 나선

것이 의외인 모양이었다.

"무슨 이유가 있겠지요. 아니면 알려진 바와 달리 가슴에 야망을 담고 있던지……."

"모를 일이네요."

서연이 고개를 갸웃하며 중얼거렸다. 그러는 사이 장백옥검 아화가 무관을 통과하기 시작했다.

그녀는 자신의 명성대로 제일 관문을 두 번의 도약으로 넘었고, 두 번째 관문의 바위를 공깃돌 가지고 놀듯이 밀어댔다. 그리고 세 번째 관문에서 그녀는 사람들의 눈을 의심할 만한 무위를 선보였다.

장백옥검의 허리에는 분명 한 자루 검이 매달려 있었다. 그러나 세 번째 관문을 통과하는 장백옥검은 손에 검을 들지 않았다. 그녀는 적수공권으로 세 번째 관문에 도전했는데, 그런 그녀의 손에서 신묘한 지공이 펼쳐졌다.

따다당!

단 한 번의 손짓에 세 개의 표적이 몸을 떨었다. 장백옥검의 손이 한 번 휘저어질 때마다 그녀의 손에선 세 줄기의 지력이 뻗어나갔는데, 그 지력들은 여지없지 세 번째 관문의 표적들에 격중되는 것이었다.

지금까지 권장술의 고수들이 관문을 통과한 경우는 여럿 있었다. 당장 송추월의 친구인 부루도 있었고, 과거 고월산장과 혁가장의 싸움에 뛰어들었던 권왕 장정도 있었다. 그런데 장백옥검 아화의 지공은 다른 사람들과는 확연한 차이를 보이는 절공이었다.

그녀의 지공은 검보다 날카롭고 도보다 장중했다. 더불어 한 번에 두세 개씩의 표적을 가격한 덕에 그 누구보다도 빨리 세 번째 관문을 통과했다.

그르릉!

세 번째 관문의 문이 열리는 순간 장백옥검 아화의 신형이 바람처럼 무관을 빠져나왔다. 그리곤 출구 밖 누각에 머물 사이도 없이 사람들 시야에서 바람처럼 사라지는 것이었다.

장내의 고수들은 요동삼문 고수들의 도전이 끝난 후 잠시 무관에 대한 관심이 멀어졌다가 장백옥검의 놀라운 무공에 다시 새로운 무관 도전자들에게 관심을 기울이기 시작했다.

그런데 그런 고수들의 기대에 부응이라도 하듯 또 한 명의 고수가 등장해 사람들의 이목을 집중시켰다.

"별고라 하오!"

"헛!"

"음!"

오십대 후반으로 보이는 장신의 사내가 자신의 이름을 밝혔을 때 장내 이곳저곳에서 나직한 침음성이 흘러나왔다.

"누구죠?"

사람들의 반응이 예사롭지 않자 송추월이 서연에게 물었다.

"몰랐어요?"

오히려 서연이 의외라는 듯 물었다.

"모르겠는데요."

"의외네요. 산적으로 살았다면서 낭왕 별고를 모르다
니……."

"어떤 사람인데요?"

송추월이 재차 물었다.

"강호 낭인들의 영원한 두목이란 사람이죠. 낭인들 중엔 산
에 들어가는 사람들도 많아서 알고 있을 줄 알았죠. 녹림도들
사이에서도 유명한 인사니까요. 그런데 그가 요동무림의 회합
에 나타나 무관에 도전할 줄은 몰랐네요."

"요동 출신이 아니라는 말인가요?"

"아뇨. 그는 분명히 요동 출신이에요. 하지만 지금 그의 활
동 무대는 요동만이 아니에요. 장성을 중심으로 막북과 요동,
그리고 하북까지 그의 활동 무대죠. 뭐, 가끔은 더 남쪽이나 서
역으로도 진출한다고 들었지만… 어쨌든 그가 요동무림의 회
합에 나타난 것도 기이하고, 더불어 무관에 도전한다는 것은
더 기이한 일이네요."

"그가 무관 도전을 하면 안 된다는 말인가요?"

"그런 건 아니에요. 어쨌든 요동 출신이니 무관에 도전하지
못할 이유는 없죠. 단지 그가 낭인으로 살아왔다는 것 때문에
의아한 것이에요. 그가 무관에 도전했다는 것은 이제 그가 낭
인 생활을 청산하겠다는 의미일 수도 있으니까요."

"단순히 자신의 무공을 시험해 보기 위해서일 수도 있잖아
요?"

"뭐, 그렇기도 하겠죠. 하지만 그는 무관에서 자신의 무공을

시험할 정도로 수준 낮은 고수가 아니에요. 그의 무공은 굳이 무관을 거치지 않아도 충분히 증명된 절기들이지요. 봐요!"

서연의 말은 틀리지 않았다. 낭왕 별고는 일차 관문부터 삼차 관문까지 거침없이 관통했다. 특히 제삼 관문에서 보여준 그의 도법은 사막의 삭풍이 몰아치는 것처럼 거칠고 날카로워서 그가 삼차 관문을 통과해 누각 위에 섰을 때 무관 주위의 고수 중 일부는 차마 그의 눈을 제대로 바라보지 못할 정도였다.

그런데 또다시 놀랄 일이 벌어졌다.

"와아아!"

"최고다!"

낭왕 별고가 무관을 통과한 후 강력한 기운으로 좌중의 고수들을 침묵시키고 있을 때 불현듯 한 떼의 무인들이 일제히 낭왕 별고를 향해 환호성을 질러댔던 것이다.

낭왕 별고의 무공이 아무리 뛰어나더라도 그의 신분은 낭인. 그런 그에게 환호를 보낼 사람들은 오직 한 부류밖에 없다. 바로 그와 같은 동류의 사람들, 낭인이었다.

그리고 그 사실이 장내에 모인 요동고수들의 얼굴을 찌푸리게 만들었다. 대저 강호의 낭인들이란 간혹 낭왕 별고와 같은 특별한 존재도 있긴 하지만 대체적으로는 강호의 걸인과 같은 취급을 받는 것이 보통이다.

강호에 개방이라는 걸인들의 방파가 엄연히 존재하긴 하지만 낭인들은 그 개방의 걸인들과는 또 다른 형태의 걸인들이었다. 한편으로는 오히려 개방의 걸인들보다도 더 천시받는 인물들이 낭인들이었다. 한 닢 은자를 위해 강호를 떠돌며 칼품을 파는 사람들, 살수까지는 아니더라도 강호에 크고 작은 분란을 일으키는 그들은 걸인보다 못한 취급을 받는 것이 다반사였다.

그런데 그런 낭인들이 요동무림의 회합에 끼어들었으니 자존심 강한 무인들의 낯빛이 변하는 것은 당연한 일이었다. 그러나 그렇다고 해서 누구도 불평할 수는 없었다. 왜냐하면 지금 그들의 눈앞에는 누각 위에 우뚝 서 오연하게 신단평을 응시하는 낭왕 별고가 있었기 때문이다.

낭왕 별고 이후 사람들의 이목을 끄는 고수는 더 이상 출현하지 않았다. 물론 무관의 시험은 계속됐고, 또다시 몇 명의 고수들이 무관을 통과했지만 낭왕 별고 이상의 무공을 선보이는 인물은 존재하지 않았다. 그리고 그렇게 무관 개관 삼 일째 날이 저물었다.

"이젠 드디어 끝인가 보군."

무관이 열린 지 나흘째. 아침부터 무관에 도전하는 사람의 숫자가 뜸해지기 시작하더니 한동안 무관에 올라서는 인물의 나타나지 않았다. 추수 끝난 들판처럼 무관 주변의 분위기도 썰렁했다. 더 이상 사람들의 눈을 즐겁게 해줄 도전자가 없을 거란 생각 때문인지 무관 주변에는 지난 삼 일 동안과 달리 그리 많은 사람이 모여들지 않았다.

대일과 송추월은 언제나처럼 무관 주변에 나와 있었다. 물

론 서연도 그들의 한 걸음 뒤에서 늦가을 풍경의 무관을 지켜
보고 있었다.

"시간이 다 되어가오. 앞으로 북이 열 번 울리는 동안 도전
자가 없다면 무관은 폐쇄될 것이오!"

누각 위에는 언제나처럼 삼지왕이 오연한 시선으로 무관을
바라보고 있었다. 입을 연 사람은 삼지왕 중 한 명인 독심호리
심온이었다. 심온의 말이 끝나는 순간 백선 서언이 시선을 돌
려 북 앞에 선 두 명의 중년 사내에게 고개를 끄덕였다. 그러
자 두 중년 사내가 거대한 북채를 들어 북을 치기 시작했다.

둥둥둥둥!

장중한 북소리가 을씨년스런 신단평에 울려 퍼졌다. 사람을
불러 모으는 소리라기엔 지나치게 패기가 없어 도전하려던 사
람도 발걸음을 돌릴 지경이었다.

둥!

드디어 마지막 열 번째 북소리가 울려 퍼졌다.

"끝이군."

송추월이 신형을 돌렸다. 무관이 닫히는 소리가 송추월의
귀에 들려왔다. 그리고 그 뒤로 백선 서언의 목소리가 들렸다.

"무관은 오늘 해체될 것이오! 무관을 통과한 형제들께서는
내일 아침 천목 앞으로 모여주시기 바라오! 그 자리에서 요동
무림의 통합을 위한 논의가 시작될 것이외다!"

백선 서언의 목소리가 신단평의 저쪽 끝까지 울려 퍼졌다.

*   *   *

"도대체 무슨 수작이오? 왜 놈을 살려두는 것이오?"

신단평이 내려다보이는 구한산 비탈의 작은 동굴, 혁가장의 소가주 혁지광이 두 명의 복면인을 향해 노성을 토해내고 있었다.

"목소리를 낮추시오!"

복면인 중 한 명이 싸늘한 어투로 말했다. 그러자 혁지광이 흠칫하다 다시 입을 열었다.

"도대체 언제까지 놈을 지켜보기만 할 거요? 우린 할 일이 많소!"

"모르는 바가 아니오. 하지만……."

"하지만 뭐요?"

"하지만 흑천의 살수가 나선 이상 우린 조심할 수밖에 없소."

"놈이 정말 흑천의 살수였는지 어찌 안단 말이오?"

"살수는 살수를 알아볼 수 있소. 놈은 분명 흑천의 살수였소."

"좋소. 그가 흑천의 살수라 합시다. 그렇다고 이대로 일을 중지할 생각이오? 우리의 일을 중지하면 어떤 결과가 찾아올지 당신들도 잘 알고 있지 않소? 아마도… 모용세가에서 절대 가만있지 않을 것이오."

순간 두 복면인의 눈에서 차가운 살기가 번뜩였다.

“모용세가?”

“그렇소.”

“그대의 뒤에 모용세가가 있다는 것을 모르지 않소. 하지만 우린 그대에게 청부를 받았소. 이 일에 모용세가가 간여할 이유는 없소.”

“어리석은 말 마시오. 내가 움직인 것은 결국 모용세가의 결정에 의한 것이었소. 비록 내가 그대들을 만나고 있지만 결국 이 청부는 모용세가의 청부란 말이오. 그대들이 이 청부를 미룬다면 모용세가도 절대 가만있지 않을 것이오!”

혁지광이 마치 협박하듯 몰아댔다. 그러자 문득 복면인 중 한 명이 차가운 목소리로 말했다.

“너와는 거래를 할 수 없겠군.”

“뭐라고 했소?”

혁지광이 노한 얼굴로 되물었다.

“너와 같은 애송이와는 거래할 수 없단 말이다. 애송이, 잘 들어둬. 우리 지살문은 모용세가를 두려워하지 않는다. 지살문은 강호제일살문! 너 따위에게 모욕당할 곳이 아니다. 우리가 네놈의 청부를 받아들인 것은 네 말대로 네 뒤에 모용세가가 있기 때문이었다. 그렇다고 네놈이 우릴 함부로 대할 수는 없어. 네놈은 그저 모용세가와 우릴 이어주는 심부름꾼일 뿐이다. 알겠느냐?”

“다, 당신!”

혁지광은 갑자기 변한 복면인의 태도에 두려움을 느끼면서도 여전히 자신이 청부자란 위치에 있다는 점을 의식해 얼굴을 붉히며 복면인을 노려봤다.

"잘 들어둬라, 애송이. 청부는 계속 진행된다. 물론 우린 네놈이 원하는 자의 목을 벨 것이다. 하지만 더 이상 네놈은 이 청부에 관여할 수 없다. 우린 모용세가와 직접 대화를 하겠다."

"이건 내 청부야!"

"흥, 금자가 어디서 나왔는지는 우리도 알고 있다. 결국 청부자는 금자의 주인이 되는 것이지. 네놈은 청부를 수행하는 데 방해만 될 뿐이다. 너와 같은 애송이를 데리고는 어떤 청부도 수행할 수 없다. 그러기엔 너무 위험한 일이 됐어, 이 청부는."

"그럴 수는 없어. 당신들은 반드시 내 말에 따라야 해."

"흑천의 살객이 아니었다면 네놈 재롱에 놀아나 줄 수도 있겠지. 하지만 이젠 아니야. 흑천의 살객이 개입한 이상 이 청부는 더 이상 단순한 청부가 아니다. 아마도… 네놈을 부리는 모용 노사도 우리의 입장을 이해할 것이다. 우린 그만 가겠다. 애송이, 조심해라. 네놈의 전력을 모르는 바가 아니야. 네놈의 그 어리석은 행동이 결국 혁가장에 큰 부담이 될 수도 있음을 명심해. 그러니 지금이라도 정신을 차리고 네 아비 품으로 돌아가거라. 넌 네 아비 품에 있을 때만이 네 목을 제대로 간수할 것이다. 가세!"

복면인이 동료를 향해 말했다. 그러자 그의 동료가 고개를 한 번 끄덕인 후 훌쩍 몸을 날려 동굴을 벗어났다. 동료가 떠나자 복면인이 싸늘한 눈으로 혁지광을 바라보며 한마디 말을 더 던졌다.

"네놈이 청부한 그자, 그 송추월이라는 자는 결코 네놈의 상대가 아니다. 그는… 어쩌면 이 신단평에 와 있는 그 어떤 고수보다도 강한 자일 수 있다. 네놈 따위가 어떻게 그런 자를 상대하게 되었는지 그게 신기할 뿐이다. 그러니 내 충고를 명심해. 혁가장으로 돌아가라, 그것이 네 목을 간수하는 유일한 길일 것이다."

마지막 경고를 남기고 지살문의 살수가 동굴에서 사라졌다. 두 살수가 사라지자 혁지광이 마치 무엇인가를 잃어버린 사람처럼 주변을 두리번거렸다. 그러나 그의 주위에는 아무것도 존재하지 않았다. 그러던 한순간 혁지광이 문득 독기를 흘려냈다.

"놈들! 가만두지 않겠어. 겨우 살수 주제에 이 혁지광을 모욕해? 네놈들을 고용한 것은 나라고! 모용 노사를 만나야겠어. 모용 노사라면 네놈들을 결코 그냥 두지 않을 것이다."

갑자기 힘이 났는지 혁지광이 독설을 흘려내며 자리에서 불쑥 몸을 일으켰다. 그러나 혁지광은 미처 세 걸음을 옮기지 못하고 자리에 멈춰 설 수밖에 없었다. 왜냐하면 한 명의 흑의인이 그의 앞을 막아섰기 때문이다.

"누, 누구냐?"

혁지광이 두려운 눈빛으로 흑의인을 바라보며 물었다.

“널 데려갈 사람!”

“뭐라고?”

“널 데려갈 사람이라고!”

“이놈, 정체를 밝혀라!”

혁지광이 급히 검을 뽑아 들었다.

“네놈은 그들을 쫓아 보내는 것이 아니었어.”

순간 혁지광의 눈이 흔들렸다. 이 흑의인이 말하는 그들이란 지살문의 살수들이 분명했다.

“네놈… 누구냐?”

재차 혁지광이 물었다.

“그들만이 나에게서 널 보호할 수 있었다. 그런데 네놈의 그 방자함이 가장 든든한 보호막을 없애 버린 것이다.”

“누구냐니까?”

혁지광이 흑의인의 음습하면서도 서늘한 살기에 발악하듯 소리쳤다.

“내가 바로 그들이 말한 흑천의 살수다.”

순간 혁지광의 눈이 크게 흔들렸다. 그 역시 강호이대살문 중 하나인 흑천이 얼마나 무서운 곳인 줄 알고 있었다.

스르릉!

흑의인의 가느다란 검이 검집을 벗어났다.

“도대체 흑천이 왜 나, 날?”

“당연히 누군가의 청부를 받았지.”

“누, 누가?”

　“그건 가보면 알아. 그는 살아 있는 널 보길 원하더군. 가까운 곳에 와 있으니 오래 걸리진 않을 거야.”
　말이 끝나는 순간 흑의인의 검이 움직였다. 겁에 질린 혁지광으로서는 도저히 막아낼 수 없는 쾌속함을 지닌 검초, 바로 원무극의 세우검이었다.

第五章
대장로(大長老)

화마경

“그는 어떻게 될까?”

대일이 어둠 속으로 사라져 가는 원무극과 혁지광을 보며 중얼거렸다.

“죽든지, 혹은 살든지.”

송추월이 대수롭지 않다는 듯 대답했다.

“우리 손으로 대호산으로 끌고 가야 하는 것 아냐?”

“이미 정신이 죽은 자야. 굳이 대호산까지 끌고 갈 수고를 할 필요는 없어. 저런 자에게 알맞은 칼은 따로 있는 법이니까.”

“산음장의 장주 같은?”

“그래.”

송추월이 고개를 끄덕였다.

"하긴 양쪽이 모두 비슷한 면이 있군. 놈에게는 불행한 일이야. 차라리 우리가 깨끗하게 처리해 주는 게 나을지도 몰라. 산음장의 장주 손에서는 결코 쉽게 죽을 수 없을 거야."

"동정하는 거냐?"

"흐흐, 동정은 무슨. 그저 그렇다는 얘기지. 그나저나 이 망할 놈아!"

대일이 송추월을 보며 갑자기 소리쳤다.

"갑자기 웬 욕지거리야?"

"무극이 놈이 와 있으면 말을 했어야 할 거 아냐?"

"무극이가 원치 않았어."

"망할 놈. 왜 우리 얼굴을 보지 않으려는 거지?"

"살수니까."

"살수 같은 소리 하네. 다른 사람에겐 몰라도 우리에겐 그저 꼬맹이 무극이일 뿐이야."

"그런 소리 마라. 강호이대살문 중 하나인 흑천의 살객이다."

송추월이 무거운 음성으로 말했다.

"흠, 흑천의 살수라……. 무서운 이름이긴 하지. 하지만 그래도 역시 무극이는 무극이일 뿐이야. 그나저나 지살문의 살수들은 어쩔 거야?"

"그들이 어떻게 나오느냐에 따라 다르겠지."

"무극이가 없는데 그들을 상대할 수 있을까?"

“놈들을 한 번 겪어봤으니 걱정할 것 없어. 그리고 혁가 놈이 사라진 이상 그들이 계속 날 노릴지도 알 수 없는 일이고.”

“모용세가가 혁가 놈 뒤에 있다고 했잖아?”

“그 일은 아마도 나완 상관없을 거야. 모용세가가 날 노릴 이유는 없거든. 모용세가가 노리는 사람은 따로 있을 거야. 굳이 날 먼저 노린 것은 혁지광의 비위를 좀 맞춰주려던 것일 테지.”

“모용세가에서 왜 혁지광의 비위를 맞추지?”

“만약의 경우 나중에라도 모용세가를 대신해 살겁에 대한 책임을 뒤집어쓸 제물이 필요했을 테니까.”

“이해가 되는군. 지살문을 움직인 일을 혁지광에게 뒤집어씌울 생각이었군.”

대일이 고개를 끄덕였다.

“어쨌든 더 이상 혁지광을 이용할 수 없게 되었으니 이제 직접 지살문의 살수들을 만나거나 혹은 청부를 거두겠지.”

“지살문의 살수까지 동원해 제거하려던 사람은 누굴까?”

“그야 알 수 없는 일이지.”

어제까지 요동무림인들의 야망을 시험했던 무관은 깨끗하게 사라지고 없었다. 대신 그 자리에 낮은 높이의 투박한 누각 하나가 덩그러니 서 있을 뿐이다.

그러나 무관은 사라졌지만 누각 위에는 언제나와 같이 삼지왕이 새벽 이슬이 사라지기 전부터 나와 있었다. 그리고 어느

순간부터 무관을 통과한 요동무림의 고수들이 하나둘 천목 앞으로 모여들기 시작했다.

삼 일 동안 무관을 통과한 고수의 숫자는 모두 일백아홉 명. 그 일백아홉 중 삼분지 이는 요동 각지에 퍼져 있는 무림문파들이 낸 고수들이었고, 나머지 삼분지 일은 홀로 강호를 주유하는 강자들이었다.

송추월과 대일도 조금 일찍 천목 앞으로 움직였다. 천리표국에서는 대일과 표국주 황부인, 그리고 표두 우정산이 모두 무관을 통과해 세인들로부터 과연 요동제일표국이란 찬사를 이끌어낸 바 있다.

고월산장에선 당연히 요동제일인을 논할 만하다는 평가를 받는 고무룡과 문주 고모수, 그리고 고모수의 아우 고흘수 이렇게 세 사람이 무관을 통과해 서압록 패자로서의 위상을 드러냈다.

서연은 언제나처럼 송추월의 뒤에 있었다. 본래 양산종의 고수들은 고월산장의 부자를 제외하곤 무관에 도전할 만한 사람이 없었다. 아니, 아예 이 신단평에 모습을 드러낸 사람조차 없었다. 양산종의 사람들은 강호의 세력 다툼과는 거리를 두고 있기에 애초에 요동무림의 통합 같은 것에는 관심이 없었던 것이다.

그런 면에서 보자면 서연이 조용하게 무관을 통과한 것은 특별한 일이라고 할 수 있었다. 어쨌든 서연은 무관을 통과했고, 지금 송추월 옆에서 천목으로 몰려드는 일백아홉의 요동무림 고수들을 지켜보고 있었다.

무관을 통과한 일백아홉 고수가 모두 모인 것은 구한산에서 일어난 안개가 모두 걷힌 후였다. 늦가을 차가운 바람이 구한산 자락에서 내려왔으나 누구도 그 추위에 몸을 떠는 사람은 없었다.

천목을 중심으로 모인 일백아홉 고수와 일정한 거리를 두고 신단평과 구한산 기슭에는 신단평에 모여든 고수들이 까맣게 구름을 이루며 일백아홉 고수의 모임을 주시하고 있었다.

일백아홉 고수가 모두 모이자 삼지왕이 누각 앞쪽으로 나와 섰다.

"무관을 통과하신 일백아홉 영웅이 모두 모이셨으니 회합을 시작하겠소. 오늘의 회합이 요동무림의 역사에 한 획을 긋기를 기대하겠소이다. 그리고 이 역사적인 회합을 우리 삼지왕이 이끌게 된 점 영광으로 생각하는 바이오."

삼지왕 중 백선 서언이 침착한 목소리로 회합의 시작을 알렸다. 장내의 긴장이 한층 높아졌다. 그런데 그렇게 회합의 시작을 알린 백선 서언이 사람들이 예상치 못한 의외의 인물을 누각으로 불러 올렸다.

"천리표국주께서는 누각으로 올라와 주시겠소이까?"

갑작스런 백선 서언의 말에 장내 고수들의 얼굴에 의혹이 떠올랐다. 천리표국이 요동을 넘어 무림강호에 그 명성이 널리 알려진 표국이기는 했다. 그러나 표국은 표국, 요동삼문을 비롯해 요동무림의 강자들이 모인 자리에서 천리표국은 그저

표국일 뿐이었다. 그러니 표국주 황부인이 누각에 오를 일이
무엇이 있단 말인가?

사람들의 의구심을 뒤로하고 천리표국주 황부인은 당연하
다는 듯 누각 위로 올라갔다. 그러자 삼지왕이 정중하게 천리
표국주 황부인을 맞이했다.

황부인은 누각 위에 마련된 십여 개 남짓한 나무 의자 중 한
곳에 자리를 잡고 앉았다. 그러자 백선 서언이 다시 누각 아래
서 있는 고수들을 보며 입을 열었다.

"동도들께서는 왜 지금 제가 천리표국주 황 대인을 누각 위
로 불러 올렸는지 궁금하실 것이오."

"이유가 무엇입니까?"

누군가가 대 아래에서 소리쳤다. 그러자 백선 서언이 침착
한 목소리로 대답했다.

"황 대인을 누각 위로 올린 것은 황 대인께서 무척 중요한
물건을 보관하고 있기 때문이오. 황 대인과 천리표국의 표사
들께선 지난 몇 달간 요동삼문과 몇몇 요동의 노고수들의 의
뢰하에 온갖 위험을 넘기며 그 물건을 지켜왔소. 천리표국의
노고에 이 서언이 요동무림을 대신해 감사드리는 바이오."

백선 서언이 황부인을 향해 포권을 해 보이자 황부인이 자
리에서 일어나 마주 포권을 했다.

"그 물건이 무엇입니까?"

다시 누각 아래서 누군가 질문을 던졌다. 그러자 백선 서언
이 황부인을 보며 말했다.

"황 대인께선 이제 표물을 전해주실 때가 되었습니다."

서언의 말에 황부인이 다시 한 번 고개를 숙여 보이고는 품 속에서 어른 팔뚝만 한 크기의 물건을 꺼내 들었다. 눈부신 비단보에 싸인 물건은 그 정체가 아직 드러나지 않았으나 무척 귀한 물건임에는 틀림없어 보였다.

황부인은 품속에서 물건을 꺼내 든 후 누각 앞쪽, 누구나 볼 수 있는 곳에 마련된 작은 대(臺)에 물건을 올려놓았다. 그리곤 한쪽에 모여 있는 요동삼문의 문주들을 보며 말했다.

"문주들께선 본 표국의 표행이 완성되었음을 확인해 주시 겠습니까?"

황부인의 말에 모용세가의 가주 모용우가 고개를 저으며 말했다.

"삼지왕께서 확인하시면 될 일, 굳이 우리가 누각 위로 올라 갈 이유는 없을 것 같소이다."

모용우의 말에 백선 서언이 고개를 끄덕였다.

"알겠소이다. 그럼 물건은 우리 삼 인이 확인하도록 하겠소 이다."

서언의 말이 끝나자 옆에 서 있던 통천 가섭과 독심호리 심 온이 대(臺) 옆으로 다가와 비단 꾸러미에 시선을 주었다.

"황 대인께서 수고를 해주시겠소이까?"

서언이 황부인을 보며 말하자 황부인이 고개를 끄덕였다.

"그러지요."

황부인의 손길이 거침없이 물건을 싸고 있는 금빛 보자기를 풀었다. 그런데 보자기 안에서 나온 물건은 침을 삼키며 물건의 정체를 궁금해하고 있는 사람들의 기대를 허무하게 만들 정도로 초라했다.

어른 팔뚝만 한 길이의 청동 도끼. 도끼라고 불러야 할 모양이긴 하지만 나무를 자르거나 혹은 강호에서 무기로 쓰기에는 적합하지 않은 노리개 크기와 모양을 한 도끼가 금포 안에서 모습을 드러냈다.

기대에 못 미치는 물건이 모습을 드러내자 누각 아래의 고수들이 잠시 실망으로 술렁였다. 그러나 사람들의 반응에 아랑곳하지 않고 황부인이 청색으로 빛이 바랜 구리 도끼를 가리키며 백선 서언에게 말했다.

"물건을 확인해 보시지요."

황부인의 말에 백선 서언이 마치 세상에서 가장 고귀한 물건을 만지듯 조심스럽게 구리 도끼를 집어 들었다. 그리고는 다른 두 명의 삼지왕과 함께 도끼를 세심하게 살피기 시작했다. 그러기를 얼마, 서언이 도끼를 대 위에 조심스럽게 내려놓았다. 그리곤 요동삼문의 문주들을 보며 말했다.

"우리 세 사람이 확인한 바에 의하면 물건은 이상없이 전달되었소이다. 진품이 확실하오!"

서언의 말에 요동삼문의 문주들이 기꺼운 표정으로 고개를 끄덕였다. 그리고는 그중 모용우가 황부인을 보며 말했다.

"천리표국의 표행은 완수되었소이다. 그간의 노고를 다시 한 번 치하드리오. 약속된 대가는 보름 안에 지불될 것이오."

"귀한 물건의 호송을 우리 천리표국을 믿고 맡겨주신 세 분
께 감사드립니다. 그럼 전 이만 물러나겠습니다."

황부인이 요동삼문의 문주들에게 포권을 해 보이고는 훌쩍
신형을 날려 누각 아래로 내려왔다. 황부인이 물러나자 사람
들의 시선은 다시 삼지왕에게로 향했다. 이제야말로 금포에
싸여 있던 허름한 구리 도끼에 대한 설명이 필요한 때였다. 백
선 서언은 그런 고수들의 바람을 저버리지 않았다.

"모두들 이 물건에 대해 궁금해하실 것이라 생각하오. 어쩌
면 이 물건을 보고 실망하셨을 분들도 계실 것이오. 하지만 기
실 이 물건만큼 대단한 가치를 지닌 물건은 강호에서 찾아보
기 힘들 것이오."

"도대체 그 도끼가 뭡니까?"

다시 누군가의 질문이 흘러나왔다.

"아주 오래전 사람들은 이 물건을 천부(天斧)라 불렀소."

백선 서언이 짧게 대답하고 잠시 침묵을 지켰다. 그런데 그
로부터 얼마 후 사람들 사이에서 갑자기 누군가의 놀란 목소
리가 새어 나왔다.

"천부! 신인 도명의?"

"천부? 아, 천부!"

갑자기 천목 주위에 몰려든 일백아홉 명의 고수가 술렁이기
시작했다. 그리고 그 술렁임은 곧 일백아홉 고수와 일정한 거
리를 두고 신단평을 빼곡히 메운 요동무림의 고수들에게도 전
해졌다. 순식간에 신단평의 고수들이 파도처럼 일렁였다.

"도대체 저게 무슨 물건이기에 이 난리를 치는 겁니까?"

송추월이 서언을 돌아보며 물었다. 그런데 그때만큼은 서연도 물건의 정체에 놀란 듯 대 위에 올려 있는 구리 도끼로부터 시선을 떼지 못하고 있었다.

"서 소저?"

송추월이 서연을 불렀다.

"네… 네?"

서연이 송추월의 부름에 놀란 표정으로 바라봤다.

"도대체 저 물건이 뭡니까?"

"천부… 천부예요."

"천부가 뭐 하는 물건입니까?"

"천부는 신인 도명의 신물이에요."

순간 송추월의 눈이 번뜩였다.

"신인 도명이라면……?"

"그래요. 이 신단평에 천목을 심은 바로 그분이죠. 천부는 그분의 신물이에요. 예부터 전해지는 말에 의하면, 천부를 얻으면 도명의 진전을 이어 천하를 얻을 수 있다고 해요."

"이제 보니 대단한 물건이군요. 사람들이 노릴 만한 물건이었군요."

"맞아요. 그래서 그런 고수들이 저 물건을 노렸던 거지요."

"그런데 정말 저 작은 도끼에 신인 도명의 무공이 있을까요?"

"그건 모르죠. 하지만 천부에 그의 무공이 남아 있지 않다고

해도 천부는 중요한 물건일 수밖에 없어요. 적어도 과거 천하
제일인이었던 사람의 신물이고 또한 요동무림의 권위를 천하
에 세울 수 있는 물건이니까요. 아! 요동무림의 회합에 맞춰
천부가 모습을 드러낸 것은 정말 대단한 행운이라고 할 수 있
겠네요, 요동무림에겐."

　서연이 여전히 들뜬 음성으로 천부에 대해 설명했다.

　'대단한 도끼군. 나타나자마자 사람들의 마음을 이토록 휘
어잡다니……. 마치 신인 도명이 다시 살아 돌아온 것 같지 않
은가!'

　송추월이 술렁이는 고수들을 보며 생각했다. 그러는 사이
백선 서언이 손을 들어 좌중의 고수들을 진정시켰다.

　"모두 침착해 주시기 바라오. 오늘 우린 할 일이 많소이다.
가장 먼저 궁금해하실 천부에 대한 처리 문제를 말씀드리겠
소. 이 천부를 얻게 된 것은 요동삼문의 힘이 컸소. 흥안령의
한 동굴에서 이 천부를 발견한 것은 소규모의 마적 떼였소. 물
론 그들은 이 천부의 가치를 몰랐소. 그들은 그 동굴에서 천부
와 함께 발견된 약간의 보물에 관심이 있었을 뿐이오. 그런데
그 마적들이 훔친 보물을 처분할 때 이 천부의 가치를 알아본
자가 있었소. 그는 이 천부를 손에 넣고 고민했소. 전설에 의
하면 천부에는 신인 도명의 절기가 남아 있다고는 하나 그는
무인도 아닐뿐더러 천부에서 어떤 비결도 발견하지 못했던 거
요."

　서언의 말에 다시 중인들의 웅성거림이 시작됐다. 천부에

비결이 없다는 말에 대부분의 고수들은 실망하는 기색이 역력했다. 천부에 신인 도명의 비결이 적혀 있다고 하더라도 그들에게 그 비결이 전해질 가능성은 일 푼도 되지 않건만 그들은 천부에 비결이 없음을 한탄하는 것이었다.

"그러나 비결이 없다고 해서 천부의 가치가 추락하는 것은 아니오. 이 천부는 과거 요동을 넘어 천하를 발아래 두었던 신인 도명의 신물이며, 또한 우리 요동무림을 하나로 뭉치게 할 만한 명분을 지닌 물건이기도 하오. 천부를 마적에게서 사들인 상인은 이런 천부의 가치를 정확히 알고 있었소. 해서 그는 그 즉시 요동삼문에 천부의 등장을 알렸소."

드디어 천부가 어떻게 이곳에 있게 되었는지 그 연유가 밝혀지고 있었다.

"이즈음에서 난 요동삼문의 문주님들께 감사의 말씀을 드리는 바이오. 신인 도명의 천부라면 누구라도 욕심을 낼 물건이지만 요동삼문의 문주들께서는 현명하시게도 각 문파의 욕심보다는 요동무림의 통합에 천부가 쓰여야 한다는 것에 동의하셨소. 해서 요동삼문은 몇 분의 은거기인들과 함께 논의하여 천부를 흥안령으로부터 이 신단평으로 가져오는 일을 천리표국에 맡겼던 것이오."

이후의 일은 송추월 또한 상세하게 알고 있었다. 그 자신이 천부를 신단평까지 가지고 오는 데 큰 힘을 보탰기 때문이다. 물론 천부의 정체를 모르고 한 일이긴 하지만.

잠시 말을 끊었던 백선 서언이 다시 입을 열었다. 그의 목소리에 좀 더 강렬한 기운이 깃들었다.

"동도 여러분, 난 잡술을 믿는 사람은 아니지만 요동무림이 힘을 합치려는 순간에 천부가 나타난 것은 하늘의 뜻이 아닐까 그런 생각을 하고 있소이다."

백선 서언의 말에 여기저기서 호응하는 목소리가 흘러나왔다.

"백선 노사의 말이 옳소. 천부가 나타남은 하늘의 뜻일 거요."

"이제 우리 요동무림이 다시 신인 도명의 시대처럼 강호를 지배할 때가 된 것이오."

"맞소이다."

송추월은 백선의 한마디에 마치 벌써 천하를 손에 넣은 듯한 분위기에 취해가는 고수들의 표정을 착잡한 표정으로 바라보고 있었다.

'이들은 무관을 통과해 그 무공이 일류의 경지에 올랐음을 스스로 증명한 자들인데 겨우 과거의 구리 도끼 하나가 나타났다고 이토록 흥분하다니 참으로 인간이란 나약한 존재로구나.'

장내에 차가운 이성을 유지하고 있는 사람은 그리 많지 않아 보였다. 사람들은 의도했든 의도하지 않았든 백선 서언의 말에 의해 평정심을 잃어가고 있었다.

"천부는 어찌 되는 것이오?"

누군가 가장 중요한 문제를 끄집어냈다. 천부가 등장한 이상 천부를 드는 자가 아마도 요동무림의 수장으로 인정받을 것이기 때문이었다. 사람들의 눈이 서언의 입으로 향했다.

"일단 천부의 주인은 정하지 않을 것이오. 천부의 주인은 곧 신인 도명의 후인이 되는 것이오. 그러니 지금으로선 누가 있어 천부의 주인을 자처할 수 있겠소. 일단 오늘 이곳에서 요동무림의 통합을 논의하고 그 결과에 따라 천부는 요동무림인들 공동의 신물로서 지켜지게 될 것이오. 훗날, 혹여 우리 중 누군가가 신인 도명의 경지에 올라 요동무림의 수장이 된다면 그땐 그에게 천부가 돌아가게 될 것이지만 과연 우리 시대에 그런 영웅이 나타날지는 잘 모르겠소."

백선 서언의 말에 중인들이 고개를 끄덕였다. 서언의 말처럼 지금 요동무림엔 천부의 주인을 자처할 인물이 존재하지 않았다. 아니, 요동무림뿐 아니라 무림천하 그 어느 곳이라도 신인 도명의 뒤를 이을 만한 인물은 존재하지 않았다.

백선 서언은 침착하게 천부의 등장으로 동요된 중인들이 평정심을 되찾을 때까지 기다렸다. 그리곤 사람들이 잠시 잃었던 이성을 되찾자 다시 입을 열었다.

"천부의 등장은 어쨌든 우리 요동무림의 큰 복이오. 천운이 찾아드는 징조를 보았으니 이번 회합에서 반드시 요동무림의 통합을 이뤄내야 할 것이오. 그러기 위해선 일단 무관을 설치하기 전 밝혔듯이 열 명의 대장로를 선출해야 할 것이오. 대장로를 선출하는 방식은 발표한 대로요. 오늘 이 자리에 참석한 일백아홉의 고수 분들께 가장 많은 추천을 받는 열 사람이 대장로로 선출될 것이고, 바로 그분들에 의해 요동무림의 통합이 이뤄질 것이오. 단, 한 문파에 무림의 권력이 집중되는 것을 막기 위해 무관 통과자가 여럿인 문파의 경우 그 문파의 문주만이 추천의 대상이 됨을 미리 밝혀드리는 바이오. 이런 일은 본시 서두르면 서두를수록 좋은 법이니 이제부터 한 분씩 누각에 올라 자신이 추천하는 분의 이름을 적어주시기 바라오.”

말을 끝낸 서언이 독심호리 심온을 보며 고개를 끄덕였다. 독심호리 심온이 가볍게 손을 움직였다. 그러자 그의 손에 누각 뒤쪽에 놓여 있던 커다란 서탁이 따라 올라오더니 한순간에 그의 키를 넘어 누각 앞에 부드럽게 착지했다.

서탁이 준비되자 이번엔 다른 쪽에 있던 통천 가섭의 손이 움직였다. 순간 통천 가섭의 손에 들려 있던 화선지 두루마리가 허공에서 맹렬하게 회전하더니 이내 서탁을 순백의 화선지로 덮는 것이었다. 그야말로 쉽게 보기 힘든 절정고수들의 묘기에 사람들 입에서 감탄사가 흘러나왔다.

탁!

사람들의 감탄사 속에서 이번엔 백선 서언이 큼직한 벼루를 서탁 위에 올렸다. 벼루에는 이미 묵색 먹이 듬뿍 담겨져 있었다.

“자, 순서를 가리지 말고 앞의 분부터 누각에 오르시오. 오르시거든 자신이 추천하는 분의 이름을 위에, 추천한 본인의 이름을 아래 적으시기 바라오.”

바야흐로 요동무림의 운명을 좌우할 열 명의 대장로를 뽑는 대사(大事)가 시작되고 있었다.

스스슥!

고수들의 손놀림이 부드럽다. 도검을 들어 사람을 치는 손들이 순백의 화선지 위를 부드럽게 내달렸다. 그때마다 두 개의 이름이 쓰였다. 추천한 자와 추천받는 자의 이름이 그렇게 화선지를 메워 나갔다. 화선지 두루마리를 들고 있는 통천 가섭은 계속해서 화선지를 풀어냈다. 그러면 서탁의 반대편에서 독심호리 심온이 이미 이름이 쓰인 부분을 말아 올렸다.

송추월도 한 명의 이름을 적기 위해 누각에 올라섰다. 그런데 그때 의외로 독심호리 심온이 말을 건넸다.

"오랜만이군."

심온의 표정은 나쁘지 않았다. 하긴 비록 한때는 적으로 만난 사이지만 혼강에서 송추월과 심온의 인연은 그리 나쁜 편이 아니었다. 송추월 덕에 심온은 혁지광이 쏘아낸 화살의 위험을 피했으니까.

"다시 뵙는군요."

송추월이 가벼운 미소와 함께 대답했다.

"실력을 모두 보이지 않더군."

아마도 무관을 통과할 때 송추월이 드러낸 무공이 혼강에서 보았던 무공은 아니라고 생각한 듯했다.

"통과만 하면 되는 일이니까요."

"무림에 뜻이 있나?"

“전혀.”

송추월이 고개를 저었다.

“하면……?”

“어쩌다 보니 그리되었습니다.”

“나중에 시간 좀 내주겠나?”

“저야 영광이지요.”

“내 찾아감세.”

두 사람의 대화로 인해 줄이 잠시 끊어져 있었다. 송추월이 재빨리 앞으로 다가가 붓을 들어 화선지 위에 한 명의 이름을 적었다.

“고월산장이 아니라 대산문?”

누각을 벗어난 후 재빨리 송추월을 따라붙은 대일이 물었다.

“넌?”

“뭐, 나야 우리 국주님을 적었지.”

“그래? 부루 녀석이 알면 서운해하겠는데?”

“어쩔 수 있나. 나야 천리표국에 매여 있는 몸인데. 그런데 너야말로 고월산장이 아니라 대산문이라니?”

송추월은 대장로로 대산문의 문주 적표를 적었다. 대일의 눈에는 그게 이상해 보인 듯했다.

“내가 고월산장 사람은 아니잖아?”

“그래도 한동안 고월산장을 위해 싸웠잖아?”

“그야 혁가 놈 때문이었고.”

“너, 고 대협을 좋아하지 않았어?”

“좋아하지.”

“그런데 왜?”

“내가 아무리 고 대협을 좋아한다고 해도 같이 산 놈만 하겠
냐? 그리고 일전에도 말했지만 조금 모자라는 쪽을 도와야지.
더구나 우린 한 형제나 다름없잖아.”

“흠, 역시 피는 물보다 진하다는 건가?”

“고월산장은 서압록 전체의 지지를 받고 있어. 더불어 고무
룡 대협의 협명 때문에 요동무림의 고수 중 고월산장을 지지
하는 사람들이 많지. 반면에 대산문은 이번에 황문과의 대결
로 조금 알려졌을 뿐이야. 사람이 부족할 거야. 부루 녀석을
직접 도와주지는 못하지만 이렇게라도 녀석을 도와줘야지. 대
산문의 문주가 대장로가 되어야 부루 녀석이 힘을 얻을 테니
까.”

“하긴, 대산문이 조금 처지긴 하지.”

“두고 보자고.”

일백아홉 명의 고수가 한 번씩 누각에 올랐다 내려오자 해
는 이미 중천에 이르러 있었다. 마지막으로 화선지에 자신이
추천하는 사람의 이름을 적은 것은 서압록의 명문 하백문의
유총이었다.

수공의 달인으로 알려진 유총이 누각을 벗어나자 삼지왕이

재빨리 서탁 앞으로 나와 화선지에 적힌 이름들을 확인하기 시작했다. 그리고 잠시 후 백선 서언이 하늘색 비단 천에 열 명의 이름을 적었다.

누각 아래에 서 있는 사람들의 눈에는 보이지 않았으나 그 이름들이 요동무림을 이끌어 갈 대장로들의 이름이라는 것은 분명했다.

사람들이 숨을 죽이고 백선 서언의 손을 주시했고, 이후 그의 손이 붓을 놓았을 때는 그의 입을 주시했다. 백선 서언은 사람들의 시선을 담담하게 받아내며 열 개의 이름이 적힌 비단 천을 들어 올렸다. 그리고는 천천히 입을 열었다.

"무관을 통과하신 일백아홉 명 요동무림의 고수 분들께서 열 분의 대장로를 정하셨소. 마음이 급하실 테니 지금 바로 대장로로 추대된 열 분을 누각 위로 모시기로 하겠소이다."

백선 서언의 말에 사람들이 호흡을 줄였다. 팽팽한 긴장감이 장내에 맴돌았다. 오늘 서언의 입에서 불릴 열 명은 아마도 요동을 넘어 강호 천하에 일대고수로 이름을 날리게 될 터다.

"먼저 고맙게도 우리 세 사람이 나란히 대장로의 영광을 얻게 되었소이다. 우리 삼지왕을 추천해 주신 동도 여러분께 감사드리는 바이오."

백선 서언의 말이 끝나는 순간 삼지왕이 동시에 앞으로 나와 누각 아래 고수들을 향해 정중하게 포권을 해 보였다.

"와아!"

한순간 환호성이 터져 나왔다. 자신이 아닐지라도 누군가

영예로운 자리에 오르는 현장에 있던 사람은 그 자신이 그 자리에 오른 것 같은 감정의 이입을 경험하게 되는데 오늘 이 신단평에 모인 고수들 역시 그런 감정의 환상에 빠져들고 있었다.

환호는 천목 주변의 일백아홉 고수를 지나 신단평과 구한산 기슭을 가득 메운 요동무림의 고수들에게까지 전해졌다. 그러나 삼지왕을 향한 환호성은 짧았다. 백선 서언이 손을 들어 사람들의 환호를 가라앉혔기 때문이다.

"계속해서 대장로의 영예를 차지하신 분들을 소개하도록 하겠소이다. 다음 분은 모두가 예상하는 분이라 할 수 있을 것이오. 모용세가의 가주께서는 누각에 오르시기 바랍니다."

"와아!"

멀리서 모용세가 고수들의 환호성이 일었다. 그러나 사람들의 감흥은 그리 크지 않았다. 모용세가의 가주 모용우가 열 명의 대장로에 들 것을 예상하지 못한 사람은 없었으므로 그의 이름이 불리는 것은 그저 일종의 요식행위와 같았다.

이름이 불린 모용우가 모용세가 고수들 사이를 벗어나 누각으로 올랐다. 한순간에 누각에 오른 모용우가 도도한 기색으로 누각 아래 고수들을 훑어본 후 천천히 포권을 했다.

"요동무림의 성세를 위해 견마의 힘을 다하겠소이다."

모용우의 말에 다시금 모용세가 고수들의 환호가 일었으나 그는 이내 신형을 돌려 누각의 뒤쪽에 마련된 열 개의 의자 중 하나에 자리를 잡고 앉았다.

모용우가 물러나자 다시 백선 서언이 앞으로 나섰다.

"다음 분은 역시 모두가 예상하시는 분이외다. 장백파의 문주께선 누각에 오르시지요."

백선 서언의 말에 장백파의 문주 이조명이 훌쩍 자리에서 일어나 사람들이 환호 속에 쾌속한 신법으로 누각에 올랐다. 그리고는 누각 위에서 아래를 내려다보며 포권을 하고는 입을 열었다.

"장백파의 이조명이오. 잘 부탁드리오!"

냉엄해 보이는 이조명의 태도였지만 누구도 그를 탓하지 않았다. 모두 장백파 사람들의 성정을 익히 알고 있을뿐더러 오히려 그런 모습이 강건한 무인의 모습에 더 어울린다고 생각하는 사람도 많았다. 이조명이 뒤로 물러나 모용우 곁에 앉자 다시 백선 서언의 입이 열렸다.

"다음 분 역시 요동무림의 한 기둥이신 분이오. 금문의 소문주께선 누각으로 올라와 주십시오."

백선 서언의 말에 금문의 소문주 김안이 절제된 걸음으로 누각으로 올랐다. 그는 비록 모용우나 이조명에 비해 나이는 어렸지만 두 사람 못지않은 기도로 좌중을 압도했다.

"인사드리오. 금문의 김안이오!"

김안이 가볍게 포권을 해 보이고는 역시 사람들의 반응을 기다리지 않고 신형을 돌려 뒤쪽의 의자로 가 앉았다. 그렇게 세 명의 요동삼문 고수가 대장로로 정해지자 오히려 그때부터 장내의 분위기는 더 뜨거워지기 시작했다.

애초부터 요동삼문의 수뇌들이 대장로의 자리를 차지할 거란 것은 정해져 있는 것이나 마찬가지였다. 하지만 이제부터 대장로로 호명될 네 명의 고수가 누가 될지는 장내의 그 누구도 쉽게 짐작할 수 없었다. 바로 옆에 있는 사람이, 혹은 바로 내 자신이 그 이름의 주인공이 될 수도 있었다. 누각 아래 고수들의 표정은 긴장으로 굳어졌고, 그들의 심장은 굳어진 표정과 달리 급하게 뛰기 시작했다. 그때 사람들의 기대를 현실로 이끌어 줄 백선 서언이 다시 입을 열었다.

"다음 분을 소개해 드리겠소. 고월산장주께선 누각으로 올라와 주십시오."

"와아!"

서압록의 고수들 사이에서 신단평을 뒤흔드는 환호성이 터져 나왔다. 그 환호 속에 고월산장주 고모수가 천천히 누각 위로 올랐다. 그리곤 정중하게 장내에 모인 고수들에게 포권을 해 보였다.

"부족한 사람을 영광스런 자리에 추천해 주신 분들께 감사드리오. 최선을 다해 요동무림의 영광에 일조하겠소이다."

"와!"

다시 한 번 탄성이 흘러나왔다. 그러자 고모수가 재차 고개를 숙여 보인 후 뒤쪽으로 물러났다.

"역시 되었군."

대일이 고개를 끄덕였다.

"고무룡 대협의 무위에 감탄한 사람들이 많을 거야. 비록 고장주께서 대장로가 되셨지만 실질적으로 고무룡 대협을 추천한 것이나 다름없는 거지."

송추월이 대답했다.

"이제 세 명 남았군."

"그래."

"흐흐, 부루 녀석, 조금 초조하겠는데?"

대일의 말에 송추월이 시선을 돌렸다. 멀리 대산문의 고수들 사이에 서 있는 부루의 모습이 보였다. 그러나 부루의 얼굴엔 전혀 초조함이 드러나 있지 않았다. 아마도 대산문의 문주가 열 명의 대장로에 들 것이란 것을 확신하는 모양이었다.

'녀석이라면 이미 무슨 수를 내놓았겠지. 표정을 보니 걱정하지 않는 모습이야.'

송추월이 내심 부루의 표정을 읽는 사이 다시 백선 서언의 입이 열렸다.

"다음 분을 말씀드리겠소이다. 다음은… 홍안령 대산문의 문주이신 적표 노사께서 대장로에 추천되셨소이다."

"오오!"

"와아!"

천목 주변의 고수들 사이에서 다시 탄성이 일어났다. 부루는 한줄기 미소를 지으며 대산문주 적표에게 고개를 끄덕이고 있었다.

"대산문주께선 누각 위로 오르시오."

서언의 말에 대산문주 적표가 부루의 어깨에 손을 한 번 올리고는 천천히 누각 위로 올랐다. 그리고는 강렬하면서도 정중한 모습으로 누각 아래 고수들을 향해 포권을 해 보였다.

"부족한 사람을 대장로로 추천해 주신 분들께 깊은 감사를 드리오. 요동무림을 위해 최선을 다하겠소이다."

대산문주 적표의 말에 다시금 누각 아래서 환호성이 일어났다. 적표는 감개무량한 표정으로 그 환호성을 잠시 음미한 후 뒤쪽으로 이동해 자리를 잡고 앉았다.

고모수와 적표까지 대장로의 한자리를 차지하자 이제 남은 자리는 둘, 더불어 이젠 정말로 누가 그 두 자리를 차지하게 될 지 오리무중인 상태로 접어들었다.

"다음 분을 소개해 드리겠소이다."

사람들의 긴장과 환호 속에서 백선 서언은 분위기에 휘말리지 않고 침착하게 회합을 이끌고 있었다.

"다음 분은… 요동무림 여중제일인이신 장백옥검 아화 여협이십니다. 장백옥검께서는 누각에 오르시지요."

"와!"

"오오!"

그 누구의 이름이 불렸을 때보다도 강렬한 환호성이 터져 나왔다. 장백옥검 아화의 이름이 불린 것은 누구도 예상치 못한 일이었다. 물론 그녀의 무공과 명성은 능히 대장로 자리에 오를 만하지만 그녀의 강호 활동이 워낙 드물었기에 대장로로 추천받을 만큼 많은 추종자들을 거느리고 있을 거라고는 누구도 생각하지 못했던 것이다.

장백옥검 아화는 자신이 대장로가 되었다는 것을 믿기 힘든지 잠시 누각에 오르기를 망설이는 듯했다. 그러나 잠시 후 그녀가 입술을 깨물며 누각으로 올랐다.

"역시… 요동무림은 살아 있군요."

장백옥검이 누각을 오르는 것을 보며 서연이 말했다.

"그게 무슨 말입니까?"

뜻 모를 말에 대일이 서연을 보며 물었다.

"장백옥검께서 대장로에 오르신 걸 두고 하는 말이에요."

"그게 요동무림이 살아 있다는 것과 무슨 상관이 있는 겁니까?"

"장백옥검께선 다른 사람들과 달리 강호의 명예를 구하시는 분이 아니세요. 해서 그분께선 명성에 비해 무림인들과 친분이 넓지 않지요. 그런데 그런 분이 대장로에 뽑혔다는 건 이곳에 모인 고수들 중 사사로운 이익이나 혹은 허명에 현혹되지 않고 오직 그 사람의 능력으로만 사람을 평가할 수 있는 사람들이 많다는 의미겠지요. 그래서 제가 요동무림이 살아 있다고 말한 거예요."

"장백옥검이 대장로에 뽑힌 것이 그렇게 큰 의미인 줄은 몰랐군요."

"이곳에 있는 일백아홉 고수 중 장백옥검을 추천한 고수들은 아마도 순수하게 요동무림을 위해 일할 사람들일 거예요. 자신의 이익과 상관없이요."

서연이 확신하듯 말했다. 그러자 대일이 고개를 끄덕였다.

"뭐, 서 소저께서 그리 말씀하시니 그렇겠지요. 그리고 그렇다면 요동무림에 다행스런 일이기도 하고요. 보자, 그런데 이제 마지막 사람이 남았군요. 우리 국주께선 힘들려나?"

아마도 대일은 천리표국주 황부인이 열 개의 대장로 자리 중 하나쯤은 차지할 수 있지 않을까 기대하는 모양이었다. 그러나 장백옥검 아화의 인사가 끝나고 백선 서언의 입이 다시 열렸을 때 대일의 기대는 허무하게 깨졌다.

"이제 마지막 대장로를 말씀드리겠소이다. 음……."

백선 서언이 잠시 침묵을 지켰다. 아마도 그로서도 의외의 인물이 대장로에 선출되었다고 생각하는 모양이었다. 그러나 마지막 대장로의 발표를 뒤로 미룰 수는 없었다.

"요동무림을 대표할 마지막 분은… 낭왕 별고 대협이오!"

백선 서언의 말이 끝나자 장내가 차가운 침묵으로 물들었다. 누구도 쉽게 입을 열지 못했다. 그리고 잠시 후 누군가로부터 웅성거림이 들리기 시작했다.

송추월의 귀에도 사람들의 웅성거림이 들렸다. 그리고 그중 대부분은 낭왕 별고가 열 명의 대장로에 뽑혔다는 사실이 믿기 어렵다는 말들이었다.

"낭왕께선 누각으로 오르시구려."

백선 서언이 누각 왼쪽에 칼을 품에 품고 서 있는 낭왕 별고를 보며 말했다. 그러자 낭왕 별고가 차가운 안광을 흘려 좌중을 한 번 쓸어보고는 천천히 누각을 오르기 시작했다.

"축하하오."

낭왕 별고가 누각 위에 오르자 백선 서언이 별고를 보며 말했다. 그러자 별고가 차가운 미소를 흘리며 대답했다.

"진심이라면 고맙소이다."

순간 백선 서언의 표정이 굳었다. 자신의 호의를 빈정거리는 낭왕 별고의 태도에 심기가 상한 듯 보였다. 그러나 낭왕 별고는 그런 서언의 표정에 상관없이 누각 아래를 보며 가볍게 포권을 해 보였다.

"별고요. 요동무림에 한 힘을 보태겠소이다."

메마른 인사를 끝으로 낭왕 별고가 천천히 걸음을 옮겨 다른 열 명의 대장로가 앉아 있는 곳으로 향했다. 낭왕 별고가 물러난 뒤에도 한동안 웅성거림은 계속됐다. 백선 서언 역시 딱히 사람들을 진정시킬 생각이 없는지 잠시 침묵을 지켰다. 그러자 통천 가섭이 얼른 서언에게 다가가 귓속말을 전했다. 그제야 서언이 다시 누각의 중앙으로 나섰다. 그리고는 어느새 침착함을 회복한 얼굴로 누각 아래 고수들을 내려다보며 말했다.

"모든 분들이 보셨듯이 이제 요동무림을 이끌어갈 열 분의 대장로가 정해졌소. 그러나 열 분의 대장로를 선출한 것은 단지 일을 효율적으로 처리하기 위함이지 우리 열 명의 대장로가 요동무림의 모든 일을 결정하겠다는 뜻은 아니오. 앞으로 우리 열 명의 대장로가 어떤 의견을 내든 그 의견은 여기 계신 고수 분들의 동의하에 실행될 것이오. 다시 말해, 여전히 요동무림의 통합은 여러분의 의사에 달려 있다는 것이오. 그럼 일단 오늘의 회합은 이것으로 마치겠소. 여러분께서는 내일 오전 다시 이 자리에 모여주시기 바라오. 오늘 오후 우리 대장로들은 요동무림의 통합에 대해 숙고하게 될 것이오. 그리고 내일 오전 여러분께 그 결과를 말씀드리고 의견을 구하겠소이다. 그럼 내일 다시 뵙겠소이다!"

백선 서언의 말이 끝나자 장내가 잠시 술렁이더니 이내 사람들이 빠르게 흩어지기 시작했다. 사람들이 물러나자 대장로로 뽑힌 열 명의 고수들이 함께 누각을 내려와 삼지왕이 머무는 막사로 이동했다.

第六章

화마경

새날이 밝았다. 하늘은 구름 한 점 없이 맑았다. 신단평의 고수들은 다시 천목을 중심으로 모여들었다. 열 명의 대장로가 지난밤 어떤 결정을 내렸는지는 아무도 몰랐다. 그들은 하룻밤이 지나는 동안 삼지왕의 막사를 벗어나지 않았다. 아침이 오고 다시 무관을 통과한 요동의 고수들이 천목 앞에 모였을 때도 그들은 쉽사리 모습을 드러내지 않았다.

“오래 걸리는군.”

여전히 열리지 않은 삼지왕 막사를 보며 대일이 중얼거렸다. 송추월과 대일, 그리고 서연 역시 다시 천목 앞에 나와 있었다.

“요동의 판세를 결정하는 일이에요. 오래 걸릴 거예요.”

서연이 말했다.

"기다릴 가치가 있는 일이지."

송추월이 담담하게 말했다. 그런데 그때 문득 세 사람 곁으로 부루와 곽풍산이 다가왔다.

"벌써 나와 있었어?"

곽풍산이 호방한 목소리로 입을 열었다.

"이제 오냐?"

대일이 두 사람을 보며 말했다.

"아직이지?"

"제법 걸릴 것 같아."

대일이 삼지왕의 막사를 가리키며 말했다.

"젠장, 뭘 그리 뜸을 들여. 일단 맹 하나 만들어놓고 이후의 일은 천천히 해결해 나가면 되지."

곽풍산이 투덜거렸다.

"그리 간단한 문제가 아니야."

침묵을 지키고 있던 부루가 차갑게 말했다.

"물론 너 같은 녀석에게는 간단한 문제가 아니겠지. 머리 좀 쓴다는 놈들은 단순한 문제도 꼬아놓아야 만족하는 법이니까. 하지만 나 같은 사람에겐 어려울 것 없는 일이야. 나 같은 족속은 일단 일을 시작하고 보거든. 하지만 어떤 경우든 대부분 결과는 비슷해. 그러니 이리저리 잴 문제가 아니지."

"네 녀석 무식한 건 모두 알고 있으니 너무 티내지 마라. 네 녀석 말처럼 이 회합이 그리 단순한 것은 아니야. 이 모임에서 요동무림의 운명이 결정돼. 물론 그 안에서 요동무림 각 문파의 운명도 결정되겠지. 가문의 운명 앞에서 쉬운 문제는 없어."

"흐흐흐, 물론 그것도 명문입네 하는 자들의 입장이지. 나와 같은 산적 입장에선 그것도 겉치레라니까. 결국 힘있는 놈이 권력을 잡겠지."

곽풍산의 말에 웬일인지 부루가 고개를 끄덕였다.

"그 말은 맞다. 결국 힘있는 자가 요동의 패자가 될 거야. 그러나 그 힘을 측량하는 것이 어려운 일이다. 아직은… 누가 강한지 모르니까."

"하긴 그래. 그렇다고 서로 간에 힘을 겨룰 수도 없는 문제고. 이제 막 힘을 합쳐 세력 하나 만들자고 논의하는 마당에……."

곽풍산이 고개를 끄덕였다. 그러자 부루가 관심을 송추월에게로 돌렸다.

"고마워."

"뭘?"

송추월이 되물었다.

"대산문을 밀어줘서."

"아, 대산문주를 추천한 것 말이냐?"

"그래."

"그야 뭐 당연한 일이지."

"난 솔직히 네가 고월산장주를 추천할 줄 알았어."

"그럴 수도 있었지. 하지만 두 문파를 비교하자면 대산문 쪽이 약간 기울더라고. 고월산장이야 서압록 문파들의 지지를 얻고 있으니까."

"어쨌든 고마워. 그리고 앞으로도 좀 도와줘."

"뭘 또?"

"앞으론 네 도움이 더 많이 필요할 거야. 아니, 네 녀석들 모두의 도움이 필요해."

부루가 정색하고 대일과 곽풍산 등을 돌아보며 말했다.

"도대체 무슨 도움이 필요한데?"

대일이 퉁명스럽게 물었다.

"난… 이 신단평의 주인이 되고 싶다."

부루가 눈앞에 서 있는 천목을 보며 말했다.

"뭐?"

곽풍산이 놀란 얼굴로 되물었다.

"난 신단평의 주인이 되고 싶어. 저 천목 옆에 나만의 나무를 한 그루 심고 싶단 말이다. 그러려면 너희들의 도움이 필요해."

"허! 네 녀석 야망이 큰 줄은 알았지만 설마하니 벌써부터 요동무림을 들어먹을 생각을 하고 있는 줄은 몰랐다."

"아니, 내 목표는 요동무림이 아니야."

"젠장, 무슨 말이야?"

곽풍산이 얼른 부루의 말을 알아듣지 못하고 되물었다.

"내 목표는 요동이 아니라 무림천하다."

부루가 나직하게 말했다, 자신에게 다짐하듯이. 그 광대한 야망에 송추월은 물론 다른 두 친구도 일순 말문이 막혔다.

"너 지금 무림천하라고 했냐?"

대일이 정색을 하며 물었다.

"그래."

부루가 담담한 목소리로 대답했다.

"하! 이놈 정말 미친 거 아냐?"

대일이 송추월과 곽풍산을 돌아보며 어이없다는 듯 물었다.

"뭐, 어차피 목표일 뿐이니까. 꿈은 커서 나쁠 것 없지."

곽풍산은 부루의 말을 그저 한낱 꿈으로 치부했다. 그러자 부루가 다시 입을 열었다.

"아니, 꿈이 아니야. 난 분명히 천하를 손에 넣겠다. 그러니 네 녀석들이 날 도와줘."

"야, 우리가 도와준다고 천하가 네 손에 굴러들어 오냐?"

대일이 허망한 소리 그만하라는 듯 소리쳤다.

"너희들이 도와준다면… 난 할 수 있어."

부루가 단단한 표정을 지으며 말했다. 그러자 대일과 곽풍산의 표정이 굳어졌다. 그들은 부루를 알고 있다. 어려서부터 보아온 부루는 허세를 모르는 친구였다. 그는 정말 천하를 욕심내고 있었다. 반면 송추월의 표정은 담담했다. 부루가 천하에 욕심이 있든 없든 별 상관 없다는 표정이었다. 그런 송추월을 향해 부루가 재차 물었다.

"도와줄 거지?"

"말했잖아, 난 그런 것에 관심없다고."

"네놈이 필요해."

부루가 고집을 피웠다.

"천하를 갖고 싶다면 네 힘으로 가져. 우리가 비록 함께 살았다지만 우리 다섯은 각자의 인생이 있어. 천하를 향한 야망이 네 삶이라면 우린 우리 나름의 원하는 삶이 있다고."

"그래서 못 도와주겠다는 거냐?"

"물론 기회가 닿으면 도와주마. 하지만 널 돕기 위해 내 삶을 포기하진 않아. 그걸 알아둬."

"망할 놈. 너와 함께라면 정말 가능한 일일 텐데."

부루가 아쉬운 듯 중얼거렸다. 그러자 송추월이 진지한 표정으로 입을 열었다.

"천하보다… 살 궁리를 먼저 해."

"무슨 소리냐?"

"곤륜으로 가는 일을 잊은 건 아니겠지?"

그러자 곁에 있던 대일이 얼른 끼어들었다.

"맞아. 그 일이 먼저다."

"그럼그럼. 일단 살고 봐야지."

곽풍산도 맞장구를 쳤다. 그러자 부루가 고개를 저었다.

"아니, 오히려 그건 나중 일이야. 그전에 다른 방법을 찾으면 돼."

"다른 방법? 그런 게 있을까?"

대일이 고개를 갸웃했다.

"찾아보면 방법이 있을 거야. 그리고 그 방법을 찾기 위해서 천하를 손에 넣을 필요가 있는 거고. 강해질수록 방법을 찾기가 쉬워질 거다."

"그 말에는 일리가 있네."

곽풍산이 고개를 끄덕였다.

"어쨌든 그 문제가 해결되지 않는 이상 어떤 야망도 공허할 뿐이야."

송추월이 다시 말했다. 그러자 부루가 다시 세 친구를 한 사람씩 둘러보며 말했다.

"날 한번 믿어봐. 내가 반드시 곤륜에 가지 않고도 문제를 해결할 방법을 찾아낼 테니까."

"정말 가능하겠냐?"

곽풍산이 진지한 표정으로 물었다.

"날 모르는 거냐?"

"물론 네 녀석이 입에서 꺼낸 말은 반드시 해내고야 만다는 사실은 알고 있지."

곽풍산이 고개를 끄덕였다.

"난 이미 우리에게 일어난 일에 대해 제법 많은 것들을 알아냈어. 그러니 반드시 그 문제를 풀 방법도 찾게 될 거야. 그러기 위해서는 힘이 필요해. 힘이 있으면 좀 더 쉽게 해답을 찾을 수 있을 거야. 또한 만약의 경우 때가 되어도 그 방법을 찾지 못한다면 결국 곤륜으로 가야 할 텐데 그때에도 힘은 필요할 거야."

"그 말도 맞네. 우리가 힘을 얻는다면 그 노괴도 함부로 우릴 대하진 못하겠지."

대일이 고개를 끄덕였다.

"그러니 날 믿고 도와줘."

"젠장, 우리가 어떻게 하길 바라는 건데?"

곽풍산이 물었다. 그러자 부루가 침착한 표정으로 삼지왕의 막사를 바라보며 말했다.

"내게 계획이 있어. 물론 그 계획은 문주님을 통해 저 안에서 논의되었을 거야. 계획대로라면 그 물건을 노릴 수 있는 위치에 있게 될 거다."

"그 물건?"

대일이 되물었다.

"천부(天斧)라는 그 물건 말이다."

"그 물건을 노리는 거냐?"

"물건을 훔치겠다는 것은 아냐. 단지 만약 내가 모두가 납득할 수 있는 방법으로 그 물건을 손에 넣게 된다면 그 순간 요동 무림이 내 손에 들어올 거야. 그건 그럴 만한 명분을 지닌 물건이니까. 그리고 천부를 손에 넣게 되면… 아마도 천하를 도모할 수 있을 거야. 오백 년 전 신인 도명은 혼자의 힘으로 천하를 무릎 꿇렸어. 그의 신물이 바로 천부야. 천부를 이용하면 좀 더 쉽게 천하를 얻을 수 있을 거야."

"네놈… 이미 계획을 다 세워놓은 거냐?"

곽풍산이 물었다. 그러자 부루가 고개를 끄덕였다.

"그래. 모든 계획은 이미 내 머릿속에 있어. 그리고 그 계획을 실행에 옮기기 위해선 너희들의 도움이 필요한 거고. 도와줘야 해, 나 혼자의 문제는 아니니까."

부루가 강요하듯 말했다.

"정말 자신있는 거지?"

곽풍산이 확인하듯 물었다.

"분명히!"

부루가 단호하게 대답했다.

"제길, 그럼 천리표국의 표두 자리를 포기해야 하는 거야?"

이번엔 대일이 투덜댔다. 그러자 부루가 고개를 저었다.

"아니, 그럴 필요 없어."

"그게 무슨 말이야? 네놈을 도우려면 네 곁에 있어야 하잖아?"

"내 생각대로라면 각자 지금의 신분을 유지하면서 날 도울 수 있을 거야."

"도대체 무슨 소린지……."

"두고 봐."

부루가 더 이상 말을 하지 않고 입을 닫았다. 송추월은 그런 부루를 걱정스런 표정으로 바라보고 있었다.

요동무림을 대표하는 열 명의 대장로가 삼지왕의 막사를 벗어난 것은 정오가 가까워졌을 때다. 오랜 기다림의 시간이었지만 장내의 고수들은 대장로들의 늦은 등장을 원망하지 않았

다. 그들이 나누었을 이야기가 단순한 논쟁거리가 아니라는
것을 모두가 알고 있기 때문이었다.

삼지왕의 막사를 벗어난 열 명의 대장로가 줄을 지어 천목
앞에 세워진 누각에 올랐다. 한 명 한 명이 절대고수들인 대장
로들이 누각에 올라서자 신단평의 모든 기운이 한순간에 누각
으로 이동했다. 입을 연 것은 언제나처럼 백선 서언이었다.

"동도 여러분, 오랜 시간 기다리게 한 점, 대장로들을 대신
해서 사과드리는 바이오."

서언은 일단 오랜 기다림에 대한 사과로 말을 시작했다.

"그러나 이번 일은 우리 요동무림의 운명을 결정하는 회합
이니 당연히 신중에 신중을 기할 수밖에 없었소이다. 해서 제
법 많은 시간이 필요했소이다."

"대장로들께선 어떤 결정을 내렸습니까?"

마음 급한 고수 한 명이 소리쳤다. 서언의 구구절절한 말들
은 들을 필요가 없다는 듯. 서언은 자신의 말을 자른 사람의
행동을 탓하지 않았다. 그 또한 이곳에 모인 사람들의 마음을
누구보다 잘 알고 있기 때문이었다.

"좋소이다. 거두절미하고, 우리 대장로들이 내린 결정을 말
씀드리겠소이다!"

서언의 말에 좌중이 조용해졌다. 그의 입에서 흘러나올 말
들은 이제 곧 요동무림의 법이 될 터였다.

"먼저 우리 열 명의 대장로는 요동무림의 각 제파와 고수들
이 하나의 깃발 아래 모이는 데 동의했소이다. 단 한 명의 반

대도 없이 요동무림은 하나가 되기로 했소이다!"

"와아!"

서언의 말에 사람들의 환호성이 터졌다. 모두가 알고 짐작했던 결론이지만 서언의 입을 통해 요동무림의 통합이 선언되자 새로운 흥분이 사람들 사이에서 일어났다. 신단평 곳곳으로 환호성이 물결처럼 퍼져 갔다.

"드디어 시작이군요."

서연이 송추월 곁에서 퍼져 가는 사람들의 환호성을 눈으로 확인하며 말했다.

"그렇군요."

송추월이 담담하게 말했다. 그런데 그때 문득 서연이 목소리를 낮추어 송추월에게 말했다.

"위험한 사람인 것 같아요."

갑작스런 서연의 말에 송추월이 의아한 표정을 짓다가 서연의 시선이 부루에게 가 닿아 있는 것을 보고는 이내 고개를 끄덕였다.

"평범한 놈은 아니지요."

"한편으론 무섭기도 해요."

"그래도 뭐… 그리 나쁜 녀석은 아니에요."

"그를 믿나요?"

서연이 물었다.

"어떤 의미죠?"

"그냥… 그를 믿느냐는 거예요, 한 명의 사람으로서."

"글쎄요."

송추월이 말꼬리를 흐렸다. 생각해 보면 과연 부루가 믿을 수 있는 사람인지에 대해선 확신이 없었다. 부루의 그 깊은 속을 가늠해 보는 것은 거의 불가능한 일이니까.

"전… 왠지 불안해요. 조심해요."

서연의 경고에 송추월의 시선이 다시 부루에게로 향했다. 부루는 대일과 곽풍산을 양옆에 세우고 누각 위 서언의 모습을 깊은 눈으로 지켜보고 있었다. 그렇게 잠시 부루를 지켜보던 송추월이 입을 열었다.

"한 명의 사람으로는 녀석을 신뢰하기 힘들어요. 녀석은… 생각보다 무척 교활하죠. 하지만, 내가 믿는 것은 녀석 자신이 아니라 시간이에요. 우리가 함께한 시간… 그 시간이 녀석을 믿게 하는 거죠. 녀석도 같은 생각이길 바라야죠."

송추월의 대답에 서연이 입을 닫았다. 시간을 믿는다는 송추월의 말에는 어떤 반박도 필요하지 않았다. 송추월의 믿음에 대한 결과 역시 시간이 말해줄 수밖에 없는 문제이기 때문이었다. 그때 다시 백선 서언의 말이 두 사람 귀에 들려왔다. 사람들이 환호성도 어느새 잦아들고 있었다.

"요동무림은 하나의 맹을 강호에 세울 것이오. 맹의 이름은 천목맹! 신인 도명의 위업이 다시 한 번 요동무림에 찾아들기를 기원하는 의미에서 지은 이름이오!"

"와아!"

"천목맹!"

"천목맹 만세!"

다시금 신단평이 사람들의 환호성으로 뒤덮였다. 해일이 밀려가듯 신단평이 술렁이는 것을 보며 송추월은 하나의 명분과 욕망이 불러일으키는 사람들의 광기를 보고 있었다. 그러나 그 광기는 이내 백선 서언의 손짓에 의해 진정됐다.

"천목맹은 오늘부터 요동무림을 대신할 것이오. 오늘부로 강호 천하엔 사패가 아닌 오패의 시대가 시작될 것이오. 천목맹은 시작하는 순간 사패와 어깨를 나란히 할 자격이 있소이다."

"와아!"

다시금 사람들이 환호성이 터져 나왔다. 이번에도 백선 서언이 그 환호를 재빨리 잠재웠다.

"우리는 이곳, 무림 역사상 유일무이한 존재였던 신인 도명의 땅인 이 신단평에 성을 쌓을 것이오. 천목의 영험함이 요동무림을 굽어 살필 것이오. 신인 도명의 위대함이 현 시대에 다시 도래해 요동무림의 강함을 만천하에 증명할 것이오!"

"오오!"

"천목맹!"

다시금 사람들 사이로 환희를 담은 탄성이 퍼져 나갔다. 백선 서언은 그 환호성의 움직임을 주도면밀하게 살피고 있었다. 사람들의 반응에서 백선 서언은 자신의 말에 따라 움직이는 고수들의 마음을 읽고 있었다. 그리고 그 결과가 서언을 흡족하게 만든 모양이었다. 서언이 입가에 가벼운 미소를 만들었다. 그리고는 지금까지완 달리 차분한 목소리로 입을 열었다.

"모두들 진정해 주시기 바라오. 천목맹이 출범했다고는 하나 아직은 허허벌판에 선 한 그루 나무일 뿐이오. 이제 그 나무에 가지를 돋게 하고 새싹을 틔워야 하오. 사실 우리 대장로들이 이렇게 늦게 여러분 앞에 나서게 된 것은 그 일을 상의하기 위함이었소이다. 단단한 주춧돌이 놓여야 맹의 앞날이 번창할 테니 말이외다."

서언의 차분한 말이 사람들을 감성의 세계에서 이성의 세계로 데려왔다. 누군가는 나직한 목소리로 맹의 운영에 대해 두런두런 이야기를 나누기도 했다. 그리고 그 위로 다시 서언의 말이 이어졌다.

"맹의 운영은 당연하게 대장로로 선출되신 분들과 이곳에 모인 일백아홉 고수에 의해 이루어질 것이오. 우리 대장로들은 맹을 위해 세 개의 패를 만들기로 했소. 금, 은, 동으로 이루어진 세 개의 패를 지닌 동도들은 맹의 구성원으로서 그 신분이 보장될 것이오."

"패는 어찌 나누어집니까?"

누군가의 질문이 이어졌다.

"금은동 삼패 중 금패는 열 명의 대장로나 혹은 그 대리인이 지니게 될 것이오. 그리고 여기 무관을 통과한 일백아홉 고수 분께는 은패가 지급될 것이오. 동패는 일백아홉의 은패고수에는 들지 못하나 천목맹을 위해 맹에 속하게 되는 요동무림의 형제들이 지니게 될 것이오. 이렇게 세 개의 패를 지닌 사람만이 천목맹을 대표해 맹의 일을 수행하게 될 것이오."

서언의 말이 끝나자 다시금 잠시 술렁임이 일었다. 그러나 누구 하나 서언의 말에 반발하는 사람은 없었다. 금은동 삼패를 나누어 맹을 운영하겠다는 것은 나름대로 합리적인 결정이기 때문이었다. 더군다나 무관을 통과해 은패를 받게 되는 장내의 고수들로서는 나쁠 것이 없는 일이기도 했다.

서언의 말이 다시 이어졌다.

"우리 대장로들은 일단 맹을 출범시키기 위해 기본적인 조직이 필요하다는 데 동의했소이다. 비록 맹이 출범했다고는 하나 이곳에 모인 동도들께서는 각자의 문파가 있고 돌봐야 할 식솔이 있으니 맹에 오랜 시간 머물 수는 없을 것이외다. 해서 맹에 머물면서 맹의 일을 주관할 조직이 필요하다고 판단했소이다."

"맹의 조직은 어떻게 구성됩니까?"

다시 성질 급한 사람의 질문이 흘러나왔다.

"먼저 우리 삼지왕 세 명은 다른 대장로 분들의 청에 의해 모두 맹에 머물기로 결정하였소이다. 송구스럽게도 이 몸이 맹의 총관을, 나머지 두 분께서 부총관을 맡기로 하였소이다. 혹, 우리 삼지왕이 맹의 일을 맡는 것에 반대하는 분이 계시다면 이 자리에서 말씀해 주시기 바라오. 우리 삼 인은 애초부터 무림의 권력에는 관심이 없는 사람들이라 반대하는 분이 계시다면 맹에 머무는 것을 사양하겠소이다."

백선 서언이 장내의 고수들을 돌아보며 물었다. 그러나 장
내의 고수 중 누구도 삼지왕이 맹의 총관으로 천목맹의 대소
사를 관장하는 일에 반대하지 않았다. 기실 사람들은 삼지왕
이 아니라 요동삼문을 견제하고 있었다. 요동삼문은 이미 요
동의 패자라 할 정도의 위치에 올라 있었다. 그런 그들이 천목
맹까지 장악할 경우 자칫 여타의 문파와 고수들은 요동삼문의
들러리로 전락할 수도 있었다. 그에 비하면 특별한 세력을 형
성하지 않은 삼지왕이 맹을 움직이는 총관과 부총관을 맡는
것은 오히려 장내의 고수들에게 반가운 일이기도 했다.

"누가 있어 감히 삼지왕께서 천목맹의 대소사를 관장하는
것을 반대하겠습니까? 우리는 세 분의 지모와 능력을 믿습니
다!"

누각 아래서 누군가 큰 목소리로 소리쳤다.

"맞소이다!"

"삼지왕께서 맹을 이끌 적임자시오!"

연이어 다른 자들의 동의가 뒤따랐다. 그러자 백선 서언이
빙그레 미소를 지으며 다시 입을 열었다.

"동도 여러분의 호의에 감사드리는 바이오. 우리 삼지왕은
천목맹이 강호의 패자로 우뚝 설 수 있도록 최선을 다하겠소
이다. 그러나 우리 삼지왕이 맹의 일을 보는 것은 한시적인 방
책일 뿐이외다. 시간이 지나면 분명 맹을 이끌 영웅이 등장할
것이고, 그때가 되면 우리 삼지왕은 그에게 전권을 넘겨주고
뒤로 물러날 것이오."

"누가 있어 감히 세 분을 넘어 맹의 전권을 물려받을 수 있단 말입니까?"

다시 누각 아래서 의혹의 목소리가 들려왔다.

"그 인물이 누가 될지는 아직 모르는 일이외다. 하지만 천목맹이 제대로 된 힘을 발휘하려면 뛰어난 고수의 영도가 필요한 것도 사실이오. 대저 우두머리가 없는 집단은 크게 힘을 발휘할 수 없는 법이 아니오이까? 해서 우리 대장로들은 하나의 약속을 여러분께 하는 바이오!"

백선 서언의 말에 사람들이 호기심을 드러내며 서언의 입을 주시했다.

"약속은 이것이오, 삼 년 후 맹은 맹주를 선출할 것이오!"

순간 사람들 사이에서 수군거림이 일어났다. 맹주의 선출은 언뜻 보면 당연한 일이지만 이렇게 수십 개의 문파와 수백 명의 고수들이 모인 상태에서 맹주를 선출하는 일은 그리 간단한 일이 아니기 때문이었다.

"어떤 방식으로 맹주를 선출한단 말입니까?"

누군가 서언을 향해 질문을 던졌다.

"물론 맹주를 선출하는 일은 무척 어려운 일이오. 하지만 삼 년의 시간은 우리에게 천목맹의 맹주가 누가 되어야 하는지를 알려줄 것이오. 앞으로 삼 년 동안 맹을 위해 헌신한 사람 중 여러분의 지지를 가장 많이 받는 사람이 맹주가 될 것이오. 시간은 그 사람의 능력을 드러나게 하고, 그 사람의 자리를 결정하는 법이오. 난 분명 앞으로 삼 년 안에 맹주가 될 인물이 우리 앞에 나타날 것이라 믿고 있소이다. 그리하여 천목맹의 맹주가 결정된다면 그때 맹은 그에게 천부를 건넬 것이오!"

"아! 천부!"

누군가 탄식을 흘렸다. 신인 도명이 남긴 유일한 유물 천부의 의미는 무겁다. 천부를 소유한다는 것은 신인 도명의 후예로 인정받는 것, 그건 곧 강호 역사상 가장 강하고 뛰어났던 인물의 후예가 된다는 것이었다. 더 나아가 만약 전설이 전하는 천부의 비밀을 풀게 된다면 오늘날 다시 오백 년 전 신인 도명의 무공이 재현될 수도 있었다.

"천부는 이곳에 지어질 성안 깊숙한 곳에 보관될 것이오. 그리고 삼 년 뒤 그 주인을 찾게 될 것이외다!"

백선 서언이 선언하듯 말을 마치자 사람들의 얼굴이 붉게 달아올랐다. 자신들의 능력과는 무관하게 천부에 대한 욕망은 절정의 고수에서 외곽에 서 있는 삼류무사에게까지 전해지고 있었다.

삼 년 후 맹의 맹주를 선출할 것이라는 발표를 뒤로하고 백선 서언이 뒤로 물러났다. 그러자 그 자리를 또 다른 삼지왕 중 한 명인 통천 가섭이 채웠다.

"잠시 주목해 주시기 바라오."

통천 가섭의 조금 냉엄한 말투에 사람들의 시선이 그에게로 향했다.

"앞서 백선께서 삼 년간의 여유를 두고 맹의 맹주를 정하는 일을 말씀드렸으니 이제 불초가 맹주가 선출될 때까지 맹을 어떻게 운영하게 될지에 대해 말씀드리겠소이다."

가섭의 말에 사람들의 관심이 금세 맹주의 선출에서 맹의 운영 쪽으로 변했다. 맹주를 선출하는 일이 뜬구름이라면 맹을 어떻게 운영해 나갈지는 당장 오늘의 문제다. 사람들의 눈빛이 번쩍이기 시작했다.

"일단 초기 맹을 안정적으로 운영하기 위해 우리 대장로들은 맹에 사신부를 두기로 했소이다. 사신부는 각기 청룡, 백호, 주작, 현무로 나뉠 것이고, 각 부에는 신장이라 불리는 통솔자를 두게 될 것이오. 각 부는 각기 십조로 일백 명의 고수를 두게 될 것이고, 각 부에 속하게 되는 고수는 모두 동패 이상의 패를 지닌 사람으로 채워질 것이오."

"신장은 어떻게 결정됩니까?"

누각 아래서 누군가 질문을 던졌다.

"신장을 뽑는 문제로 사실 우리 대장로들도 무척 많은 고민을 했소이다. 어떤 분은 신장을 뽑기 위한 별도의 비무대회가 필요하다고 했고, 어떤 분은 맹의 출범이 급하니 대장로들의 지목에 의해 사신장을 결정하자고도 했소이다. 이 두 안을 놓고 격론을 벌인 결과 일단 대장로들이 지명하는 사람들로 신장을 구성하자는 데 의견을 모았소이다. 아무래도 지금은 일단 맹을 빠르고 안정적으로 출범시키는 것이 중요하다고 생각했기 때문이외다."

통천 가섭의 말에 여기저기서 웅성거림이 일어났다. 송추월의 귀에 들리는 말 중에는 가섭의 말에 대한 동조보다는 불만의 목소리가 더 많았다. 그리고 급기야 그 불만이 누군가의 입을 통해 흘러나왔다.

"그건 좀 불공평한 것 아닙니까? 기회는 모두에게 주어져야 합니다!"

"옳소!"

"사신장은 능력있는 자가 되어야 하오!"

여기저기서 불만의 목소리가 흘러나왔다. 통천 가섭은 사람들의 불만이 있을 거라는 걸 미리 짐작하고 있었던 듯 가벼운 미소와 함께 다시 입을 열었다.

"모두들 잠시 이 사람의 말을 들어주시오."

통천 가섭의 말에 사람들의 반발이 숨을 죽였다.

"여러분의 걱정을 모로는 바가 아니오. 맹을 출범시키면서 우리 대장로들이 가장 걱정하는 것은 맹이 한 사람, 혹은 한 세력의 전유물로 전락할까 하는 것이었소. 그리되면 형제들의 진심 어린 협조를 끌어낼 수 없으니 맹은 유명무실한 존재로 전락할 것을 잘 알고 있기 때문이외다. 해서 사신장을 정하는 일 또한 그리 간단치 않다는 것도 알고 있소."

"그런데 왜 대장로님들의 결정에 의해 사신장을 정하기로 한 것입니까?"

누군가 강단있는 자가 단호하게 물었다.

"말씀드렸듯이 우리에게 시간이 그리 많지 않기 때문이외다. 아시는 분은 아시겠지만 요동무림이 통합되는 것에 강호천하의 이목이 집중되어 있소이다. 모르긴 해도 이 신단평에

도 사패의 녹을 먹고 있는 사람들이 적지 않게 들어와 있을 것
이오. 어쩌면 여기 계신 은패를 받으실 분들 중에도 은밀히 사
패와 선이 닿아 있는 분도 있을 것이오.”

통천 가섭의 말에 사람들이 또다시 동요했다. 강호사패가
신단평에 사람을 보냈을 거란 건 누구나 짐작할 수 있는 일이
었다. 자신들과 견줄 수 있는 세력이 탄생하는 것을 모른 척할
세력은 없다. 통천 가섭의 말에 갑작스런 위기감이 고수들 사
이에 생겨났다. 그런 위기감은 통천 가섭이 고수들을 설득하
는 일을 조금 더 수월하게 만들어줬다.

“우리 천목맹이 시작부터 혼란을 거듭한다면 필히 사패는
천목맹을 와해시키기 위해 암중에 손을 쓰게 될 것이오. 더군
다나 어제오늘 들려오는 소문에 의하면 막북무림의 움직임도
심상치 않다고 하오. 사패는 장성이 가로막고 있어 직접적인
위협을 가해올 수 없지만 막북은 다르오. 그들의 힘은 강력하
고 성정은 포악하오. 그들이 천목맹의 초기 혼란을 노려 흥안
령을 넘는다면 우린 힘도 써보지 못하고 그들에게 안방을 내
어줄 수도 있소. 그러니 비록 조금 부족한 점이 있더라도 일단
사신부의 신장을 정해놓는 것이 옳은 선택이라 판단한 것이
오. 하지만 공정하지 못하다는 여러분의 의견도 완전히 무시
하지는 않겠소. 해서 우린 짧지만 하루의 시간을 대장로들이
선출한 사신장의 검증에 소비하려 하오.”

“어떻게 그들을 검증하시렵니까?”

“그들을 검증하는 방법은 간단하오. 그들이 신장이 될 자격

이 있다는 것을 동도들에게 보여주면 될 것이오. 내일 하루 대장로들에 의해 지명된 사신장들은 여러분의 도전을 기다릴 것이오. 여러분 중 사신장에 지명된 사람들을 능가하는 분이 계시다면 그가 곧 신장의 자리를 차지하게 될 것이오. 아마도 이런 방법이라면 누구도 사신장의 선출 문제에 대해 이의를 제기하지 않을 것이라 생각하오."

통천 가섭의 말에 다시금 웅성거림이 시작됐다.

"이건 애초에 비무를 통해 사신장을 정하는 것과 뭐가 다른 거지?"

문득 송추월 옆에 서 있던 대일이 물었다. 그러자 송추월이 아닌 부루가 차가운 목소리로 말했다.

"다르다."

"그러니까, 뭐가?"

"일단 대장로들에 의해 사신장으로 지목된 사람들은 기본적으로 대장로들의 지지를 받고 있다는 것을 의미한다. 그건 곧 대장로들의 통제하에 있는 문파들은 그들의 결정에 반대하지 않는다는 의미지. 대장로들이 통제 가능한 문파와 고수들을 제외하면 이곳에 모인 고수 중 사신장의 자리에 도전할 고수의 숫자는 크게 줄어들 거다. 그러니……."

"음, 도전자의 숫자가 크게 줄어든단 말은 맞는 것 같군."

대일이 고개를 끄덕였다.

"거기에 더해 대장로들로서는 자신들에 대항할 수 있는 맹 내의 숨은 야심가들을 알아낼 수 있는 기회이기도 하지."

"아, 그렇게도 볼 수 있군."

대일이 탄복하듯 말했다. 그러자 부루가 다시금 냉정한 목소리로 말했다.

"이젠 진짜 싸움이 시작된 거다, 각자의 야망을 향한!"

부루의 눈에서 야망을 향한 강렬한 욕망이 드러났다. 그런 부루를 송추월은 여전히 걱정스런 눈으로 바라보고 있었다. 그런데 그때 다시 누군가 통천 가섭을 향해 소리쳤다.

"그럼 대장로들께서 지명한 사신장의 후보는 누굽니까?"

그의 질문에 사람들의 시선이 일제히 통천 가섭에게로 향했다.

"우리 대장로들은 지난밤 심사숙고하여 이번에 무관을 통과한 형제들의 면면을 살폈소이다. 사신장의 되기 위해선 기본적으로 뛰어난 무공이 필요하고, 또한 맹의 일에 정열적으로 뛰어들 패기가 있어야 하며, 더불어 동도들의 신뢰를 받는 인물이라야 할 것이오. 더불어 젊은 조직을 운영하기 위해 노고수들은 사신장의 후보에서 제외했소이다. 대장로들은 이 조건에 맞는 네 사람을 어렵게 결정했소이다."

"이제 말씀해 주십시오. 누가 사신장으로 지명되었습니까?"

"그럼 대장로들이 지목한 사신장의 후보들을 말씀드리겠소이다. 먼저 청룡신부의 신장에는 고월산장의 고무룡 대협이 지명되었소이다. 모두 아시겠지만 고무룡 대협은 당금 요동무림 최고의 기재로 인정받는 사람이외다. 사신장의 한자리를 차지할 충분한 자격이 있다는 것이 대장로들의 판단이오.”

“와아!”

통천 가섭의 말이 끝나는 순간 고월산장과 서압록 문파들 사이에서 커다란 함성이 일어났다. 천목맹을 움직일 사신부의 신장이 되는 것은 결국 천목맹의 중심에 들어간다는 말이 된다. 그러니 어떤 면에서는 대장로를 배출하는 것 이상의 의미를 지니고 있다고 할 수 있는 일이었다.

“아주… 고월산장에 복이 터졌군. 장주는 대장로요, 아들은 신장이라……. 어허허!”

대일이 부러운 듯 고개를 돌려 환호성을 질러대는 고월산장 고수들을 보며 중얼거렸다.

“고 대협이라면 충분히 자격이 있지요.”

서연이 말했다.

“물론 나도 고 대협이 자격이 있다는 것에는 동의합니다.”

대일이 선선히 고개를 끄덕였다. 그사이 다시 통천 가섭이 입을 열었다.

“두 번째로 사신장에 지명된 사람은 백호신부의 신장으로 지목된 장백파의 이자천 대협이오!”

“와아!”

다시금 장내에 탄성이 일었다. 물론 환호성을 질러대는 자들은 장백파와 그들을 따르는 문파의 고수들이었다. 하지만 다른 한쪽에선 싸늘한 눈으로 그런 장백파의 고수들을 바라보는 자들이 적지 않았다. 이자천은 장백파의 후계자다. 물론 그가 무관을 통과하면서 뛰어난 무위를 선보이기는 했지만 사람들의 내심에는 능력보다 그의 배경이 그를 신장의 자리에 지명되게 만들었다는 생각이 깃들 수밖에 없었다.

"다음으로 지목된 사람은 주작신부의 신장으로 지명된 모용세가의 모용검천 대협이오!"

통천 가섭의 말이 이어졌다.

"와아!"

모용세가 고수들 사이에서 다시 큰 함성이 일었다. 아마도 지금까지 지명된 세 명의 신장 후보자 가운데 가장 큰 환성을 받은 사람이 모용검천일 터였다. 그러나 환호성이 크다고 그에 대한 호응이 큰 것은 아니었다. 단지 이곳에 모인 고수들 중 모용세가를 추종하는 자들이 가장 많기 때문에 일어난 현상일 뿐이었다. 그 환성 속에서 적지 않은 수의 고수들이 모용세가 고수들에게 눈을 흘기고 있었다.

"흐흐, 이쯤 되면 자기들끼리 다 해먹겠다는 얘기 같은데……."

대일도 비웃음을 흘렸다. 지금까지 발표된 신장 후보자들은 모두 그 아비가 대장로로 있는 사람들의 아들들이었다. 물론 그중 고무룡처럼 스스로 자신의 명성을 쌓아온 사람도 있지만 그렇다고 해도 결국 대장로를 배출한 문파의 사람인 것은 분명했다. 권력은 결국 대장로들을 향해 움직이고 있었다.

"마지막 한 명은 누굴까요?"

문득 서연이 입을 열었다.

"뭐, 보나마나 대장로들과 혈연이 있는 자겠지요."

"금문의 사람일까요?"

"글쎄요. 금문의 후계자야 이미 대장로의 자리에 앉아 있으니 마땅한 사람이…….."

대일이 고개를 갸웃하는 사이 다시 통천 가섭의 입이 열렸다.

"그럼 마지막으로 신장에 지명된 인물을 말씀드리겠소이다. 마지막으로 현무신장에 지명된 사람은… 대산문의 총관 부루 대협이오!"

순간 장내가 조용해졌다. 대산문의 고수들조차도, 부루 옆에 서 있는 송추월과 그 친구들조차도 모두 입을 다물고 부루를 바라봤다. 그러나 부루는 전혀 놀라는 기색이 아니었다. 마치 이런 일이 벌어질 것을 미리 알고 있었다는 듯 오히려 한줄기 미소를 입가에 지을 뿐이었다.

"너… 설마 이리될 줄 알고 있었냐?"

곽풍산이 여전히 믿기지 않는다는 표정으로 물었다.

"왜, 내가 신장이 되면 안 되는 이유라도 있어?"

부루가 되물었다.

"그거야 아니지만… 하지만 너는 나이가…….."

"나이로 사람이 평가되나?"

"물론 그건 아니지만… 너… 무슨 수작을 부린 거냐?"

곽풍산이 정색을 하며 물었다. 그러자 부루가 미소를 지으며 말했다.

"수작은 무슨, 그저 우리 문주께서 힘을 좀 쓰신 모양이지."

그러나 부루의 말에도 불구하고 의문은 사라지지 않았다. 지금 누각에 올라 있는 열 명의 대장로 중 대산문주 적표의 존재감은 다른 대장로들에 비해 부족한 점이 있었다. 어떤 세력도 형성하지 않은 삼지왕이나 장백옥검 아화, 그리고 낭왕 별고조차도 대산문주 적표보다는 그 존재감이 무거웠다. 그러니 그런 적표가 부루를 신장의 자리에 끌어올릴 수는 없었다.

"솔직히 말해봐라. 누구냐?"

송추월이 나직하게 물었다.

"뭐가?"

부루가 태연하게 되물었다.

"널 신장의 자리에 앉힌 사람!"

"글쎄, 우리 문주께서……."

"우리까지 속일 셈이냐?"

송추월이 정색을 했다.

"속이다니? 내가 왜?"

"대산문주가 비록 대장로의 지위에 있다고는 해도 홀로 널 신장의 자리에 앉힐 수는 없다. 대장로 중 누군가의 도움이 없이는 말이야. 누가 널 도운 거지?"

"글쎄……."

부루가 말꼬리를 흐렸다. 그는 분명 자신을 현무신장의 자리에 오르게 만든 사람을 알고 있는 것 같았지만 그가 누군지는 쉽게 입을 열지 않았다.

"우리에게도 말할 수 없다는 거냐?"

"나의 모든 걸 너희들에게 말해줘야 하는 거냐?"

부루가 퉁명스럽게 되물었다.

"정말 싫으냐?"

"내가 왜 그래야 하는데?"

부루의 표정이 싸늘해졌다. 그러나 송추월의 표정은 더욱 차가워졌다.

"물론 넌 입을 닫아도 된다. 하지만… 그렇다면 우리의 도움도 기대하진 말아야 할 거다."

第七章
사신장(四神將)

화마경

"그는 왜 대산문과 손을 잡았을까?"

사신장 후보를 지명하는 것으로 회합은 끝이 났다. 사람들이 바람에 낙엽 쓸리듯 천목 주변에서 사라졌다. 부루는 조금 기분 나쁜 얼굴을 하고 대산문의 막사로 돌아갔다. 송추월의 협박에 못 이겨 자신을 사신장의 후보로 만들어준 사람에 대해 실토할 수밖에 없었기 때문이다. 부루가 돌아가자 대일이 고개를 갸웃하며 중얼거렸다.

"본래 부족한 자들끼리 힘을 합치는 법이지."

곽풍산이 말했다.

"그렇긴 하지만 의외야. 그가 대산문과 손을 잡았다는 건 그에게 생각보다 큰 야망이 있다는 건데… 낭인 출신으로 무모

한 것 아닐까?"

"일인자는 몰라도 이인자는 되고 싶은가 보지."

부루의 현무신장 지명은 신단평에 모인 고수들 중 누구도 예상치 못한 일이었다. 그러나 부루를 포함한 대산문의 고수들은 대장로들의 회합이 시작되기 전 이미 부루가 사신부의 신장 중 한 명으로 지목될 거란 기대를 가지고 있었다. 이유는 간단했다. 대산문주 적표를 제외한 대장로 중 한 명이 부루를 지지할 것이기 때문이었다.

열 명의 대장로 중 두 명이 지지한다면 비록 어리지만 부루가 사신부의 신장 한자리를 차지하는 것이 불가능하지 않았다. 그리고 부루는 결국 사신부의 신장으로 지목됐다. 적표와 함께 부루를 지명한 사람은 낭인들의 왕 별고였다.

"그런데 이상한 것이 있어요."

문득 서연이 입을 열었다.

"뭐가 말입니까?"

대일이 되물었다.

"열 명 대장로의 회합이 있기 전에는 사실 사신부가 구성될 거란 걸 아무도 몰랐잖아요? 그런데 어떻게 그 이전에 낭왕 별고와 대산문 간에 사신부의 신장 자리를 둔 거래가 있었을까요?"

"어? 그리고 보니 그러네? 어떻게 된 일이지?"

대일이 고개를 갸웃하며 송추월과 곽풍산을 바라봤다. 그러자 송추월이 가라앉은 목소리로 대답했다.

"사신부가 성립된 이유가 대산문에 있다는 말이겠지. 사신부를 만들자는 의견은 대산문주가 제의했을 것이고… 그 모든 계획은 부루 녀석의 머리에서 나왔을 거다. 녀석의 머리가… 천목맹을 움직이고 있어."

차가운 밤바람이 뺨을 스쳤다. 송추월은 홀로 신단평을 걷고 있었다. 방향을 종잡을 수 없었던 걸음이 어느 순간 천목 앞에 이르렀다. 천목맹의 대소사를 논하는 누각이 괴물처럼 서 있었다.

"정말 끝까지 가볼 생각인가 보구나."

송추월이 중얼거렸다. 저녁 내내 송추월의 마음은 편치 않았다. 부루의 일 때문이었다. 부루는 이미 대호산의 소년 산적이 아니었다. 그의 머리에서 나온 계책이 천목맹의 방향에 투영되고 있었다. 그는 이미 강호의 절대자들과 겨루고 있었던 것이다.

어찌 보면 대견할 일이기도 했다. 이제 겨우 스물을 갓 넘은 녀석이 강호의 노련한 고수들을 움직이고 있다는 사실은 녀석의 친구로서, 아니, 함께 자란 가족으로서 기뻐할 일이었다. 그러나 송추월의 마음은 편치 않았다.

"녀석은 우리에게도 모든 계획을 말하지 않고 있어."

문제는 송추월 등에 대한 부루의 태도였다. 부루는 송추월 등 친구들에게 도움을 청하면서도 자신의 계획 중 칠 할을 숨기고 있었다. 그건 친구들에게 대한 믿음이 부족하다는 의미였다.

"아니면… 우리가 네게는 단순한 도구에 지나지 않는다고 생각하고 있던지."

송추월이 다시 한숨을 내쉬었다. 애초에는 신단평의 회합이 끝나면 요동무림을 떠날 생각이었지만 일은 묘하게 돌아가고 있었다. 도움을 요청하는 부루의 부탁이야 녀석이 실망하더라도 거절하면 그만이지만 걱정은 부루가 아니라 다른 친구 녀석들이었다.

"부루 네가 우리의 가족임을 잊지 않기를 바란다. 대일과 풍산이 쓰고 버리는 연장이 아니라는 사실을 잊는 순간 난 너의 적이 될지도 모르니까. 젠장, 그래서 이곳에 남아야 한다는 건가?"

송추월이 달빛 아래 신령스런 기운을 내뿜고 있는 천목을 다시 바라봤다.

삼지왕의 능력은 신묘했다. 하룻밤이 지나는 사이 어느새 누각 앞에는 네 개의 누대가 만들어져 있었다. 누대는 단순했다. 아무런 장식 없이 오직 반 장 높이의 반듯한 사각형 모양을 하고 있었다. 그리고 그 위에 어제 대장로들에 의해 지명된 네 명의 사신부 신장 후보들이 서 있었다.

"어제 말씀드렸듯이 동도 여러분의 불만을 해소하기 위해 오늘 사신부의 신장으로 지명된 사 인이 도전자의 도전을 받게 될 것이오. 이들 중 누구라도 천목맹을 대표하는 사신부의 신장이 될 자격이 없다고 생각하는 사람이 있다면 주저 말고 이들에게 도전하시오. 이들을 꺾는 사람이 있다면 그가 곧 사신부의 신장이 될 것이오. 도전자가 일각 이상 등장하지 않는다면 이들이 사신부의 신장이 되는 것에 이의가 없는 것으로 알겠소.”

백선 서언이 네 개의 누대 주위로 몰려든 일백아홉 고수를 돌아보며 말했다. 사람들은 숨을 죽이고 네 명의 신장 후보자와 백선 서언을 바라보고 있었다.

“그럼 시작하겠소!”

백선 서언이 고개를 돌렸다. 그러자 신단평의 회합이 시작될 때부터 자리를 지켜온 커다란 북이 울음을 울기 시작했다.

둥둥둥둥!

거대한 북소리가 신단평에 퍼져 나갔다.

“이거… 싱겁게 끝나는 것 아닐까?”

대일이 누대에 올라선 네 명의 고수를 보며 중얼거렸다. 이미 북이 울린 지 반 각이나 지났건만 누구 하나 누대 위의 사신장 후보들에게 도전하는 사람이 없었다.

“쉽지는 않을 거예요. 저들에게 도전한다는 것은 저들 뒤에 도사리고 있는 세력에 도전한다는 것과 같은 의미니까요. 자신의 실력에 자신을 가지고 있는 사람들도 사신장을 시험하는 것은 쉬운 일이 아닐 거예요.”

“내가 한번 해볼까?”

문득 새벽 일찍 산에서 내려온 곽풍산이 중얼댔다.

"아서라. 산적이 사신장이 되면 천목맹 꼴이 우스워진다."

"젠장, 나라고 하지 못할 게 뭐 있어? 부루 녀석도 하는데."

"관둬. 부루 녀석 신경 쓰기도 힘들어!"

대일에 이어 송추월도 곽풍산을 말렸다.

"망할 놈들. 알았다, 알았어. 나도 애초부터 사신장 따위, 관심도 없었다고. 그냥 한번 해본 소리야. 그나저나 정말 이대로 끝나겠는데?"

어느덧 시간은 일각에 이르고 있었다. 사람들의 얼굴에 초조함이 드러났다. 비록 자신들의 일은 아니지만 이렇게 한 명의 도전자도 없이 네 명의 사신장 후보에 대한 검증이 끝나는 것은 허망한 일이었다.

그런데 그런 사람들의 마음을 알았을까. 문득 한 명의 사내가 앞으로 걸어나오더니 큰 소리로 외쳤다.

"금와문의 금패라 하오. 부족하지만 사신장에 도전해 보려 하오."

사내는 삼십대 후반쯤으로 보였다. 몸에 두른 장삼이 금빛으로 반짝였다. 화려한 옷차림만큼이나 그 생김새도 귀공자에 가까운 인상. 금패라 이름을 밝힌 사내가 나서자 장내가 잠시 술렁였다.

"금 대협의 무명은 익히 들어 알고 있소. 그래, 어느 분께 비무를 청하겠소?"

백선 서언이 물었다. 그러자 금패가 망설이지 않고 부루를 지목했다.

"현무신장의 무공을 견식하고 싶습니다."

"알겠소. 그럼 누대로 오르시오."

백선 서언의 말에 금패가 천천히 부루가 서 있는 누대로 걸음을 옮겼다.

"누구지?"

곽풍산이 호기심을 드러내며 물었다. 그러자 서연이 대답했다.

"금와문의 소문주예요. 금와문은 남쪽에서 큰 부를 이룬 문파예요. 상선을 여럿 두어 천하를 대상으로 상행을 하지요."

"상인이란 말입니까?"

"하는 일로는 상인이랄 수 있지만 전통있는 무문이에요. 하지만… 이상하군요."

"뭐가 말입니까?"

"금와문이 비록 전통있는 가문이라고는 하지만 사신부의 신장 자리를 노릴 만한 문파는 아닌데… 그들은 강호의 권력보다 부에 더 관심이 많은 사람들이에요."

"음… 재물이 차고 넘치니까 이젠 사람을 부리고 싶은가 보지요. 그런데 금패라는 저자의 무공에 대해서도 알려져 있습니까?"

"그건 저도 잘 모르겠네요."

서연이 고개를 저었다. 그러자 송추월 등과 조금 떨어져 있던 천리표국의 표두 우정산이 송추월 등에게로 다가서며 말했다.

"그에 대해서는 내가 좀 알지."

"그와 안면이 있으십니까?"

대일이 물었다.

"금와문은 천리표국과도 가끔 거래를 하네. 그들은 대부분 바다 건너 남쪽의 사람들과 거래를 하지만 가끔 북방의 물건을 필요로 할 때도 있거든. 두 해 전인가 금와문에서 그를 보았지."

"어떤 사람입니까?"

"자신감이 대단한 자였지. 무공도 뛰어나서 진주 근처에선 제법 무명을 날린다고 들었네. 하지만 그의 진가가 알려진 곳은 요동이 아니라 오히려 황하 이남이라고 하더군."

"이상한 일이군요, 요동 사람이 황하 이남에서 더 유명하다니."

"항주에 금와문의 분타가 있네. 상선을 타고 대해를 누비는 문파라 각지에 분타가 있지. 듣기로 그는 대부분의 시간을 그 항주의 분타에서 보낸다고 하더군."

"그런 이유가 있었군요."

대일이 고개를 끄덕였다.

"여하튼 항주에서 그의 무명은 무척 대단하다고 들었네."

"그렇다면 만만치 않다는 건가요?"

"글쎄. 하지만 자네들의 친구는 다른 사람이 갖지 못한 비범함이 있으니……."

우정산은 금와문의 금패보다는 부루에게 더 승산이 있다고 보는 모양이었다.

"비범하긴요, 독하기만 하죠."

대일이 빙글거리며 말했다.

"어쨌든 자네 친구는 혼자의 힘으로 지금의 위치에 온 것이고… 금패 저 사람은 가문의 보호하에 큰 사람이니 역시 차이가 있지 않을까 하네만……."

"그렇게 되길 바라야죠."

대일이 고개를 끄덕이며 시선을 돌렸다. 그즈음 이미 누대 위에서는 부루와 금패가 서로를 응시하고 있었다.

"금패라 하오."

먼저 말을 건넨 쪽은 금패였다. 비록 나이는 금패가 훨씬 많았지만 그로서는 도전자의 입장이었으므로 부루를 존중하는 말투였다.

"부루라 합니다. 금 대협의 명성은 들어 알고 있습니다."

"고맙소이다. 요동에선 날 아는 사람이 드문데……."

"항주에서의 명성이 자자함을 알고 있지요."

순간 금패의 눈빛에 이채가 서렸다.

"내가 항주에 머문다는 사실을 알고 있다니 역시 사신장에 오른 분의 안목이란 특별한 것이 있구려."

"칭찬으로 듣겠습니다."

"칭찬이오."

금패가 짧게 말했다. 그러자 부루가 빙긋 미소를 지으며 말했다.

"고맙습니다. 그럼… 시작할까요?"

부루의 말에 금패가 무겁게 고개를 끄덕이며 도를 뽑아 들었다. 한눈에 보아도 보기 드문 칼. 금패가 뽑아 든 도의 도신이 눈부신 광채를 흘려냈다.

"좋은 도군요."

"사람이 그에 미치지 못하오."

"무슨 말씀을!"

"병기를 쓰지 않는 듯 보이오만!"

"수공을 익혔습니다."

"조심하시오."

"그러지요."

날카로운 신경전이 두 사람의 말을 타고 서로를 오갔다. 여전히 부루는 여유있는 웃음을 입가에 담고 있었고, 금패의 표정은 무거웠다.

도가 먼저 움직였다. 눈부신 광채를 담은 도가 허공을 격하고 부루를 향해 날아들었다. 햇살이 무지갯빛으로 퍼져 나갔다. 비무를 지켜보고 있던 누군가는 그 눈부신 광채에 손으로 눈을 가렸다.

"아!"

단 일 초의 도법으로 금패는 사람들의 탄성을 자아냈다. 도초에 깃든 위험은 알 수 없었다. 그러나 금패의 도초가 만들어내는 아름다운 빛의 향연은 사람들의 탄성을 이끌어내기에 충분했다.

금패의 도광이 그대로 부루를 덮쳐 갔다. 부루는 그 자리에서 움직이지 않은 채 다가오는 도를 응시하고 있었다. 본래 화려한 무공은 실속이 없게 마련이지만 오늘 금패가 보여주고 있는 도초는 화려함 속에서도 강력한 힘을 지니고 있었다.

웅!

부루의 한 자 앞에서 금패의 도가 변화를 일으켰다. 그러자 도 주위에 머물던 광채가 화려한 소용돌이를 일으켰다. 부루의 눈이 어지러워졌다.

팟!

그 순간 부루의 두 발이 움직였다. 그의 신형이 마치 도에 밀려나듯 일정한 거리를 두며 금패의 도에서 멀어졌다.

슈우욱!

부루가 뒤로 물러나자 금패가 재빨리 부루를 따라붙었다. 본래 병기를 든 자와 병기를 들지 않은 자의 싸움은 결국 거리에서 그 승패가 결정된다. 공간을 지배하는 자가 승리하는 싸움인 것이다. 금패는 어떻게든 부루를 자신의 도세 안에 넣으려 했고, 부루는 금패의 도가 미치지 않은 거리를 유지하며 기회를 노리고 있었다.

물러나고 쫓는 두 사람의 움직임이 누대를 가득 메웠다. 사람들의 손에 점점 힘이 들어가기 시작했다.

우웅!

금패의 도가 울어대는 소리가 사방으로 퍼져 나갔다. 부루는 금패의 공격이 시작된 이후 단 한 번도 반격을 가하지 않았다. 그러니 비무는 당연히 금패가 우세한 형국으로 진행됐다.

"위험한 것 아냐?"

문득 대일이 걱정스런 표정으로 말했다.

"그러게 말이다. 저렇게 밀리다가는 자칫하면 누대 아래로 떨어지겠어."

곽풍산도 걱정스레 말했다. 그러나 송추월은 별반 걱정 없는 눈으로 비무를 보고 있었다.

"어어!"

한순간 대일과 곽풍산이 동시에 다급한 음성을 흘려냈다. 계속해서 뒤로 밀리던 부루가 누대의 모서리까지 몰리자 금패가 마치 단번에 승부를 내려는 듯 광풍 같은 도풍을 일으켰던 것이다. 부루는 삽시간에 그 도풍에 휘말렸다. 더 이상 뒤로 밀려날 공간이 없었다. 뒤로 물러나면 누대에서 떨어지게 될 터였고, 그리되면 승패는 그 순간 끝이었다.

"와아!"

어디선가 함성 소리가 일어났다. 모든 싸움이 그렇다. 군중은 누구나 도전자가 승리를 쟁취하길 바란다. 높은 자를 끌어내리는 사람을 사람들은 동경한다. 그러니 지금 부루에게서 사신장의 자리를 쟁취하려는 금패에 대한 환호는 당연한 일이라고 할 수 있었다. 장내의 고수들은 마치 자신이 사신장이라도 되는 것처럼 환호했다.

그런데 그 모든 환호성과 금패가 일으키던 찬란한 도의 광
채가 한순간 거짓말처럼 정지했다. 아니, 사라졌다.
"뭐야?"
대일이 눈을 크게 뜨고 누대를 보며 소리쳤다.
"승부는 끝났어."
송추월이 말했다.
"어떻게 된 거야?"
다시 대일이 물었다.
"부루가 이겼어."
부루의 한 손은 정확하게 금패의 목에 가 있었다. 일 촌만
더 뻗어내면 그의 목을 누르게 될 터였다. 더불어 부루의 다른
한 손은 금패의 오른쪽 어깨 아래 가 있었는데, 무슨 이유인지
부루의 왼손이 닿아 있는 금패의 오른팔은 마치 얼어버린 것
처럼 움직이지 않고 있었다. 도는 여전히 그의 손에 들린 채
부루의 머리 위에 있었지만.
"그만하시죠?"
부루가 가볍게 금패의 어깨에 닿아 있는 왼손을 밀었다. 그
러자 금패가 마치 검에 찔리기라도 한 사람처럼 주춤주춤 뒤
로 물러났다. 도를 든 그의 손이 맥없이 아래로 떨어져 내렸
다. 한순간 떨어지는 도를 그대로 손에서 놓칠 뻔한 금패가 얼
른 정신을 차리고 도를 회수하고는 훌쩍 뒤로 물러났다.
"무섭구려."
뒤로 물러난 금패가 어두운 표정으로 말했다.

"무슨 말씀이신지?"

"현무신장의 그 수공… 정말 무섭소이다. 그 어떤 살검보다도 무서운 손을 지녔소이다."

"칭찬으로 듣지요."

"한 가지 충고하자면 부디 살기를 죽이시길 바라오."

금패가 정중하게 부루를 향해 포권을 해 보이고는 미련없이 누대를 내려갔다.

"어떻게 된 거지?"

대일이 고개를 갸웃하며 중얼거렸다.

"뭐가 어떻게 돼? 부루 녀석이 이긴 거지. 망할 녀석! 언제나 음흉하단 말이야. 아마 일부러 수세에 몰렸을 거야. 끝내려면 좀 더 일찍 끝냈을 수도 있었을 텐데."

곽풍산이 투덜거렸다.

"그는 절대 약한 사람이 아니었다."

송추월이 신중한 표정으로 말했다.

"부루가 일부러 시간을 끈 게 아니란 말이야?"

곽풍산이 되물었다.

"부루가 승부를 조절할 만큼 약한 상대가 아니야. 그가 방심만 하지 않았다면."

"그럼 부루보다 더 강한 자란 말이야?"

"더 강하다고는 말하지 않았어. 단지 부루가 일부러 승부를 오래 끈 것이 아니란 말을 한 거지."

"네놈도 부루 녀석을 닮아가냐? 무슨 말이 그리 어려워."

"그가 방심하지 않았다면 승부를 예측하기 힘든 상대였단 말이다."

"좋아. 그렇게 쉽게 얘기해야지. 어, 그런데 저자는 또 뭐냐?"

갑자기 곽풍산이 인상을 쓰며 소리쳤다.

"그러게 말이다. 뭐 저런 뻔뻔한 작자가 다 있지?"

대일이 맞장구를 쳤다. 사신부의 신장들이 올라 있는 누대 주위에서도 적지 않은 야유가 쏟아져 나왔다.

사람들의 야유를 불러온 자는 검은색 무복을 입은 오십대 중반의 사내였다. 사내는 날카로워 보이는 눈매를 지니고 있었는데, 그 눈으로 지금 누대에 올라 부루를 바라보고 있었다.

기실 사내는 부루에게 패한 금패가 미처 다 내려가기도 전에 옷깃을 스치며 누대에 올랐다. 그런 그의 행동은 누가 봐도 강호의 예법에 어긋난 것이었다.

사내가 누대에 오른 이유는 분명했다. 그의 목적은 부루에 대한 도전이었다. 더군다나 금패가 미처 누대를 벗어나기도 전에 그가 누대에 올랐다는 것은 부루가 앞선 비무에서 소진한 기운을 회복할 시간을 주지 않기 위함이 분명했다.

"뭐 저런 야비한 작자가 다 있어?"

대일이 화가 난 듯 소리쳤다. 자칫하면 자신이 청룡도를 들고 누대로 달려갈 기세였다.

"괜찮아. 부루 녀석, 지치지 않았어."

송추월이 대일을 달랬다. 그러는 사이 누대에 오른 사내가 재빨리 시선을 돌려 백선 서언을 보며 자신의 신분을 밝혔다.

"난 용화 홍가장의 홍성이라 하오. 현무신장의 무공을 시험하고 싶소이다. 괜찮겠소?"

백선 서언은 장내의 최고 배분의 고수였지만 홍성이라 스스로를 밝힌 사내는 서언을 별로 어려워하는 것 같아 보이지 않았다.

"용화 홍가장의 명성, 익히 들어 알고 있소. 사신장에게 도전하는 것이야 이곳에 모인 고수들 누구에게나 가능한 일이니 어찌 내 동의가 필요하겠소. 하지만… 현무신장은 이제 막 비무를 끝냈으니 그에게 공력을 회복할 시간을 주는 것이 공평하다는 생각이오만!"

서언이 차가운 안색으로 대꾸했다.

"물론 백선 대장로의 말씀이 틀린 것은 아니오. 하지만 적어도 대천목맹의 사신부 신장을 맡는 사람이라면 그 정도 어려움이야 이겨내야 하는 것이 아닐까 생각하오만, 어떻소?"

홍성이 부루를 보며 물었다. 만약 부루가 홍성의 제안을 거절한다면 잠시 휴식을 취하는 것이 받아들여질 테지만 부루에 대한 사람들의 인식도 크게 후퇴하게 될 것이다. 홍성은 무공도 무공이지만 사람의 심리를 이용할 줄 아는 영악함을 지닌 노련한 고수였던 것이다.

"뭐, 나야 상관없습니다. 홍 노사께선 주저 마시고 검을 뽑으십시오."

"오오!"

"와! 최고다!"

부루의 말이 끝나자마자 누대 아래에서 사람들의 환호성이 터져 나왔다. 나이 어린 부루의 호기가 사람들을 격동시킨 것이다.

"무리하는 것 아닐까?"

대일이 걱정스런 표정으로 말했다.

"좋은 기회다."

반면 송추월은 부루의 결정을 지지했다.

"좋은 기회?"

"이기기만 한다면… 확실한 강자로 인식될 거야. 좋은 기회야."

"그렇긴 하지만 그거야 이긴 뒤의 문제지."

"녀석이 비무를 승낙한 건 승산이 있다는 말이겠지. 그 정도 계산은 하는 녀석이잖아?"

"뭐, 그렇긴 하지만……."

대일은 여전히 부루의 승부가 불안한 모양이었다.

"역시 현무신장에 지명될 만한 호기가 있구려. 이렇게 뛰어난 젊은 고수들이 계속해서 출현하니 요동무림의 미래는 무척 밝은 듯하오."

홍성이 부루의 나이 어림을 비웃는 듯한 묘한 분위기의 말을 꺼냈다. 그러자 부루가 빙긋 미소를 지으며 응대했다.

"칭찬 고맙습니다. 그나저나 어서 검을 드시지요. 이러다가

시간이 흘러 제 공력이 회복되면 홍 노사께서 애써 만든 기회가 무용지물이 되지 않겠습니까?"

부루의 말에 순간 홍성의 얼굴이 붉어졌다. 상대의 약점을 파고든 자신의 행동을 비난하는 말이 분명했기 때문이다.

"지금 날 비열한 자라 비난하는 것이오?"

"그럴 리가요. 단지 노사의 노력에 대한 대가를 얼른 챙기시란 말이지요."

"좋소. 이 비무가 끝났을 때도 과연 그대가 그렇게 호기로울 수 있는지 두고 보겠소."

"기대하지요."

부루가 여전히 미소를 머금고 고개를 한 번 까딱이는 순간 홍성이 검을 뽑아 들었다. 그러자 기이하게도 홍성의 검에 노을처럼 붉은 기운이 어리기 시작했다.

"홍가장의 검은 좀 거칠다오."

핏빛 검광을 흘려내며 홍성이 겁박하듯 말했다.

"제 손도 무척 매서운 편이지요."

부루가 두 손을 들어 올려 가슴 앞에 세우며 말했다.

"그럼… 받아보시오."

홍성이 한순간 하늘로 떠올랐다. 그러자 금세 하늘이 붉게 물들었다.

"기이한 검이다!"

"환술일지도!"

누대 아래서 여러 사람의 목소리가 터져 나왔다. 홍성의 붉은 검은 신묘하면서도 섬뜩한 살기를 지니고 있어서 사람들이 보는 것만으로도 두려움을 느끼게 만드는 힘이 있었다.

그러나 정작 홍성의 공격을 받아내야 하는 부루의 표정은 평온했다. 그는 이미 승리를 예감한 사람처럼 담담하게 홍성의 붉은 검을 바라보고 있었다.

콰아아!

한순간 홍성의 검이 폭포수 같은 염기를 쏟아내며 부루를 향해 떨어져 내렸다.

"앗!"

사람들의 입에서 다급한 음성이 터져 나왔다. 부루를 향해 떨어져 내리는 염기는 그야말로 용암처럼 강렬해서 한순간에 부루를 집어삼킬 것 같았다.

그리고 잠시 후 정말로 부루의 신형이 머리부터 홍성이 만들어낸 염기의 기운 속으로 들어가기 시작했다.

"아!"

누군가의 안타까운 탄식이 흘러나왔다. 누가 보더라도 부루가 홍성이 만들어낸 염기의 기운에서 벗어날 가능성은 없는 듯했다. 강력한 양기의 공력을 쌓아 올린 홍성의 공력은 거대한 해일처럼 한순간에 부루를 삼켜 버렸다. 이제 남은 것은 그 염기를 덮어쓴 부루의 처참한 몰골뿐.

그런데 모든 사람들이 부루의 처참한 패배를 예상하는 그 때, 갑자기 홍성이 만들어낸 염기보다 더 붉은 기운이 홍성의 염기 속에서 생겨났다. 처음 사람들은 그 투명할 정도로 붉은 기운이 홍성이 마지막 공력을 쏟아내어 생기는 기운이라고 생각했다. 그러나 잠시 후 사람들은 그들의 예상을 벗어나는 광경을 목도했다.

"저건!"

"아아, 저… 저것!"

누가 먼저랄 것도 없이 사람들의 입에서 당혹한 음성이 흘러나왔다. 부루와 홍성이 서 있는 누대는 온통 붉은 노을로 물들어 있었다. 아직 해는 정오에 이르지도 못했는데 오직 부루의 누대만이 황혼에 접어들어 있었다.

그런데 그 황혼 속에서 아침 태양의 뜨거운 불기둥이 솟아올랐다. 황혼 속에서 일출이 시작됐다. 이 어울리지 않는 풍경은 현실이 되어 사람들의 눈을 현혹했다. 눈속임처럼 보이는 기이한 광경의 중심에는 부루의 붉게 달아오른 손이 있었다.

황혼이 엷어졌다. 그럴수록 일출은 더욱 영롱한 핏빛을 흘려냈다. 황혼이 걷히자 누대의 모습이 좀 더 선명하게 드러났다. 부루의 왼손은 정확하게 검을 든 홍성의 팔목을 잡고 있었다. 부루의 손에 막힌 홍성의 팔은 더 이상 검을 밀어내지 못하고 있었다. 그 대신 새벽 첫 태양처럼 붉은 부루의 오른손이 정확하게 홍성의 명치에 닿아 그를 밀어내고 있었다.

홍성의 얼굴은 파랗게 질려 있었다. 염기를 쏟아내던 양공의 고수답지 않게 그의 얼굴빛은 한겨울 호숫가의 얼음처럼 창백했다. 모든 핏기가 그의 가슴을 통해 부루의 손으로 전달된 듯 보였다. 누가 보면 부루가 마치 흡정공을 익힌 것으로 착각할 만한 모습이었다.

부루의 표정은 담담했다. 그러나 그의 시선은 차가웠다. 그 뜨거운 염기 속에서 그렇게 차가운 시선을 내보인다는 것이 과연 가능한 일일까 싶을 정도로 부루의 시선은 차가웠다. 그리고 그 냉정한 눈빛이 한 번 번쩍이는 순간 홍성의 신형이 부루의 손을 떠나 실 끊어진 연처럼 훌훌 뒤로 날아갔다.

쿠당탕!

삼 장을 날아간 홍성의 신형이 딱딱한 누대 위에 나동그라졌다. 그렇게 내동댕이쳐진 홍성이 잠시 움직임을 멎었다가 천천히 몸을 꿈틀대기 시작했다. 그리고는 힘겹게 검을 의지해 신형을 세웠다.

"물론 큰 부상은 아니니 몸은 곧 회복할 것이오. 그러나 며칠 고생은 할 겁니다. 제가 공력을 회복하지 못하고 비무에 임하는 바람에 손에 들어간 힘을 조절할 여유가 없어 손길이 거칠었습니다. 부디 너그러운 마음으로 이해하시길!"

부루가 비참한 몰골의 홍성을 보며 가볍게 고개를 숙여 보였다. 그러나 홍성은 그런 부루를 노려볼 뿐 어떤 대답도 하지 않았다. 어쩌면 달리 대답할 말이 없는지도 몰랐다. 부루의 말대로라면 결국 그 자신 때문에 부루의 손길이 거칠어졌다는 의미이므로. 그래서 홍성은 부루의 말을 반박할 어떤 꼬투리도 찾지 못했다.

"졌소. 물러가겠소."

홍성이 할 수 있는 것은 스스로 패배를 자인하고 누대를 벗어나는 것뿐이었다.

"와아!"

"대단하다! 최고다!"

"현무신장은 당신 것이오!"

여기저기서 부루의 신묘하면서도 강렬한 무공을 칭찬하는 목소리가 일어났다. 그런데 그때 문득 백선 서언이 걱정스런 모습으로 부루를 보며 물었다.

"괜찮으신가?"

아마도 부루가 홍성을 상대하며 크게 무리했다고 생각하는 모양이었다. 그러자 부루가 조금 피곤한 기색으로 말했다.

"허락하신다면 잠시 운기를 했으면 합니다만……."

"그렇게 하시게. 연이어 두 번의 비무를 치렀으니 충분히 그럴 자격이 있네."

"감사합니다."

부루가 고개를 숙여 보이고는 재빨리 그 자리에 가부좌를 틀고 앉았다. 그리고는 마치 세상 사람들의 이목에서 자유로운 사람처럼 가볍게 눈을 감는 것이었다.

일순 장내가 깊은 침묵으로 빠져들었다. 위급한 상황에서 강적을 물리치고 조용히 운기에 든 젊은 고수. 그를 바라보는 사람들의 시선에 많은 감정이 떠올랐다. 그리고 그 대부분은 이 강력한 젊은 고수에 대한 감탄과 경탄이었다. 부루는 그렇게 두 번의 비무를 통해 천목맹 최고의 잠룡으로 만들어지고 있었다.

"영악한 녀석!"

문득 송추월이 미소를 지으며 고개를 저었다.

"누구에게 하는 소리냐?"

곽풍산이 물었다.

"누구긴, 부루 저 녀석이지."

"겨우 비무에 이기고 운기하는 놈에게 그게 무슨 말이야?"

"넌 정말 부루 녀석이 지쳤다고 생각하는 거냐?"

"그럼 아니란 말이야?"

곽풍산이 놀란 눈으로 송추월을 바라봤다.

"물론 조금 지쳤을 수는 있겠지. 하지만 내가 볼 때 자리에 앉아서 운기를 할 정도는 아니야."

"그럼 왜……?"

"봐라, 사람들의 시선을."

"응?"

송추월의 말에 곽풍산이 얼른 시선을 돌려 주변 사람들을 살폈다. 그러자 그의 눈에 누대의 부루를 바라보는 사람들의 안타까움, 혹은 동정, 아니, 그것을 넘어서 탄복의 시선들이 보였다.

"보여? 사람들은 완전히 녀석에게 빠져들었어."

"그럼 설마 부루가 일부러……?"

"똑똑한 녀석인 걸 알잖아?"

"흐흐, 정말 추월 네 말대로라면 녀석 제대로 기회를 잡은 거네."

"그렇다고 봐야지. 두 번의 비무로 이젠 누구도 부루가 현무신장에 오르는 걸 반대하지 못할 거야. 그나저나 역시 우리가 보통 무공을 익힌 건 아닌 것 같다."

"뚱딴지같이 무슨 소리야?"

"부루에게 패한 그 홍성이란 자 말이야."

"그가 왜?"

곽풍산이 시선을 돌려 누대에서 벗어난 홍성을 찾았다. 그러나 홍성의 모습은 어느새 사라지고 보이지 않았다.

"그자의 무공도 보통은 아니었어. 아마도 강호에서 그런 정도의 극양의 무공을 수련한 사람은 없을 거야."

"음, 그렇게 보이긴 하더군."

"그런데 부루 녀석은 양공을 양공으로 이겼단 말이야. 그건 곧 우리가 익힌 화수유천이 그만큼 정순한 신공이란 의미 아니겠어?"

"듣고 보니 그렇군. 그런데… 난 솔직히 부루 녀석의 무공이 저 정도일 줄은 몰랐어. 녀석의 손에서 나타난 그 투명한 적염은… 나도 가능할까?"

"모르지. 그게 화수유천에 의해서 나타난 것이라면 너도 가능하겠고, 그게 아니라 부루 녀석의 쇄금수의 묘법이라면 뭐 녀석만의 것이겠고."

"흐흐, 오늘 밤 나도 한번 시도를 해봐야겠군."

곽풍산이 음흉한 미소를 흘려냈다. 그러는 사이 어느새 누대 위의 부루가 번쩍 눈을 떴다. 그리고는 마치 한차례도 비무를 치르지 않은 사람처럼 벌떡 자리에서 일어났다.

"벌써 끝내셨는가?"

백선 서언이 놀란 표정으로 물었다. 부루가 누대에서 가부좌를 틀고 운기를 한 시각은 겨우 일각. 그 시간에 본래의 공력을 회복하는 일은 거의 불가능했다.

"서 있을 기력은 회복했습니다."

"서두를 필요 없네. 시간은 충분히 주겠네."

"아닙니다. 맹의 일을 제 개인의 문제 때문에 늦출 수는 없지요. 되었습니다."

"허허, 그 사람 고집 하고는……."

서언이 혀를 찼다. 그러나 굳건한 부루를 보며 한편으론 흡족한 미소를 짓는 백선 서언이었다. 일단 부루가 다시 일어서자 미뤄두었던 사신장에 대한 검증이 계속 이어졌다.

"앞서 두 번의 비무가 있었소. 현무신장은 모두의 기대대로 두 번의 비무를 승리로 이끌며 자신의 자격을 증명했소. 이건 곧 우리 대장로들의 눈이 틀리지 않았음을 말해주는 것일 것이오. 그러나 아직도 여기 네 사람의 신장에 대한 의구심이 드는 사람이 있을 수도 있을 것이오. 그런 분은 주저 말고 앞으로 나서 다시 네 사람을 시험해 주기시 바라오."

백선 서언이 비무의 재개를 알렸다. 그러나 이번에는 누구도 신장 후보자들을 시험하겠다고 선뜻 앞으로 나서는 사람이 없었다.

"아무래도 이대로 끝날 것 같군."

송추월이 침묵에 잠긴 사람들을 보며 말했다.

"더 이상 도전자가 없을 거란 말이냐? 겨우 두 사람이 전부야?"

대일이 고개를 돌리며 물었다.

"애초에 오늘 시험받을 사람은 오직 부루 한 명이었어."

"무슨 소리야? 신장 후보가 네 명이나 되는데."

"모용검천과 이자천에게 도전할 사람은 없을 거야. 그건 곧 모용세가와 장백파를 적으로 돌리는 일인데 누가 그들에게 도전하겠어. 고무룡 대협에게도 도전하기 힘들지. 당금 요동무림에서 고 대협은 제일인자의 후보로 논해지는 사람이야. 그러니 누가 있어 고 대협에게 도전하겠어? 남은 것은 결국 부루하나지. 그나마도 이젠 부루에게 도전하는 사람이 나오기 힘들 거야. 앞서 비무를 통해 부루가 자신의 무공을 내보인 것도 이유지만 또한 그 비무를 통해 부루는 사람들에게서 강한 호감을 얻어내었거든. 아마도 누군가 다시 부루에게 도전한다면 그는 여기 모인 고수들의 비난을 면치 못할 거야."

"그렇게 되는 건가?"

대일이 그제야 이해가 간다는 듯 고개를 끄덕였다. 송추월의 예상은 정확했다. 백선 서언이 비무의 재개를 선언한 지 일각이 훨씬 지났지만 누구도 네 명의 신장 후보자를 시험하겠다고 나서지 않았다. 그러자 비무를 주관하던 백선 서언이 다시 입을 열었다.

“이미 약속했던 일각의 시간이 훨씬 지났소. 더 이상 이들을 시험할 사람이 없으시오?”

서언의 물음에 좌중의 고수들이 침묵으로 답했다. 사람들의 침묵을 대답으로 받아들인 서언이 고개를 끄덕였다.

“좋소. 그럼 더 이상 사신장을 시험할 분이 안 계신 것으로 알겠소.”

서언이 말과 함께 고개를 돌려 북 앞에 있는 고수들을 바라봤다. 그러자 북채를 들고 있던 고수 둘이 거대한 북을 때리기 시작했다.

둥둥둥둥!

거대한 북소리가 신단평에 울려 퍼졌다. 그것은 곧 천목맹의 사신장이 선출되었음을 알리는 북소리였다.

*　　　*　　　*

노인은 구한산 기슭의 바위 위에 쪼그리고 앉아 신단평을 내려다보고 있었다. 신단평 천목 앞에선 모여들었던 요동의 고수들이 하나둘 자리를 떠나고 있었다.

“우리가 선택을 잘한 것일까?”

노인이 턱을 괴며 중얼거렸다. 그러자 불현듯 노인 뒤에 묵빛 장삼의 사내가 모습을 드러내며 말했다.

“생각보다 뛰어난 자 같습니다.”

“우리의 존재를 눈치채지는 않았겠지?”

"낭왕을 통했으니 당연히 우릴 모를 겁니다."

"좋아. 그럼 일단 녀석이 크도록 암중에 도와주자고. 그러나 각별히 조심해야 해. 확실히 보통 녀석은 아니야. 철저하게 낭왕을 앞세워."

"알겠습니다, 성주!"

"후후, 그나저나 남련과 일월맹이 안타깝군. 애써 고른 자들이 젊은 놈에게 모두 패했으니 말이야."

"그들이 이대로 물러날까요?"

"글쎄… 모르지. 두고 보자고."

"옛, 성주!"

"현무신장이라……. 좋군. 좋은 칼을 고른 것 같아."

노인이 힘겹게 자리에서 몸을 일으켰다. 그런데 신형을 온전히 세우는 순간 노인은 힘없는 늙은이의 모습에서 눈빛 형형한 일대고수의 모습으로 변하는 것이었다.

第八章
서쪽에서 들려온 소식
第八章

화마경

"본래 힘이 있는 곳에 재물이 모이는 법이니… 그 재물로부
터 자유롭다면 진정한 힘을 가질 수 있지. 그러나 세상에 그런
사람이 있을까? 권세를 탐하는 자가 재물에 욕심이 없다면 개
가 웃을 일이지. 초록이 동색이듯 대상이 다르다 뿐 탐욕은 결
국은 하나거든. 권력이든 재물이든."

송추월의 귀에 오랜만에 그럴듯한 의미를 지닌 소리가 들려
왔다.

"상가(商家)들이 반발하지는 않을까요?"

송추월이 물었다.

"반발? 하나만 알고 둘은 모르는 소리네. 본시 상인들은 절
대 손해나는 장사는 하지 않는 법이네. 목에 칼이 들어와도 말

일세. 요동의 상인들이 천목맹에 재물을 내놓는 것은 결국 훗날 천목맹의 권세를 이용해 더 많은 재물을 모을 수 있다는 계산이 섰기 때문인 걸세. 물론 그들이 내놓은 재물보다 더 많은 이득을 얻을 때가 언제일지는 모르지만. 그리고 그런 날이 오게 되면 그때가 천목맹이 퇴락하는 시점이 되겠지.”

“언젠가 천목맹이 와해될 거라고 보시는군요?”

“그럼 세상에 영원한 것이 있던가?”

황종보가 바위 위에 놓인 술잔을 집어 들어 시원하게 술을 들이켰다.

“어허, 좋구나!”

황종보가 술잔을 내려놓으며 말했다.

황종보가 신단평을 찾은 것은 천목맹 사신부의 신장들이 비무대에 올라 요동의 고수들로부터 자격을 시험받던 바로 그날이었다. 황종보는 홀로 사신장의 비무를 지켜본 후 저녁 늦게야 고월산장의 숙영지로 찾아왔다. 그리곤 이후 삼 일이 지난 오늘까지 낮이면 송추월을 구슬려 술병을 들고 구한산 자락에 올라 술을 마셨다. 왜 뒤늦게 신단평에 왔냐는 송추월의 질문에 대한 황종보의 대답은 간단했다.

“심심해서.”

황종보는 그의 말처럼 무척 무료해 보였다. 그러니 하루도 빠짐없이 송추월을 불러내 한량처럼 술잔을 기울이고 있는 것일 테지만.

오늘도 다른 날과 마찬가지로 황종보를 따라 전망 좋은 구한산 자락에 올라 술 상대를 하고 있던 송추월의 눈에 신단평 남쪽 길을 통해 수십 대의 마차가 들어온 것이 황종보가 그의 인생관을 열거한 이유였다.

이미 며칠 전부터 요동의 대상(大商)들이 신단평으로 올 것이란 이야기는 여기저기서 흘러나오고 있는 차였다. 덕분에 남쪽 길을 통해 들어서는 마차의 행렬이 요동의 대상들이라는 사실은 어렵지 않게 짐작할 수 있었다.

요동의 대상들을 불러들인 사람들은 당연히 천목맹의 수뇌들인 열 명의 대장로였다. 그들은 이 신단평에 천목맹의 성을 쌓길 원했다. 그러자면 만금의 재물이 필요한데 그 재물이 나올 곳은 오직 한 곳, 요동 대상들의 금고밖에는 없었다.

"천리표국이 앞에 섰다고 했지?"

"그렇다고 하더군요. 상인들 중 무관을 통과한 고수를 셋이나 배출한 곳은 천리표국밖에 없으니 당연한 일이겠지요."

"흐흠, 이리되면 이번 신단평의 회합에서 가장 큰 이득을 취하는 문파는 결국 천리표국이겠군."

"그렇게 보십니까?"

"난 그렇게 생각하네. 본래 요동의 대상 중 가장 거부의 가문을 꼽자면 사람들은 천부오문을 꼽네."

"천부오문이요?"

"하늘이 재물이 쌓이는 축복을 내린 다섯 문파라는 말이지."

"어떤 곳입니까?"

"첫째는 해동과의 교역으로 막대한 재물을 쌓고 있는 청심장, 둘째는 요동의 곡물을 통제할 수 있다는 천곡장, 셋째는 발해만의 해상권을 장악하고 있는 해룡부, 넷째는 염상으로 부를 축적한 오룡문, 그리고 마지막으로 대마방(大馬房) 방으로 일컬어지는 북방의 탁가장이 그들이지. 이 다섯 상가의 재력은 하루 이틀에 모은 것이 아닐세. 수대에 걸쳐 이룩한 부(富)인 것이지. 무공은 세월이 지나 고수가 죽으면 사라지지만 부란 죽은 자의 것도 후대에 남아 계속을 산을 이루며 쌓여가는 것이라 상가의 경우 오래될수록 부자인 법이네. 어쨌든 이 다섯 상가는 수대에 걸친 부의 축적으로 천하를 통틀어서도 손꼽히는 재력가들이네. 사실 요동이라는 곳이 사람들이 생각할 때 척박한 외지라 느낄 수도 있지만 이곳을 기반으로 일어선 왕조가 적지 않음을 보면 결코 무시할 수 없을 만큼 재물이 풍요한 곳이란 말이 되지."

황종보가 잠시 말을 끊고 다시 술 한 잔을 따라 마셨다.

"그 천부오문에 천리표국은 들어가지 않는군요."

"그래서 내가 천리표국이 이번 회합으로 가장 큰 이득을 볼 거라 말한 걸세. 듣자 하니 천목맹에서 이곳에 성을 짓는 데 필요한 재원을 조달하는 일을 맡았다고 하더군. 그들의 능력이면 충분히 난공불락의 성을 짓게 될 걸세. 그런데 성을 짓는 데 소요되는 재정을 총괄하는 곳으로 천부오문이 아닌 천리표국을 세웠단 말씀이야. 다시 말해 천부오문을 포함한 요동의 모든 상가가 천리표국을 통해 천목맹에 선을 대어야 한다는 말이지. 그러니… 천리표국의 위세가 어떻겠는가?"

"천부오문이 반발하지 않을까요?"

"모르는 소리. 천부오문이 비록 대단한 재력을 지니고 있다고는 해도 데리고 있는 무인의 숫자나 그 실력에서 보자면 천리표국을 당해낼 수 없네. 더군다나 천리표국이 세 명의 무관통과자를 배출했으니 감히 천리표국에 대항할 힘은 없을 걸세. 또한 천부오문과 천리표국은 요동에서 장사를 하는 데는 불가분의 관계라 할 수 있네. 함부로 그 관계를 훼손할 수 없지. 이래저래 천리표국만 큰 이득을 보게 생긴 거네. 특히 앞으로 요동의 상가들이 천리표국을 통해 천목맹과 이어진다면 머지않아 천리표국의 힘은 천목맹을 좌지우지할 정도로 커질 수도 있을 거네."

"설마 그렇게까지야."

"아니야. 시작은 무공이지만 나중에 가서는 금력을 무시할 수 없는 것이 무림이네. 재물은 귀신도 부린다고 하지 않던가?"

황종보는 천리표국이 천목맹에서 강력한 힘을 가지게 될 거란 걸 확신하는 모양이었다. 아직 황종보만큼의 혜안을 가지지 못한 송추월로서는 그런 황종보의 말에 반신반의하면서도 천리표국의 앞날이 자못 궁금해지기도 했다.

두 사람은 아주 느리게 술병을 비웠다. 황종보는 술을 좋아하지만 많이 마시는 것은 아니어서 단번에 술잔을 입에 털어넣고는 한동안 그 기운을 즐기다가 다시 그 기운이 없어질 때쯤 다시 한 잔의 술을 마시곤 했다.

반면 송추월은 아직 나이도 어릴 뿐 아니라 술을 즐기지 않기 때문에 술잔에 거의 입을 대지 않았다.

두 사람이 그렇게 구한산 자락에서 술병을 비우는 사이 남쪽에서 나타난 상인들의 행렬이 천목 근처에 이르더니 마차를 둥글게 둘러 세운 후 마차에 싣고 온 물건들을 내리기 시작했다.

천목맹의 열 명 대장로가 쌓여가는 물건들을 보고 있었고, 부루를 포함한 사신부의 신장들 역시 대장로들 뒤에 서서 재물들이 내려지는 모습을 지켜보고 있었다.

"언제쯤 파회를 한다던가?"

한참 쌓여가는 물건들을 지켜보고 있던 황종보가 물었다.

"닷새 뒤에 일단 파회를 한다고 하더군요. 그때까지 사신부에 들 지원자를 받는다고 합니다."

"음, 그럼 결국 시작은 사신부로부터겠군."

"그렇겠지요. 결국 사신부가 실질적인 천목맹이 될 것 같습니다."

"사신부라……. 그런데 자네 친구들 말이야."

"부루 말입니까?"

"아니, 꼭 현무신장만이 아니라 다른 친구들까지 말일세."

"말씀하십시오."

"모두 신단평에 남을 생각인가?"

"글쎄요. 다른 사람은 몰라도 풍산 녀석은 장백으로 돌아갈 것 같습니다만."

"그 산적 친구 말이지?"

"네."

"내 생각엔 말일세. 자네 친구들이 이곳에 남아 힘을 합치면 아주 제대로 된 세력을 형성할 것 같은데 말이야."

"부루가 원하는 게 그거지요."

"자넨 그럴 생각이 없는 건가?"

"우린 함께 자라긴 했지만 각자 원하는 삶이 다르지요."

"아쉽군. 젊은 산적들이 천목맹을 집어삼키는 걸 보고 싶었는데."

"양산종도 마찬가지 아닌가요?"

송추월이 물었다.

"양산종?"

"양산종도 고월산장을 중심으로 뭉치면 천목맹의 권력을 노려볼 만하지요."

"흠, 그도 그렇군. 하지만 우린 어려워."

"왜요?"

"알지 않은가? 조사께서 무림의 일에 깊이 관여치 말라는 유지가 있었다는 걸. 그리고… 이미 양산종은 오랜 세월을 이어오는 동안 유파 간의 유대가 꽤나 멀어져 있다네. 아마도 몇 대 후에는 서로 반목할지도 모르지."

"그렇게 멀어졌나요?"

"조사에 대한 제를 올리는 일만이 유일한 소통 수단이지. 솔직히 난 지금 지난번 고월산장에 모였던 형제들이 어디에 있는지도 모른다네. 그러니 그들을 어찌 불러 모으겠는가? 다시 제를 지낼 때나 보겠지."

"그렇군요."

송추월이 고개를 끄덕였다.

"본래 사람 사는 게 다 그렇다네. 안 보면 멀어지고, 후대로 가면 남이 되는 것일세. 혈육도 함께 몸 비비고 살아야 혈육인 게지. 아무튼 자네 친구들은 부디 오랫동안 우애를 지켜 나가길 바라네."

황종보의 말에 송추월이 씁쓸한 미소를 지었다. 그 자신도 대호산의 다섯 친구가 앞으로 어떻게 살아갈지 짐작할 수 없었기 때문이다.

둥둥둥둥!

갑작스레 울린 북소리에 신단평의 새벽이 잠에서 깨어났다.

"무슨 소리야?"

막사를 벗어난 송추월의 귀에 대일의 목소리가 들려왔다.

"무관을 통과한 은패고수들은 천목 앞에 모여달라는 전갈입니다."

천리표국의 표사 한 명이 재빨리 숙영지로 뛰어들며 말했다.

"이 새벽에 무슨 일로?"

"잘 모르겠습니다."

표사가 고개를 저었다. 그즈음 북소리에 깨어난 고수들이 여기저기서 숙영지를 벗어나 천목을 향해 움직이기 시작했다.

"가요."

서연이 송추월의 소매를 끌었다.

송추월과 서연이 천목 부근에 도달했을 때 대장로들은 이미 누각 위에 올라 모여드는 은패고수들을 지켜보고 있었다. 그들 옆으로는 이젠 천목맹을 대표하는 고수가 된 사신부의 신장들이 오연한 모습을 서 있었다.

"총관 어른, 무슨 일입니까?"

다른 사람보다 빨리 장내에 도착한 고수 한 명이 누대 위에 서 있는 백선 서언을 보며 물었다.

"잠시 기다려 주시오. 아직 형제들이 모두 도착하지 않았소이다."

서언이 침착한 모습으로 대답했다. 그리고는 은패를 소유한 사람들이 모두 모여들 때까지 침묵을 지켰다.

잠에서 깨어난 신단평이 잠시 소란으로 술렁이고, 그사이 일백아홉의 고수가 모두 천목 앞에 집결했다. 그러자 그제야 백선 서언이 입을 열었다.

"이른 아침 잠을 깨워 죄송하외다."

"무슨 일입니까?"

다시 처음 질문을 던졌던 사내가 물었다.

"급히 맹의 동도들께 전할 소식이 있어 이렇게 아침 일찍 형제들의 잠을 깨웠소이다."

“무슨 소식입니까? 어서 소식을 전해주십시오.”

사내가 재차 서언의 말을 재촉했다. 그러자 서언이 지금까지의 여유있던 표정을 바꿔 심각한 얼굴로 입을 열었다.

“지난밤 서쪽에서 한 가지 소식이 전해졌소이다.”

서쪽이라면 홍안령 너머 대막을 말한다.

“대막무림에 무슨 일이라도 생긴 겁니까?”

다른 누군가가 서언에게 물었다.

“그렇소이다. 대막무림도 우리 요동무림과 마찬가지로 하나의 세력으로 힘을 모았다고 합니다.”

“그야 이미 예전부터 예상되었던 일이 아닙니까?”

“물론 대막무림이 요동무림의 통합 움직임에 위기를 느껴 대회합을 도모하고 있다는 사실은 오래전부터 알려졌던 일이오. 하지만 지난밤 들어온 소식은 그들의 통합이 예상보다 빨리 이뤄졌고, 더불어 우리 천목맹과의 다툼에서 우위를 차지하기 위해 고수들을 출진시켰다는 것이오.”

서언의 말에 순간 장내의 고수들이 크게 웅성거리기 시작했다. 대막무림이 움직이기 시작했다는 것은 곧 요동무림의 경계를 침범할 수도 있다는 의미다.

“그들이 어디로 향했다고 합니까?”

다시 누군가 서언에게 물었다.

“그들이 향하는 곳은 임황으로 알려졌소.”

“임황이라면… 대막에서 남동으로 이어지는 요충지가 아닙니까?”

"그렇소이다. 만약 그곳을 그들이 점령하게 된다면 우리 요동의 문파들은 턱밑에 창을 대고 지내는 것과 다름없을 것이오. 더군다나 임황에는 막북과 요동 어느 쪽에서 속하지 않은 용천문이 있소이다. 만약 용천문이 대막무림에 들거나 혹은 그들에게 복속된다면 요동무림은 대막무림을 상대하는 데 큰 곤욕을 치러야 할 것이오. 해서 맹에서는 급히 임황에 고수들을 파견하기로 결정하였소이다."

"누가 임황으로 가게 됩니까?"

"일단 현무신부와 주작신부가 먼저 움직이게 될 것이오. 더불어 신단평의 회합은 오늘로 끝을 맺을까 하오. 강호의 정세가 급변하는 와중에 각 문파의 수뇌들께서 신단평에만 머물러 있는 것은 위험한 일이기 때문이오. 일단 임황의 일은 사신부에 일임하고 각자 본가로 돌아가시기 바라오. 이후 이곳에 천목맹의 성이 완성되면 그때 다시 형제들을 초청하도록 하겠소이다."

"신단평에 남기를 원하는 사람은 어찌해야 합니까?"

"신단평에 남으려면 금패나 은패, 혹은 동패를 소지해야 하오. 이미 금패와 은패의 주인은 정해졌으니 이제 남은 것은 동패뿐. 동패를 원하는 사람은 일정한 시험을 거쳐 그 능력이 입증하면 될 것이오. 자, 또 다른 질문이 있소이까?"

서언의 물음에 사람들이 잠시 웅성거리기는 했으나 더 이상 새로운 질문이 나오지는 않았다.

"그럼 이것으로 이번 신단평의 대회합은 끝을 맺도록 하겠

소이다. 천목맹은 항상 이 자리에 있을 것이오. 이제 천목맹이
섰으니 맹의 문파끼리 사사로운 혈사를 일으키는 일이 없었으
면 하오. 혹여 분란이 일어나면 천목맹에 사유를 고하고 그 판
단을 물어 분란을 해결토록 하시기 바라겠소이다. 그리고 언
제 어느 때든 맹의 힘이 필요하면 망설이지 말고 맹을 찾아주
시기 바라오. 그럼 돌아가는 길, 평안하시길 바라겠소!"

　백선 서언의 말이 끝나자 천목 앞에 모였던 고수들이 분분
히 흩어지기 시작했다. 기실 막북무림의 진격은 생각보다 무
척 엄중한 일이었다. 만약 그들이 임황을 점령하고 거기서 발
길을 멈추지 않는다면 순식간에 요동의 서쪽 문파들은 막북무
림의 공격을 받을 수도 있었다. 명분보다 중요한 것이 자파의
생존. 신단평에 모여든 고수들은 각 문파의 안위를 걱정할 수
밖에 없는 상황이었다.

　대회합의 끝을 알리는 북소리가 미처 잦아들기도 전에 각자
의 숙영지로 돌아간 고수들은 서둘러 숙영지를 정리하기 시작
했다. 특히 임황과 인접해 있는 요동 서쪽의 문파들의 손길은
더욱 바빴다.

　마지막 회합이 끝난 지 채 한 시진이 지나기도 전에 이미 신
단평을 빠져나가는 문파가 나타나기 시작했다. 일단 누군가
떠나자 그것을 시작으로 신단평을 빼곡하게 메웠던 요동의 고
수들이 썰물처럼 빠져나가기 시작했다.

　"황량하군."

고수들이 빠져나간 신단평을 바라보며 곽풍산이 중얼거렸
다. 송추월과 그의 친구들은 구한산 자락에 자리 잡은 장백십
삼채의 숙영지에 모여 비워지는 신단평을 바라보고 있었다.

"넌 안 가냐?"

대일이 곽풍산을 보며 물었다.

"나야 급할 것 없지. 뭐, 막북 놈들이 쳐들어온다고 설마하
니 장백의 산채까지 오겠냐?"

"하긴 그렇군."

대일이 고개를 끄덕였다. 그런데 그때 부루가 심각한 표정
으로 입을 열었다.

"다시 말하지만 모두 날 좀 도와줘."

부루의 말에 송추월 등의 표정이 변했다.

"설마 임황으로 함께 가달라는 말이냐?"

"그랬으면 좋겠다."

송추월의 물음에 부루가 대답했다.

"현무신부에 든 사람들이 못 미더운 거냐?"

송추월의 물음에 부루가 가볍게 한숨을 쉬었다.

"쉽지가 않아."

"뭐가 문젠데?"

곽풍산이 큰 목소리로 물었다.

"사람이 부족해. 본래 사신부는 각기 백여 명의 고수를 두는
것으로 정해졌고, 신장의 시험이 끝난 이후부터 사신부에 들
고수들을 받아왔어. 그런데 사신부 중 우리 현무신부를 찾는

사람이 가장 적어. 다른 곳은 이미 일백에 육박하는 사람들이 모였는데 현무신부는 겨우 오십을 갓 넘었어. 그것도 쓸 만한 사람이 썩 보이지 않아.”

“아니, 왜 그런 일이 벌어진 거지? 사신부라면 천목맹의 중추 세력이 될 곳이라 지원자가 차고 넘쳐야 정상 아니야?”

대일이 의아한 표정으로 물었다.

“날 못 믿는 거지.”

“무슨 소리야? 지난번 비무를 통해 너에 대한 불신은 모두 없어졌어. 오히려 지금은 사신부의 신장들 중 네가 가장 인기가 좋을걸.”

“내게 호감을 갖는 것과 날 믿는 건 다른 문제지.”

“뭐가 다르다는 거냐? 좋으면 믿는 거지.”

“그게 그렇게 단순한 게 아냐.”

“도대체 모르겠군. 좋아, 머리 좋은 네 녀석 생각을 말해봐.”

대일이 팔짱을 끼며 부루를 응시했다. 그러자 부루가 시선을 먼 곳으로 돌리며 입을 열었다.

“사람들이 지난번 비무로 나에 대해 부쩍 호감을 가지고 있는 건 사실이야. 하지만 사신부의 신장으로서 내 위치는 그리 공고하지 못해. 가장 문제가 되는 것은 나에겐 요동삼문과 같은 강력한 배경이 없다는 거야. 사실 사신부에 드는 자들은 모두 마음속에 야망을 품고 있다고 할 수 있어. 아니면 적어도 약간의 허영 정도는 있지. 그들이 사신부에 드는 것은 자신의

능력을 발휘해 명성을 얻거나 천목맹의 요직으로 올라서기 위
해서지. 지금이야 세 명의 총관과 사신부가 전부인 천목맹이
지만 일 년이 지나지 않아 수많은 조직이 생겨날 거고 점점 더
많은 고수들을 필요로 할 거야. 지금 사신부에 드는 사람들은
바로 그 자리를 노리고 있는 야심가들이 대부분이야.”

“뭐, 그렇긴 하군.”

대일이 고개를 끄덕였다.

“그래서 사신부에 드는 사람들은 가급적 맹의 대장로들에
게 든든한 지원을 받는 신장 아래에 들길 원하지. 현재 사신부
의 신장들은 모두 대장로들과 연관있는 사람들이야. 다시 말
해 대장로들도 사신부를 통해 자신들의 세력을 키워 나가게
될 거란 말이야. 사신부가 대장로들로부터 절대 자유롭지 못
하다는 의미지. 상황이 이렇다면 과연 너희들이라면 사신부
중 어느 곳에 들겠어?”

부루의 물음에 대일이 침중한 표정으로 대답했다.

“뭐, 듣고 보니 나라도 현무신부보다는 다른 곳에 들겠다.
네가 비록 제법 명성을 얻었다고는 하나 고 대협에게는 미치
지 못하고, 모용검천이나 이자천은 요동삼문의 후원을 받고
있으니 더더욱 현무신부보다는 공을 세우기 좋은 기회를 얻을
수 있겠지.”

“바로 그거야. 해서 우리 현무신부엔 사람이 적게 모인 것이
고, 모인 사람들조차도 그 능력에서 다른 세 개의 신부에 미치
지 못하는 거지. 그래서 너희들의 도움이 필요해. 너희들이 날

도와준다면… 이번 임황 출전에서 모용검천을 능가할 수 있을 것 같아."

"정말 우리만 가면 그를 이길 자신이 있는 거냐?"

송추월이 물었다. 그러자 부루가 고개를 끄덕였다.

"그래, 너희들만 있으면……. 내가 지난 일 년간 강호를 경험해 보니 너희들만 한 실력을 가진 사람이 정말 드물다는 걸 알게 됐어. 사실 너희들은 지금 사신부의 신장을 맡고 있는 사람들에 비해 결코 뒤떨어지지 않는 무공을 가지고 있거든. 너희들이라면 난 임황에서 누구보다 큰 성과를 낼 수 있을 거다. 임황으로의 출전은 지금 상황에선 나에게 무척 곤욕스런 명이야. 아직 완성되지 않은 전력을 데리고 나가야 하니까. 이대로라면 난 아마도 모용검천의 들러리나 하고 오게 될 거다. 하지만 너희들이 도와주면 상황은 정반대가 될 수 있다. 임황에서의 주인공은 모용검천이 아니라 내가 될 거야."

부루가 자신있게 말했다.

"다시 보세."

고모수가 송추월을 보며 말했다. 고월산장의 고수들이 고모수를 호위해 신단평을 떠날 준비를 하고 있었다.

"먼 길 편히 가십시오."

송추월이 공손하게 작별을 고했다. 송추월은 본래 누구를 대하든 상관없이 싹싹한 성정이 아니었지만 고월산장의 고 씨 부자에 대해서만은 언제나 예를 잃지 않았다. 그건 아마도 그

가 살아오면서 만났던 사람들 중 그 두 사람이 가장 광명정대
한 성품을 지니고 있다고 느끼기 때문일 터였다.

"혹 기회가 된다면 무룡에게 힘을 보태주기 바라네."

고모수가 고월산장으로 돌아가지 않고 천목맹의 청룡신부
신장으로 신단평에 남게 될 고무룡을 부탁했다.

"고 대협이야 제 도움이 필요한 분이 아니시지요."

"아니. 자네의 도움이라면 이곳에 모인 그 누구도 필요치 않
는 사람이 없을 걸세. 부탁하네."

"기회가 된다면 그리하지요. 그러나 그런 기회가 있을지 모
르겠습니다. 전 아마도 임황으로 가게 될 것 같습니다."

송추월의 말에 고모수가 의아한 표정을 졌다.

"임황으로?"

"네."

"자네가 왜……?"

"친구 놈이 함께 가자더군요."

"현무신장 말인가?"

"그렇습니다."

송추월의 대답에 고모수의 얼굴에 한줄기 아쉬움이 떠올랐
다.

"현무신장은 좋은 친구를 뒀군. 난 자네가 무룡이 곁에 있어
주길 바랐는데……. 하지만 어쩔 수 없지. 자네들이 함께 자란
죽마고우인 걸 모르는 바가 아니니. 임황에 가거든 몸조심하
게. 자네의 실력은 알지만 막북의 무인들은 거칠다네. 요동무

림이 용맹하다고 하나 막북무림의 거침은 단연 강호 최고일
걸세."

"걱정해 주셔서 감사합니다."

"그럼 무운을 빌겠네. 가자!"

고모수의 입에서 명이 떨어지자 고월산장의 고수들이 말을
몰아 신단평을 떠나기 시작했다. 고무룡은 구한산 경계까지
고모수를 배웅할 요량인지 고월산장의 고수들을 따라붙었다.

고월산장 고수들이 떠난 날 거의 대부분의 문파들이 신단평
을 떠났다. 한동안 요동무림의 고수들로 들썩였던 신단평은
스산한 느낌이 들 정도로 황량했다. 그러나 그 황량함도 채 삼
일을 가지 못했다. 고월산장이 신단평을 떠난 후 삼 일이 지났
을 때 다시금 신단평에 말과 마차의 행렬이 이어지기 시작했
다. 그리고 그 중심에는 천리표국이 있었다.

"돌아왔구나."

송추월과 곽풍산이 터덜거리며 걸어오는 대일을 반겼다.

"어, 피곤하다. 끙차!"

대일이 힘겹게 몸을 옮겨 송추월의 막사 앞에 놓인 통나무
의자에 앉았다.

"생각보다 빨리 왔네?"

곽풍산이 물었다.

"좀 서둘렀지. 천목맹의 출범이 대단하긴 대단하더라고. 가
니까 이미 조가장에서 식량을 모두 수레에 실어놓았더군. 그

래서 빨리 돌아올 수 있었어. 그런데 다행히 아직 출발하지 않
았군."

"내일 출발이다."

"그래? 늦지 않아 다행이다."

"국주의 허락은 받았어?"

"어렵게 받아냈다. 천목맹의 재정을 표국에서 총괄하게 되
어서 사람이 크게 부족하거든. 천리표국은 당분간 천목맹의
일에만 집중할 수밖에 없는 처지야. 사람이 부족해서 다른 표
행은 꿈도 못 꾸는 실정이지. 뭐, 그것도 표국을 위해 나쁜 것
은 아니지만."

"그래도 용케 허락을 받아냈네?"

"국주께서 그러시더군, 표국이 천목맹에서 좀 더 단단한 입
지를 구축하려면 그저 재물이나 조달하는 입장에서 벗어나야
한다고. 다시 말해, 나 한 명 정도는 맹을 위한 싸움에 나설 필
요가 있다는 의미지."

"맞는 말이다."

송추월이 고개를 끄덕였다.

"적당히 하지 말고 제대로 하라는 말로 들리는데?"

곽풍산이 실소를 흘리며 말했다.

"그런 것 같기도 하고. 그런데 부루 녀석은?"

"바쁜 모양이더라."

"현무신부에 사람은 좀 모였어?"

"그래 봐야 칠십 정도. 그나마 쓸 만한 사람은 채 삼십이 되

지 않고. 쉽진 않겠어."

"그래도 일단 동패를 받은 사람들이니 어느 정도 실력은 있겠지."

"그렇긴 하지만 상대는 막북의 고수들이야."

"일단 가보면 무슨 수단이 나오겠지."

마침 그때 멀리서 부루의 모습이 나타나더니 빠른 속도로 송추월 등이 있는 곳으로 다가왔다.

"왔구나. 혹시 내일까지 안 오면 어쩌나 걱정했다."

부루가 도착하자마자 대일을 반겼다.

"네 녀석한테 싫은 소리 안 들으려고 서둘렀다."

"고맙다."

"고맙긴. 그런데 준비는?"

"뭐, 그런대로 대충 끝냈다."

"모두 몇이야?"

"정확하게 육십일곱. 네 녀석들까지 해야 겨우 칠십이다."

"다른 곳은?"

"다른 곳은 모두 일백 명 인원을 채웠다."

"낄낄, 이거 천하의 부루 체면이 말이 아니군."

대일이 재밌다는 듯 나직하게 웃음을 흘렸다. 그러자 부루가 눈빛을 반짝이며 말했다.

"지금이야 그렇지만 다시 이 신단평으로 돌아올 땐 다른 상황이 되어 있을 거다. 나의 현무신부가 사신부 중 가장 강한 세력이 될 테니까."

"네 녀석 자신감이야 언제나 대단하지. 좋아, 반드시 그렇게 만들어라. 그렇지 않으면 우리가 따라가는 의미가 없을 테니."

"좋은 소식도 있다."

"응? 뭔데?"

대일이 부루를 보며 물었다.

"낭왕이 두 명의 고수를 보냈어."

"낭인을?"

"오랫동안 낭왕의 수족이었던 사람들이라더군."

"그래? 괜찮아 보여?"

"보통 인물들이 아니야. 낭인으로 살아와서 그런지 거친 면이 있지만 실력 면에서는 믿을 만한 것 같아. 두란, 목아라는 이름을 가지고 있는데, 쓸모가 많을 것 같아. 너희들도 두 사람을 기억해 둬."

"낭왕이 확실히 네 편에 선 모양이군."

송추월이 담담하게 말했다. 그러자 부루가 조금 어두운 표정으로 말했다.

"물론 지금은 그래. 하지만 솔직히 그의 속내는 잘 모르겠다. 그가 과연 어디까지 날 도울 것인지, 그리고 그의 야심이 어디까지인지 말이다. 두란, 목아 두 고수를 보낸 것도 날 돕겠다는 의미도 있지만 혹여라도 자신의 뒤를 칠까 날 감시하겠다는 의미도 있겠지."

"그럴 수도 있겠군. 우리라도 잘 살피마."

"그래 줘. 어쨌든 내일 출발한다. 임황까지는 대략 보름 정도 걸릴 거야."

"알았다."

송추월이 고개를 끄덕였다.

차가운 아침 공기가 채 가시기도 전에 신단평에 수백의 고수들이 모여들었다. 각 문파의 고수들이 떠나 빈집 같던 신단평 어디에 이렇게 많은 고수들이 숨어 있었나 놀랄 정도로 천목 주변은 금세 사람의 물결로 일렁였다. 그리고 그 중심에 백선 서언이 있었다.

"모두들 모이셨소?"

"옛, 총관!"

백선 서언의 말에 고수들 앞에 나와 선 현무신장 부루와 주작신장 모용검천이 동시에 대답했다.

"늦지 않게 모여줘서 고맙소. 내 늙은이 노파심으로 몇 가지 당부를 하고자 하오."

"경청하겠습니다."

다시 모용검천과 부루가 고개를 숙여 보였다. 그러자 백선 서언이 부드러운 표정으로 미소를 지으며 입을 열었다.

"모두 아시겠지만 이번 출정은 우리 천목맹의 입장에선 무척 중요한 의미를 지니고 있소. 첫째로 막북무림과의 경계를 확실히 해 천목맹의 안위를 굳건히 해야 하는 목적이 있고, 둘째로 천목맹이 선 후 첫 번째 출정인만큼 그 힘을 과시해 강호에 천목맹의 위세를 증명해야 하는 책임도 있소이다. 그런 면에서 이번 출정은 단순히 임황을 지키느냐를 떠나 그보다 더 엄중한 의미가 있는 출정이라 하겠소."

"명심하겠습니다."

부루와 모용검천이 다시 고개를 숙여 보였다.

"두 분 신장은 아마도 어려움이 많을 것이오. 비록 맹이 섰다고는 하나 각 부에 모인 고수는 저마다 다른 배경과 다른 삶을 살아온 사람들이오. 이들을 하나로 묶어내 막북의 고수들을 상대해야 하니 결코 쉬운 일이 아닐 것이오. 부디 서로 간의 화목이 깨지지 않게 각별히 신경 써주시기 바라오. 본래 싸움이란 외부의 적을 상대하는 것보다 내부의 화합을 도모하는 데서 그 승리를 찾아야 함을 명심하시기 바라오."

"알겠습니다."

"음… 이번 임황 행에는 우리 대장로 중 두 분이 동행하게 될 것이오."

순간 사람들의 얼굴에 놀란 빛이 떠올랐다. 이번 출정에 대장로들이 동행하게 될 거란 사실은 전혀 알려지지 않은 일이기 때문이었다.

"언제 결정된 일입니까?"

그동안 서언에 대해 공손한 모습을 보이던 모용검천의 태도가 조금 변했다. 그는 마치 자신의 영역에 외부인이 침입한 것 같은 거부감을 드러내며 서언에게 질문을 던졌다.

"어제 결정된 것이네."

"하면… 대장로님들의 합의하에 진행된 일은 아니군요."

"그렇다네. 이 일은 어제 나와 두 부총관, 그리고 이곳에 남아 있는 대장로들의 합의로 결정된 일이네. 이미 자파로 복귀한 대장로님들의 동의는 얻지 못했네. 하지만 남아 있는 대장로들의 합의로 이루어진 일이니 크게 문제는 없을 거라 보네만, 다른 생각이 있으신가?"

백선 서언 역시 얼굴에서 미소를 지웠다. 비록 모용검천이 사신부 중 하나인 주작신부의 신장이고 또한 그 뒤에 모용세가라는 대단한 배경을 가지고 있다고 하지만 자신의 결정에 반발할 위치는 아니라고 생각하는 모양이었다. 그러나 그런 서언의 태도에도 모용검천은 별반 신경 쓰지 않았다. 대신 그는 또 다른 질문을 여전히 도전적인 표정으로 서언에게 던졌다.

"대장로 두 분께서 단순하게 동행하신다는 결정이야 달리 문제 삼을 일은 아니지요. 하지만 애초에 사신부의 신장이 정해져 있는 마당에 다시 대장로들께서 사신부를 지휘하신다면 모양새가 썩 좋아 보이진 않습니다만… 총관께선 어찌 생각하시는지요?"

"걱정 마시게. 주작신장이 걱정하는 일은 없을 걸세. 이번에 임황에 동행하는 두 분 대장로께서는 막북무림과의 관계를 어떻게 설정해야 할지를 결정하러 가는 것이지, 사신부를 지휘하기 위해 가는 것은 아닐세. 신장들의 권한을 침범하진 않을 걸세."

"그러나 결국 동행하신 대장로님들에 의해 일의 전후가 결정될 것이지 않습니까?"

"그건 맞네. 우리 생각은 이렇다네. 비록 주력으로 사신부의 두 곳이 출정하지만 임황에서 막북무림과 가능한 싸움을 벌이지 않고 그들을 물러가게 하는 것이 가장 상책이라는 것일세. 그를 위해서는 노련한 대장로들이 갈 필요가 있다고 본 것이지. 물론 싸움이 시작되면 사신부가 주력이 되어 그들과 싸우게 될 것일세. 그땐 두 신장의 능력을 기대하겠네. 하지만 싸움이 시작되기 전까지는 모든 일을 동행하는 대장로들이 결정하게 될 것일세. 또한 싸움을 한다 해도 그 싸움의 범위도 대장로들이 정하게 될 것일세. 이게 우리의 결정이네. 문제있나?"

서언이 재차 강한 어조로 모용검천에게 물었다. 그러자 모용검천이 얼굴을 붉히며 말했다.

"애초에 임황의 일은 주작신부와 현무신부에게 일임된 일이었습니다. 그건 곧 임황에서의 모든 일을 우리 주작과 현무 양부의 신장들이 결정하게 되어 있었다는 것이지요. 그건 맹 대장로님들 전체의 뜻에 의해 결정된 일입니다. 그런데 지금 일부 대장로님들께서 전체 대장로님들이 합의한 약속을 깨고 임황 출정 고수들의 수장을 변경하시는 것은 무척 위험한 일이지 않겠습니까? 이래 가지고야 누가 향후 맹의 결정을 신뢰하고 따르겠습니까?"

모용검천은 임황에 파견된 천목맹의 수장 자리를 내어놓을 생각이 없는 모양이었다. 한편으론 그의 반발은 이해할 수 있는 일이기도 했다. 임황에서 막북무림을 상대해 큰 공적을 쌓는다면 모용검천은 단숨에 천목맹의 중심으로 떠오를 수 있었다. 그 기회를 이대로 놓치기에는 그의 야심이 너무 컸다.

"자네도 주작신장과 같은 생각이신가?"

문득 백선 서언이 부루에게 물었다. 그러자 부루가 잠시 생각에 잠겼다가 입을 열었다.

"저로서는 이 문제에 대해 왈가왈부하고 싶지 않습니다. 개인적으로는 총관께서 결정하신 일에 반대할 이유가 없다고 봅니다. 하지만 주작신장께서 걱정하시는 일 또한 타당하지 않은 것은 아닙니다. 비록 그 목적이 옳다고 해도 일의 순서가 어긋나면 사람들의 동의를 얻지 못하는 법이니까요. 해서 제 생각에는……."

부루가 조심스럽게 말을 흐렸다.

"말해보게."

"이러면 어떻겠습니까? 일단 총관께서 결정하신 대로 두 분 대장로께서 저희와 함께 동행하시고 임황에 도착할 때까지 보름여의 시간이 있으니 그사이 전서구를 보내 이번 결정에 참여하지 않으신 대장로님들의 동의를 구하시는 것이. 만약 대장로님들 중 누구라도 반대를 한다면 그땐 애초의 결정대로 현무와 주작 두 사신부만이 임황에서 막북무림을 맞이하는 것으로 하면 될 듯합니다만……."

부루의 말에 서언이 고개를 끄덕였다.

"흠, 그런 방법이 있었군. 알겠네. 조언 고맙네. 주작신장!"

"말씀하시지요."

모용검천이 턱을 세우고 서언을 바라봤다.

"방금 전 현무신장이 말한 대로 일단 대장로들과 함께 동행을 하시게. 이후 이번 결정에 참여치 않으신 대장로들께 내가 동의를 구하겠네. 그러면 되겠는가?"

서언의 말에 모용검천이 못마땅한 표정을 짓기는 했지만 거부할 수 없는 제안이라 고개를 끄덕였다.

"그리하시겠다면 따르지요."

"알겠네. 이거 시작부터 썩 쉽지가 않구먼! 다음번 대장로들의 회합에서 총관의 권한이 어디까지인지 정해야겠어. 어쨌든 그럼 이제 출발들 하시게."

서언이 조금 피곤한 기색으로 출발을 명했다. 그러자 부루가 재빨리 물었다.

"함께 가시는 분들은 어느 분들이신지?"

부루의 말에 서언이 손을 들어 자신의 이마를 쳤다.

"아! 이런 내 정신 좀 보게. 이런 정신으로 무슨 총관을 하겠다고. 흠, 두 분 나오시지요?"

백선 서언이 뒤를 돌아보며 말하자 그의 뒤쪽에서 통천 가섭과 낭왕 별고가 서언의 곁으로 나섰다.

"통천과 낭왕 두 분 대장로께서 동행하실 것이네. 두 분이라면 자네들의 행보에 큰 도움이 될 걸세. 두 분, 하실 말씀이라도……?"

"대장로들의 동의가 있을 때까지야 우리 두 사람은 손님인데 할 말이 뭐가 있겠습니까? 그저… 조용히 따라가지요."

통천 가섭이 미소를 지으며 대답했다.

"하하, 그러시겠습니까? 그럼 편히 다녀오십시오."

서언이 기분이 풀렸는지 시원한 웃음을 터뜨렸다. 잠시 후 웃음을 멈춘 서언이 현무신부와 주작신부 고수들을 보며 출정을 명했다.

"자, 출발들 하시게. 양 신부의 형제들 모두 무사히 돌아오길 바라겠네!"

서언의 명이 떨어지자 현무신부와 주작신부의 고수들이 천천히 말머리를 돌려 신단평의 남쪽 길을 향해 움직이기 시작했다.

第九章
초설(初雪)

第九章
초설(初雪)

화마경

일행은 작은 강줄기를 따라 이동했다. 아침저녁으로 서리가
내렸다. 강바람을 피해 숲으로 들어갈 수도 있었지만 임황까
지 가장 빠른 시간 안에 도착하기 위해서는 강을 따라가야 했
다. 덕분에 일행은 강에서 불어오는 차가운 바람을 견뎌내야
했다.

하늘이 잿빛으로 물들었다. 오랜 여행으로 우울해진 분위기
가 일행을 뒤덮고 있었다. 사람들은 무거운 하늘만큼 침묵했
다. 침묵의 무게는 시간이 지날수록 점점 더 강해져서 드디어
그 무게를 견디지 못하게 되었을 때 눈으로 변했다.

"눈이 오네. 젠장!"

대일이 투덜거렸다. 송추월과 대일, 그리고 곽풍산은 현무

신부의 가장 뒤쪽에서 이동하고 있었다. 지친 현무신부의 고수들은 말에서 꾸벅꾸벅 졸기도 했다. 그 어깨 위에 올해 들어 처음으로 눈이 내려앉았다.

"좋구만. 장백은 벌써 눈 천지일 거야."

곽풍산이 장백이 그리운지 고개를 돌려 동쪽을 바라보며 대답했다.

"좋기는, 이제 곧 한파가 몰아치면 우린 모두 동태가 되어버릴 거라고."

대일이 투덜거렸다.

"임황은 추운 곳인가?"

송추월이 물었다.

"넌 가끔 멍청한 소리를 하더라. 장성 너머 겨울에 춥지 않은 곳이 있냐?"

대일이 송추월을 타박했다.

"그나마 말이다."

"추울 거다. 막북에서 불어오는 바람이 만만치 않을 거야."

"힘든 겨울이 되겠군."

"일이 빨리 끝나길 바라야지. 아, 따뜻한 방이 그립다."

대일이 눈을 아스라이 뜨고 말하는 순간 일행의 가장 앞에 선 현무신장 부루의 목소리가 들려왔다.

"숙영한다!"

부루의 명은 짧았다. 그러나 그 명에 현무신부의 고수들이 재빠르게 움직이기 시작했다. 누워 쉬고 싶다는 욕망이 부루의 명을 빠르게 받아들이게 만든 것이다.

"이제야 좀 쉬어가는가 보군."

천목맹 고수들은 신단평을 떠난 후 하루에 두 시진 이상 잠을 자지 않았다. 막북무림과의 임황 쟁탈전이 벌어진다면 누가 먼저 임황의 요지를 차지하느냐가 초기 전세를 결정지을 것이기 때문에 한시라도 빨리 도착해야 했다. 해서 밤낮없이 급히 서두르는 길, 송추월 일행에게도 휴식은 달콤한 선물이었다.

"어차!"

대일이 서둘러 짐을 싣고 있는 말에서 천막을 끄집어냈다. 그리고는 능숙하게 강변을 바라보며 천막을 쳤다. 일 년밖에 되지 않은 표사 생활이었지만 그 경험만으로도 대일은 노숙하는 데 능숙했다.

서연이 머물 작은 천막까지 친 후 대일이 손을 툭툭 털며 팔짱을 끼고 선 채 자신이 천막을 치는 모습을 바라보고 있던 송추월과 곽풍산에게로 다가왔다.

"보기만 하냐?"

"뭘 도울 새나 있어야지. 네 녀석이 워낙 빨리 막사를 치니……."

"흐흐, 핑계가 좋다. 그나저나 일단 불 좀 피우자."

대일이 천막 사이의 공간에 돌을 쌓아 불 피울 곳을 마련했다. 그사이 송추월 등은 제법 큰 바위를 가져와 의자 삼아 엉덩이를 바위에 붙이고 앉았다.

눈이 내리고 있었지만 초설이라 눈발이 강하지 않은 탓에 모닥불은 금세 피어올랐다. 모닥불이 전해주는 온기가 얼었던 몸을 부드럽게 만들었다.

"이제야 좀 살 것 같군."

"그러게 말이야. 역시 따뜻한 게 최고다."

대일과 곽풍산이 두런두런 말을 주고받았다. 대일은 그 와중에도 제법 큰 그릇을 내려 모닥불 위에 걸고 물을 부었다. 연후엔 말린 육포를 칼로 조금씩 뜯어내 그릇에 넣기 시작했다.

"그나저나 저 노인들은 본래부터 아는 사이였나?"

곽풍산이 문득 고개를 돌려 일행과 조금 떨어진 곳에 막사를 치고 앉아 있는 세 명의 노인을 바라봤다.

"그러게 말이다. 인연이 있을 거라곤 생각지 못했는데……."

송추월도 고개를 갸웃했다.

"황 사숙은 강호에 발이 넓은 편이에요."

서연이 말을 거들었다.

한곳에 모여 있는 세 노인은 신단평에 마실 삼아 왔다가 임황까지 동행하게 된 황종보와 신단평 천목맹의 대장로로 뒤늦게 동행이 결정된 낭왕 별고와 통천 가섭이었다. 세 사람은 일행이 신단평을 떠난 이후부터 줄곧 동행하고 있었다, 마치 오래전부터 함께 지내온 사람처럼. 모르는 사람이 보면 이상할 것 없는 일이지만 그러나 세 사람을 모두 알고 있는 송추월 등에게는 기이한 일이었다.

　황종보와 가섭, 그리고 낭왕 별고는 서로 어울리지 않은 사람들이었다. 황종보는 양산종의 후예로 무림에 잘 알려지지 않은 고수였고, 통천 가섭은 지모로 요동제일을 다투는 강호의 유명 인물이었으며, 낭왕 별고는 사람들이 천시하는 낭인으로 늙어온 사람이었다. 이 세 사람은 비록 그 무공이 고강하다는 공통점은 있지만 서로 살아온 환경이 크게 다른 사람들이었다. 그런데 그런 그들은 신단평을 떠난 이후 줄곧 함께 이동하고 있는 것이었다.

　"뭐 통천 어른과 낭왕이야 같은 천목맹의 대장로이니 그럴 수 있다고 쳐도 황 어르신은 조금 의외긴 하군."

　곽풍산과 대일 등도 송추월을 통해 황종보와 제법 친분을 쌓아 이젠 스스럼없이 대화를 나누는 사이가 되어 있었다.

　"나이가 비슷하니 어울리게 된 모양이지. 자, 먹어들!"

　어느새 끓는 물에 들어간 육포가 부드럽게 풀어져 있었다. 대일의 권유에 사람들이 누가 먼저랄 것도 없이 요기를 하기 시작했다.

　쐐애액!

　송추월 등이 정신없이 요기하고 있을 때 문득 어둑해지는 하늘을 뚫고 한 마리 새가 날아왔다. 그리고는 무서운 속도로 낭왕 별고가 있는 곳을 향해 떨어져 내렸다.

　"전서군가?"

　"그런가 보군. 맹에서 온 소식인가?"

대일과 곽풍산이 낭왕 별고에게 날아든 전서구에 관심을 보였다. 그런데 그때 전서구를 받아 든 낭왕 별고가 벌떡 자리에서 일어났다. 그리고는 통천 가섭과 함께 서둘러 일행의 앞쪽에 있는 부루를 향해 걸음을 옮겼다.

"졸지에 혼자가 되어버려서……."

가섭과 별고가 부루가 있는 쪽으로 달려가자 혼자 남게 된 황종보가 어기적거리는 걸음으로 송추월 등이 있는 곳으로 다가서며 겸연쩍게 말했다.

"식사는 하셨어요?"

서연이 물었다.

"어, 육포를 뜯었다. 보자. 아, 여긴 고깃국일세?"

"좀 드세요."

"그럼 그럴까? 이거 따뜻한 국물 구경한 지가 오래돼서 말이야."

황종보가 입맛을 다시며 서둘러 서연이 건네준 숟가락으로 육포로 끓인 고깃국을 떠먹기 시작했다.

"그런데 무슨 일입니까?"

정신없이 고깃국을 먹고 있는 황종보에게 대일이 물었다.

"전서가 왔어."

"그건 알겠는데, 무슨 전서입니까?"

"뭐, 예상했던 거지. 앞서 신단평을 떠날 때 약속했던 대로 맹에 남은 백선이 각지로 흩어진 대장로들에게 이번 임황 행의 우두머리를 통천과 낭왕 두 대장로로 하자는 것에 대한 추인을 받은 모양이야. 그래서 그 결과를 알려주는 전서구야. 더불어 막북무림의 고수들이 임황으로부터 칠 일 거리에 도달했다는 소식도 있더군. 전서가 날아오는 시간이 있으니 지금쯤은 닷새 거리에 있으려나?"

"그럼 급하군요."

"그렇지. 앉자마자 떠나야 할지도……."

"젠장. 잠도 한숨 못 자고 가는 거 아냐?"

곽풍산이 투덜거렸다. 그리고 곧이어 그의 걱정은 현실이 됐다.

"한 시진 후 출발한다. 잠시 눈을 붙여라."

일행의 앞쪽에서 부루의 목소리가 들려왔다.

"얼씨구. 말이 씨가 된다더니 정말일세."

곽풍산이 어이없다는 듯 소리쳤다.

"눈 좀 붙이게. 앞으로 쉬지 않고 달릴 모양이니."

황종보가 드디어 온전히 배를 채웠는지 느긋한 표정으로 말했다.

"그래야겠네요. 나 먼저 들어간다."

곽풍산이 자리를 털고 일어나 막사 안으로 들어갔다. 하지만 다른 사람들은 여전히 자리에 앉아 있었다.

"그럼 이제 통천 어른과 낭왕이 이 일행을 지휘하게 되는 겁니까?"

대일이 물었다.

"글쎄. 아무래도 그렇게 되지 않겠나? 물론 양 신부의 지휘야 여전히 신장들이 하겠지만 임황에서 막북무림을 상대하는 일의 결정권은 아무래도 두 사람에게 있다고 봐야지."

"흐흐, 부루 녀석에겐 안된 일이지만 모용검천 그 작자가 낙심할 생각을 하니 재밌기도 하군."

"애송이야."

"아이구, 대모용세가의 소가주를 어찌 애송이라 하십니까? 나이도 적지 않고요."

"흥, 모용우가 자식을 잘못 키웠어. 큰 인물 되기는 어려울 것 같아."

황종보가 냉정하게 말했다. 그러자 서연이 거들었다.

"모용세가주도 그 사실은 알고 있을 거예요. 해서 예전부터 모용세가의 후계자가 바뀔지도 모른다는 소문이 돌고 있잖아요."

"어, 그런 소문이 있었어요?"

대일이 물었다.

"그래요. 모용세가주에게는 두 명의 아들이 있지요. 첫째가 지금의 주작신장인 모용검천이고, 둘째가 모용검중이라고 하는데, 알려진 바에 의하면 모용검중은 그 형과 달리 지모가 뛰어날 뿐 아니라 호인이라고 하더군요. 해서 사람들 사이에선 모용검중이 결국 모용세가의 가주가 될 것이란 소문이 파다하죠. 모용검천이 그토록 이번 일에서 공을 세우고 싶어하는 것은 천목맹에서의 권세도 권세지만 세가의 가주 자리를 동생에게 빼앗기고 싶지 않기 때문일 거예요."

"흠, 그런 사정이 있었군요."

대일이 고개를 끄덕였다. 그런데 송추월이 서연의 말을 듣고 걱정스런 표정으로 입을 열었다.

"그렇다면 좀 위험할 수도 있겠군요."

"뭐가 위험하단 거야?"

대일이 물었다.

"공을 노리다 보면 아무래도 무리를 하지 않겠어?"

"하지만 그렇게까지 어리석지야 않겠지."

"아니, 욕심이 앞서면 아무리 뛰어난 자도 이성을 잃게 되지. 하물며 모용검천이야……."

"아마도 모용세가주 모용우가 통천과 낭왕이 이 일행을 통제하는 것에 동의한 이유도 자신의 아들을 신뢰하지 못했기 때문일 걸세. 다행히 두 사람이 있으니 모용검천도 경거망동은 하지 못할 걸세."

"그건 다행이군요."

"자, 조금이라도 자두세. 이거 괜히 따라와서 고생만 하는군. 난 중간에 빠져야 할지도 모르겠어."

"어디로 가시려고요?"

서연이 만류하듯 물었다.

"뭐, 아무 데나… 기분 내키는 대로. 좀 고생이 심해진다 싶으면 발을 빼는 게 좋을 것 같아. 내가 천목맹의 사람도 아니고 고생할 이유가 없지."

황종보가 투덜거리며 자신의 막사가 있는 쪽으로 걸음을 옮겼다.

뿌우우! .

한밤중에 뿔피리가 울렸다. 강변에서 잠시 눈을 붙였던 천목맹의 고수들이 서둘러 일어나 어둠 속에서 천막을 걷었다. 그리곤 눈을 비비며 말에 올라 길을 재촉했다.

하늘에 별도 없었다. 어느새 눈발이 굵어지고 있었다. 초설치고는 꽤 많은 눈이 내리고 있었다. 그래서 그 밤이 지나고 아침이 밝았을 때 사람들은 순백의 세상을 걷고 있었다.

"야, 보긴 좋구나."

대일이 탄성을 흘려냈다. 강 양쪽의 언덕이, 천하가 하얗게 눈에 덮여 있었다.

"이제 정말 겨울의 시작이군."

곽풍산도 하얗게 변한 세상에 감탄사를 흘려냈다.

"하지만 고생의 시작이기도 하죠."

서연이 빙긋 웃으며 말했다.

"하하, 그렇지요. 이제부턴 추위와 싸워야 할 테니까. 하지만 어쨌든 오늘은 제법 기분이 괜찮네요."

그때 멀리서 부루의 목소리가 들려왔다.

"속도를 높인다!"

"망할 녀석, 쉴 틈을 주지 않는구나!"

곽풍산이 투덜댔다. 그러나 곽풍산의 투덜거림에도 아랑곳

하지 않고 부루를 선두로 한 현무신부의 고수들이 일제히 말
에 박차를 가하기 시작했다. 곧이어 천지가 말발굽 소리로 뒤
덮였다.

　눈은 이틀 동안 내렸다. 첫눈이 이렇게 많이 온 것은 수십
년래 처음이라는 말이 현무신부 고수들 사이에서 흘러나왔다.
눈이 온 탓에 발은 늦어졌고, 또한 그 탓에 휴식은 더욱 줄어들
었다. 그렇게 나흘, 드디어 황량하던 풍경에 하나둘 초가들이
나타나기 시작했다.
　"북쪽 벽산(碧山)으로 간다!"
　언제 눈이 왔냐는 듯 파랗게 갠 하늘로 부루의 목소리가 터
져 나왔다. 그러자 일행의 선두가 방향을 북쪽으로 틀었다. 그
때,
　두두두!
　거친 말발굽 소리가 지축을 울렸다. 사람들이 황급히 말발
굽 소리가 들린 곳으로 고개를 돌려보니 백여 명의 인물이 말
을 몰아 일행 쪽으로 다가왔다.
　"주작신부군."
　대일이 다가오는 자들의 정체를 금세 알아보고 중얼거렸다.
애초에 신단평을 떠난 현무신부와 주작신부는 다른 길을 통해
임황으로 향했다. 만약의 경우 한쪽이라도 막북무림의 고수들
보다 먼저 임황에 도착해야 한다는 현실적인 이유도 있었지
만, 그보다는 모용검천의 승부욕에서 시작된 일이었다.

모용검천은 현무신부와 주작신부 양 부가 동원된 이번 일에서 자신의 뛰어남을 확실하게 증명해 보이고 싶어했다. 조건도 좋았다. 비교될 자가 대산문의 젊은 총관인 부루였다. 비록 부루가 사신부 신장을 검증하는 비무에서 두 차례 뛰어난 무공을 선보임으로써 천목맹 고수들의 인정을 받았지만, 모용검천은 여전히 부루를 한 수 아래로 내려다보고 있었다. 그리고 이번 기회에 자신이 다른 사신부의 신장들보다 뛰어남을 증명해 보이려는 욕망으로 들끓고 있었다.

모용검천의 욕망은 출발부터 시작됐다. 다른 길을 선택함으로써 임황에 도착하는 것부터 현무신부를 압도하려던 것이 모용검천의 계획이었던 것이다. 그러나 그의 계획은 시작부터 보기 좋기 어긋났다. 그가 임황의 경계에 들어섰을 때 부루가 이끄는 현무신부도 역시 임황의 경계를 넘었기 때문이다.

임황에 도착한 이상 양 신부가 나뉘어져 있을 이유가 없었다. 또한 모용검천도 도중에 대장로들의 결정을 들었기에 스스로 말을 몰아 현무신부의 고수들이 있는 곳으로 달려왔던 것이다.

"어서 오십시오."

부루가 앞으로 달려나가 주작신부의 고수들 앞에서 다가오고 있는 모용검천을 맞이했다.

"현무신장의 능력이 과연 대단하구려. 이렇게 일찍 임황에 도착할 줄은 몰랐소이다."

모용검천이 짐짓 탄복한 표정으로 말했다.

"모두 막북의 고수들 덕이지요. 그들이 임황에 가까이 왔다는 전갈에 서둘지 않을 수 없었습니다."

"그 소식은 나도 들었소이다. 그래, 두 분 대장로께선 어찌하시겠다고 합디까?"

"일단 임황 북쪽의 벽산을 점령하라 지시하셨습니다."

"벽산이라……. 역시 노인네들이라 그런지 너무 조심하는군."

"주작신장께선 다른 생각을 갖고 계셨습니까?"

"나에게 결정권이 있다면 난 즉시 임황으로 들어가 용천문의 문주를 만났을 것이오."

"용천문주를요?"

"비록 막북무림과 우리 천목맹이 임황을 두고 힘겨루기를 한다고 하더라도 결국 임황의 주인은 용천문이오. 다시 말해, 용천문을 손에 넣는 쪽이 임황을 손에 넣는다는 말이오. 그러니 단번에 용천문으로 향하는 것이 가장 쉽고 빠른 방법일 것이오."

"하지만 그 방법은 용천문을 자극할 수도 있지요. 용천문이 천목맹을 우군이 아니라 점령자로 생각할 수도 있습니다."

"그들이 어찌 생각하든 그건 중요한 문제가 아니오. 용천문을 대막무림보다 먼저 손에 넣는 것이 중요한 문제지."

모용검천이 차게 말했다. 그런 모용검천을 보며 부루가 묘한 미소를 지었다. 그러면서 달래듯 말을 했다.

"아무래도 대장로들께선 세간의 평판을 신경 쓰지 않을 수

없었을 겁니다. 어쩌겠습니까? 결정은 난 것이고, 임황에서의
일은 대장로들께 그 결정권이 주어졌으니 따를밖에. 일단 벽
산으로 가지요."

"그럽시다. 하지만 앞으로 좀 답답할 것 같구려. 역시 나이
든 사람과 일을 하는 것은 피곤한 일인 듯하오. 모두 벽산으로
출발하라!"

모용검천이 고개를 돌려 주작신부의 고수들에게 명을 내렸
다. 그러자 주작신부의 고수들이 앞을 다퉈 북쪽으로 말을 몰
기 시작했다.

"두 분은 어디 있소이까?"

주작신부의 고수들이 출발하자 뒤늦게 모용검천이 두 대장
로의 행방을 물었다.

"따라오시지요."

부루가 모용검천을 이끌고 현무신부의 고수들 속으로 이동
했다.

벽산은 임황 북쪽에 위치한 산이다. 흥안령 끝자락에 위치
한 덕에 임황이 한눈에 내려다보였고, 북쪽을 제외한 동서남
삼면의 평원을 한 시야에 두는 요충지였다. 그 벽산을 향해 천
목맹의 고수들이 맹렬하게 말을 몰았다.

두두두!

벽산으로 달려가는 천목맹 고수들의 말발굽 소리가 우레처
럼 일어났다. 근자에 내린 눈으로 벽산의 중턱부터는 눈으로

덮여 있었다. 눈 덮인 산봉우리가 왠지 모를 신령스러움을 느끼게 만들었다.

"저기가 벽산이군."

곽풍산이 눈 덮인 벽산의 주봉을 보며 입을 열었다. 송추월 등은 서둘지 않았다. 자연히 그들은 천목맹의 고수들로부터도 한참 떨어진 곳에서 말을 몰고 있었다.

"꽤 높은데?"

대일도 생각보다 높은 벽산에 놀란 듯 중얼거렸다.

"눈이 덮여서 더 높아 보이는 것일 걸세."

황종보가 입을 열었다. 천목맹의 두 대장로가 천목맹 고수들의 우두머리로 정해진 후 황종보는 그들과 떨어져 송추월 일행과 함께 움직이고 있었다. 중간에 다른 길을 가겠다던 그의 말은 지켜지지 않았는데 그 이유는 아무도 몰랐다.

"막북의 고수들은 아직 오지 않은 모양이지요?"

서연이 눈을 가늘게 뜨고 벽산을 바라보며 말했다.

"그런 모양이군요. 사람들이 보이지 않아요."

송추월이 서연의 말에 대답했다.

"자자, 우리도 어서 가보자고. 좋은 자리를 잡아야 편히 지내지."

황종보가 일행의 걸음을 재촉했다.

서연의 예상은 반은 맞고 반은 틀렸다. 송추월 등이 급히 말을 몰아 천목맹 고수들을 따라잡았을 때 문득 서쪽에서 거대

한 소음이 일어났다. 벽산 서쪽으론 일정한 거리까지 초원이
이어지다 아스라한 거리에서부터는 사막이 펼쳐졌다. 소음은
그 사막과 초원의 경계 지점에서 일고 있었는데, 그곳은 눈이
내리지 않았는지 뿌연 먼지가 소음과 함께 구름처럼 일어나고
있었다.

　"막북의 고수들이군."

　황종보가 눈을 가늘게 뜨며 말했다.

　"다행이군요. 저들보다 먼저 벽산에 오를 수 있을 것 같으
니."

　대일이 안도의 한숨을 쉬며 말했다.

　"아직은 모르네. 보게, 본대 앞쪽으로 나온 자들은 만만치
않은 거리에 있네."

　"아! 앞서 나온 자들이 있었군요. 이거… 잘못하면 벽산을
두고 시작부터 싸움이 벌어질 수도 있겠는데요?"

　대일이 경계심을 드러내며 말했다. 그때 일행의 앞쪽에서
부루와 모용검천이 번개처럼 앞으로 말을 몰아가기 시작했다.
아마도 그 두 사람도 막북의 고수들이 출현한 것을 눈치챈 모
양이었다.

　"가봐야 하는 거 아냐?"

　곽풍산이 고개를 돌렸다. 부루와 모용검천을 따르는 자들은
겨우 십여 명, 자칫하면 위험에 빠질 수도 있는 숫자였다. 물론
현무신부와 주작신부의 나머지 고수들도 속도를 높이고 있었
지만 부루와 모용검천을 따라붙기에는 역부족이었다.

“가보자.”

송추월이 앞으로 말을 몰아 나갔다. 그러자 대일과 곽풍산이 지체없이 그 뒤를 따랐다.

“대단한 사람들이야.”

송추월 등이 앞으로 달려나가자 황종보가 중얼거렸다.

“누가요?”

서연이 묻자 황종보가 턱으로 송추월 등을 가리키며 말했다.

“저 산적 친구들 말이야. 난 이런 생각이 드네, 이 임황에서의 주인공은 천목맹도 막북무림도 아닌 바로 저 친구들이 되지 않을까 하는 생각 말일세. 내가 쉽게 이곳을 떠나지 못하는 이유도 저 친구들을 구경하기 위해서지. 후후.”

부루와 모용검천은 단숨에 벽산을 타고 올라 주봉 아래에서 방향을 틀었다. 두 사람은 주봉에서 남쪽 능선을 타고 서쪽으로 이동했다. 벽산 서쪽의 능선은 완만한 경사를 이루고 있어 말은 더욱 속도를 냈다. 그런데 두 사람이 경사를 이루며 아래로 내려가다 마치 파도가 일어나듯 다시 솟구친 작은 봉우리를 넘기 위해 능선을 타고 오르려는데, 그 작은 봉우리 위에서 일단의 인물들이 성벽처럼 늘어서며 두 사람의 앞길을 막았다.

히히힝!

급히 당긴 고삐에 부루와 모용검천을 태우고 있던 말들이 비명을 지르며 앞발을 들어 올렸다. 말에 타고 있던 두 사람이 얼른 말을 진정시키고는 봉우리 아래쪽까지 내려와 있는 사람들을 바라봤다.

"어디서 오시는 분들이오?"

작은 봉우리를 타고 내려오던 자들이 먼저 입을 열었다. 그러자 모용검천이 호기로운 목소리로 말했다.

"우린 천목맹 사신부의 사람들이오. 그대들은 어디서 왔소이까?"

"아! 요동무림에 천목맹이 섰다는 소문은 들어 알고 있소. 우린 묵련의 사람들이오."

"묵련?"

모용검천이 고개를 갸웃했다. 그러자 입을 열었던 사내가 재차 입을 열었다.

"묵련은 막북무림의 새 이름이오."

"역시 막북에서 오신 분들이구려. 그런데 막북에서 이 먼 임황까지는 어찌 오신 것이오?"

"하하하, 서로 사정을 모르는 바가 아닐 텐데 괜히 말장난하지 맙시다. 사정을 보아하니 천목맹에 벽산의 주봉은 빼앗긴 것 같고… 우린 이 작은 봉우리에 만족할 터이니 그만 돌아가주심이 어떠실지?"

묵련의 고수가 정중한 목소리로 말했다. 그러자 모용검천이 서늘한 기색을 드러내며 소리쳤다.

"애초에 임황은 우리 요동무림에 속해 있던 곳이오. 그러니 막북무림, 아니, 그대들 묵련이 벽산에 오른 것은 천목맹에 대한 도전이나 마찬가지요. 서로 간에 분란을 일으키지 않으려면 벽산을 내려가시는 것이 좋을 것이오.”

모용검천의 말에 묵련 고수의 얼굴도 차갑게 굳어졌다.

“언제부터 임황의 주인이 요동무림이 된 것이오? 본시 이 임황은 요동과 막북을 잇는 요충이라 어느 쪽에도 속하지 않았던 곳이오. 천목맹이 주인을 자처할 수가 없는 곳이란 말이오. 설마 그대는 이런 무림의 사정을 읽지 못하는 애송이인 것이오?”

묵련 고수의 반발에 모용검천이 차가운 미소를 지으며 말했다.

“강호에 이 모용검천을 애송이라 부를 수 있는 자가 누가 있는지 궁금하구려.”

순간 묵련의 고수가 짐짓 놀란 듯한 표정을 지으며 탄성을 자아냈다.

“아! 그대가 바로 모용세가의 소가주이자 천목맹의 주작신장인 모용검천이었구려. 그대의 명성은 익히 들어 알고 있소.”

사내의 말에 이번엔 모용검천의 표정이 변했다.

“내가 주작신장이란 걸 알고 있는 것을 보니 역시 막북에서는 이미 우리 천목맹에 간자를 심어두고 있었나 보구려.”

“하하하, 어찌 우리뿐이겠소? 아마도 천하의 눈이 천목맹을 향해 있을 거요.”

“어쨌든 묵련은 그만 벽산에서 물러나 주서야겠소. 벽산은 천목맹이 차지했으니 말이오."

"후후, 이미 말했듯이 그대들이 차지한 곳은 주봉일 뿐 이 봉우리는 우리 묵련의 차지이니 사이좋게 한동안 지내보도록 합시다."

"정녕 이대로 물러나지 않겠다는 것이오?"

"그럴 이유가 없지 않소? 애초에 주인이 있던 산도 아니고."

"그렇다면 어쩔 수 없지. 물러나야 하는 이유를 만들어주는 수밖에!"

모용검천의 눈에서 파란 안광이 흘러나왔다. 투기를 일으키고 있음이 분명했다.

"지금 힘으로 우릴 밀어내겠다는 말이오?"

"그렇다면 어쩌겠소?"

"허허허, 모용세가 소가주의 호기가 하늘을 찌른다더니 과연 그렇군. 하지만 난 그대에게 그럴 만한 능력이 있다고 보지 않은데?"

묵련 고수의 말투가 거칠어졌다. 그러자 지켜보고 있던 부루가 낮은 목소리로 모용검천에게 말했다.

"다른 사람들이 올 때까지 기다리지요."

모용검천이 이미 검을 빼 들고 적을 향해 돌진할 준비를 하고 있었기 때문이다. 그러나 모용검천은 부루의 말에 고개를 저었다.

"그건 모르는 말씀이오. 보시오, 저들의 숫자는 겨우 십여 명에 지나지 않소. 지금이 기회요. 우리 쪽 사람들이 도착하기를 기다린다면 저쪽 고수들도 도착하게 될 것이오. 그러니 지금 저들을 봉우리 아래로 내치는 것이 옳을 것이오.”

“그러나……”

“두려우면 뒤를 따라오시오. 이 모용검천이 모든 것을 책임지겠소.”

모용검천이 부루의 말을 기다리지 않고 봉우리를 향해 신형을 날렸다. 그러자 부루가 썩은 음식을 씹은 듯한 표정으로 중얼거렸다.

“정말 나이만 먹었지 애송이가 아닌가!”

“놀라운 호기요. 하지만 가끔 그런 만용으로 인해 목숨을 잃기도 하는 곳이 무림이오.”

무서운 속도로 달려드는 모용검천을 보며 묵련의 고수가 소리쳤다.

“그대의 걱정이나 하라! 목숨을 부지하고 싶다면 물러나라!”

모용검천이 상대가 삼 장 안쪽으로 다가들자 번개처럼 허공으로 치솟으며 소리쳤다. 그러자 묵련의 고수가 능숙하게 발을 옮겨 왼쪽으로 몸을 뺐다.

팟!

모용검천이 떨쳐 낸 검이 묵련 고수의 옷자락을 아슬아슬하게 스치고 지나가서 땅을 할퀴었다. 순간 묵련 고수가 번개처럼 몸을 회전시키며 모용검천의 허리를 잘라갔다.

“흥!”

모용검천이 한마디 코웃음을 흘려내더니 허공에서 뒤로 한 바퀴 제비를 돌아 도를 흘려보낸 후 재빨리 신형을 틀며 상대의 어깨에 검을 꽂아 넣었다.

“음!”

모용검천의 이 한 수는 무척 신묘한 것이라 묵련 고수의 입에서 자신도 모르는 사이에 침음성이 흘러나왔다. 그러나 묵련의 고수 역시 만만한 자가 아니어서 교묘하게 몸을 틀어 모용검천의 검을 피해내더니 이내 훌쩍 뒤로 물러나 거리를 벌렸다.

“흥, 도망을 가겠다면 말리지는 않겠다.”

뒤로 물러나는 묵련 고수를 보며 모용검천이 비웃음을 흘려냈다. 그러면서 여유를 두지 않고 묵련 고수를 향해 다가들었다.

“모용검천! 너의 그 교만한 성정은 익히 들어 알고 있었지만 이 정도일 줄은 몰랐구나. 큰 인물이 되기는 틀렸어.”

“흥, 목숨이나 구걸하는 주제에!”

“누가 누구에게 목숨을 구걸할지는 두고 보자. 모두 나서시오!”

묵련 고수의 외침에 조금 위쪽에 도열해 있던 묵련 고수들이 일제히 병기를 빼 들고 모용검천을 향해 달려 내려오기 시작했다.

십여 명의 묵련 고수가 일제히 달려들자 일순 모용검천의 얼굴에 당황의 빛이 떠올랐다. 그러나 그도 잠시, 어느새 부루와 급히 두 사람의 신장을 따른 양 신부의 고수 십여 명이 모용검천의 옆으로 다가서자 이내 그의 얼굴에 다시 호기가 떠올랐다.

"죽으려는 자 앞을 막아라!"

모용검천이 앞으로 날아오르며 소리쳤다. 그러자 기다렸다는 듯 십여 개의 도검이 그 하나를 향해 닥쳐들었다. 그러나 다음 순간 모용검천의 뒤에서도 십여 개의 도검이 날아들어 번개처럼 모용검천을 향해 떨어져 내리는 도검을 막아냈다.

차차창!

일순 장내가 강렬한 격돌음으로 가득 찼다. 부루는 아직 싸움에 뛰어들지 않았다. 대신 부루는 침착한 눈으로 싸움의 양상을 살폈다. 싸움은 그 어느 쪽도 유리하게 진행되지 않았다. 묵련의 고수들의 무공은 실로 대단해서 주작신부와 현무신부의 고수들과 격돌한 후에도 전혀 뒤로 밀리는 모습을 보이지 않았다.

모용검천은 호랑이처럼 날뛰고 있었다. 그는 애초에 상대하던 묵련의 고수 외에 또 다른 자를 상대하고 있었는데, 그럼에도 오히려 두 사람을 산 위로 계속해서 밀어붙이고 있었다.

"무공 하나는 대단해."

부루가 나직하게 중얼거리며 고개를 끄덕였다. 모용검천의 무공은 확실히 대단했다. 비록 그가 편협하고 탐욕스런 성정으로 모용세가의 소가주 자리를 위협받고 있지만 그의 무공만은 사람들의 감탄을 자아낼 만큼 대단했다.

"하긴 아무리 모용세가의 후광이 있다고 해도 스스로 능력이 없다면 주작신부의 신장이 될 수는 없지. 그나저나 이쯤에서 싸움을 끝내야 할까?"

부루가 고개를 갸웃했다. 부루는 무엇을 계산하는 듯하다 이내 고개를 끄덕였다.

"끝내야 할 싸움이다. 맹의 고수들보다 묵련의 고수들이 먼저 도착하면 자칫 선기를 빼앗길 수 있으니. 하지만 그렇게 되면 저자의 콧대가 더욱 높아지겠어."

부루가 모용검천을 응시하며 눈살을 찌푸렸다. 만약 이 작은 봉우리에서 묵련 고수들을 몰아낸다면 모용검천은 분명 그 모든 공을 자신의 것으로 돌릴 것이다. 그러나 그렇다고 이대로 싸움을 끌 수도 없었다.

"보자."

부루가 시선을 돌려 다시 싸움을 살폈다. 그리고는 그중 한 곳에서 시선이 멎었다.

부루는 신단평에서 임황으로 오는 동안 현무신부 칠십여 고수의 얼굴과 이름을 모두 외웠다. 부루의 머리는 대호산의 친구들이 인정하듯 보통 사람보다 훨씬 뛰어나서 현무신부의 무사들 면면을 외워두는 것은 그리 어려운 일이 아니었다.

비록 신장이기는 하지만 부루는 아직 현무신부 고수들의 마음을 얻고 있지는 못했다. 그러나 부루는 어린 나이임에도 사람의 마음을 얻는 방법을 알고 있었다. 작은 관심과 꼭 필요할 때의 도움. 그런 것들이 은연중에 상대를 자신의 사람으로 만들 수 있는 근거가 될 수 있었다.

부루는 현무신부를 천목맹의 한 조직이 아닌 온전한 자신의 조직으로 만들고 싶었고, 그 시작은 그렇게 현무신부의 고수 한 사람 한 사람의 얼굴과 이름을 기억하는 일부터였다. 그중 한 명, 어떤 배경도 없이 단신으로 현무신부에 든 우차라는 젊은 고수가 묵련의 고수에게 밀려 위기에 처해 있었다. 이 또한 부루가 수하의 마음을 얻을 수 있는 좋은 기회였다.

"죽어랏!"

묵련 고수는 오십대 중반에 이른 중년의 고수였다. 검 쓰는 법이 보통 날카로운 것이 아니어서 장내에서 싸움을 벌이고 있는 묵련의 고수 중 손에 꼽힐 만한 강자였다. 그에 비해 현무신부의 고수 우차는 비록 강단이 대단하기는 했지만 묵련의 고수보다 한 수 아래의 실력을 보이고 있었다. 당연히 싸움이 진행될수록 우차는 뒤로 밀렸고, 급기야 목숨을 걱정해야 하는 지경에 처해 있었다.

묵련의 고수가 내려친 검이 우차의 이마 바로 앞에서 우차의 검에 막혔다.

창!

투투툭!

강렬한 충돌음과 함께 우차의 발이 길게 흠을 만들며 산비탈에서 미끄러져 내려왔다. 묵련 고수의 검에 실린 공력을 미처 감당하지 못한 것이다.

"목을 두고 가라!"

뒤로 미끄러져 내려가는 우차를 향해 묵련 고수가 차가운 노성을 터뜨리며 허공으로 떠올랐다. 그리고는 단번에 우차의 목을 베어내려는 듯 날카롭게 검을 휘둘렀다.

쒜애액!

우차가 황급하게 검을 들어 올렸다. 그러나 미끄러져 내리기 시작한 몸의 균형을 잡는 것도 어려운 상황에서 묵련 고수의 검을 받아내기란 그리 쉬운 일이 아니었다. 다리가 밀리니 팔에 힘이 빠졌다. 적의 검을 막아낸다 하더라도 단번에 검이 잘려 나갈 형편. 우차가 급히 땅을 굴렀다.

퍼퍼퍽!

묵련 고수가 떨쳐 낸 검이 우차가 구른 자리를 따라 땅에 꽂혀들었다.

"끝이다."

땅을 굴러 적의 검을 피해내던 우차의 몸이 한순간 커다란 나무 기둥에 걸렸다. 더 이상 뒤로 물러날 공간이 우차에게 허락되지 않았다. 우차가 절망적인 눈빛으로 다가오는 적의 검을 응시했다. 그 순간!

파팡!

갑자기 우차의 귀에 공기 주머니 터지는 듯한 소음이 들려왔다. 순간 우차의 시야가 환해졌다. 폭풍처럼 밀려들던 묵련 고수의 몸이 순식간에 우차의 시야에서 멀어졌다. 그리고 그

사이로 현무신장 부루의 등이 보였다.

"신장!"

우차의 입에서 자신도 모르게 탄성이 흘러나왔다. 저승에 한 발을 담갔던 우차의 몸과 정신이 다시 이승으로 돌아왔다. 그리고 그 순간 우차는 부루의 수족으로 다시 태어났다.

부루에게 두 번의 공격을 허용한 묵련 고수가 맥없이 뒤로 물러났다. 부루의 기습은 워낙 빠르고 정묘해서 우차에게 정신을 빼앗기고 있던 묵련의 고수로서는 방비할 엄두를 내지 못했다.

파팡!

다시금 묵련의 고수 어깨와 허리에 부루의 손이 꽂혀들었다.

"억!"

묵련 고수의 입에서 붉은 피가 솟아났다.

"운이 없다고 생각하시오."

부루가 차갑게 말하며 기이한 형태로 오른손을 내밀었다. 그러자 그의 손이 급하게 휘두르는 묵련 고수의 검을 교묘하게 피해내더니 한순간에 상대의 심장을 두드렸다.

"악!"

묵련 고수의 입에서 단말마의 비명 소리가 터져 나왔다. 동시에 그의 몸이 허공으로 일 장 이상 떠오르더니 이내 머리부터 땅 위에 고꾸라져 내렸다. 묵련 고수는 잠시 몸을 꿈틀거리다 그대로 절명했다.

"신장!"

어느새 부루의 뒤로 따라붙은 우차가 부루를 불렀다.

"괜찮소?".

"걱정 마십시오. 거뜬합니다. 그나저나 감사합니다."

"감사는 무슨, 우린 한 형제가 아니오."

"신장!!"

우차의 얼굴에 감격의 빛이 흘렀다. 그런 우차를 보며 부루가 걱정스런 표정으로 말했다.

"일단 뒤로 물러나 몸을 추스르시오."

"아닙니다, 신장. 동료들이 싸우고 있는데 저만 쉴 수는 없지요."

"이곳은 내가 맡겠소. 걱정 말고……."

"아닙니다. 신장의 뒤를 따르겠습니다."

우차가 고집을 부렸다. 그러자 부루가 가벼운 미소와 함께 고개를 끄덕였다.

"좋소, 그럼 우리 한번 같이 신나게 놀아봅시다."

"옛, 신장!"

우차가 기쁜 기색으로 고개를 끄덕였다.

"갑시다."

부루가 우차를 이끌고 다시금 싸움에 뛰어들었다.

부루와 우차가 새롭게 싸움에 끼어들자 전세는 급격하게 변했다. 부루의 무공은 놀라워서 금세 묵련의 고수들을 봉우리 정상으로 밀어붙이기 시작했다. 덕분에 모용검천을 상대하던 자들도 서서히 뒤로 밀렸다.

"모두 죽여 버렷!"

모용검천의 서늘한 목소리가 터져 나왔다. 승기를 잡아서인지 벽산이 쩌렁하게 울릴 정도로 호기로운 목소리였다. 그런데 모용검천의 외침이 미처 메아리로 되돌아오기 전에 봉우리 위에서 무거운 음성이 터져 나왔다.

"누가 감히 묵련의 형제들을 겁박하는가?"

진중하면서도 태산처럼 무거운 목소리에 묵련 고수들을 몰아치던 천목맹 고수들이 급히 도검을 멈추고 목소리가 흘러나온 쪽으로 시선을 돌렸다. 그러자 마치 거대한 독수리 떼가 날아들 듯 다섯 명의 중년 고수가 새처럼 허공을 날아 천목맹의 고수들을 덮쳐 왔다.

"컥!"

"악!"

묵련의 다섯 고수가 뛰어드는 순간 단번에 천목맹의 고수 둘이 쓰러졌다. 묵련의 다섯 고수는 보통 고수들이 아니었던 것이다.

"물러나라!"

상황을 빠르게 파악한 부루가 급히 명을 내렸다. 그러자 천목맹의 고수들이 일제히 봉우리 아래로 몸을 피했다.

"목을 두고 가라!"

승기를 잡은 묵련의 고수들이 일제히 몸을 날려 물러나는 천목맹 고수들을 추격했다. 특히 뒤늦게 나타난 다섯 명의 묵련 고수들은 단번에 허공을 가르고 날아올라 천목맹 고수들의 후방으로 내려섰다. 그렇게 천목맹 고수들은 한순간에 적에게 포위되는 위기에 빠졌다.

第十章
무련(墨聯)
第十章

화마경

"젠장, 시작부터 살벌한데?"

곽풍산이 어깨에 메고 있던 도끼를 들어 올리며 말했다.

"흐흐, 그러게 말이야. 이거 밑천을 드러내게 생겼어. 만만찮은 자들 같으니."

대일도 청룡도를 거칠게 부여잡았다.

"가자!"

송추월이 길게 말하지 않고 말에서 뛰어내려 앞으로 달려나갔다. 그 뒤를 대일과 곽풍산이 따랐다. 멀리 묵련의 고수들에게 포위당한 천목맹 고수들 사이에서 호랑이처럼 움직이고 있는 부루의 모습이 보였다.

　송추월의 몸이 바람을 타고 하늘을 날았다. 그의 눈에 부루와 모용검천이 이끄는 천목맹 고수들의 퇴로를 막고 있는 오인의 묵련 고수가 들어왔다. 송추월이 단숨에 허공을 날아 다섯 명의 묵련 고수 뒤쪽에 떨어져 내렸다.

　팟!

　송추월의 발이 땅에 닿는 순간 그의 검이 전광석화처럼 앞으로 뻗어나갔다.

　"음!"

　순간 송추월의 공격을 받은 묵련 고수가 침음성을 흘려내며 급히 몸을 틀었다.

　그러나 송추월 등이 다가오고 있음을 알고 있었음에도 묵련 고수는 송추월의 검을 쉽게 피해내지 못했다. 송추월의 검은 빠르고 괴이해서 그 검을 처음 받아보는 사람에겐 여간 곤혹스런 공세가 아니었다.

　팟!

　송추월의 검이 묵련 고수의 허벅지를 살짝 베고 지나갔다. 그러자 묵련 고수가 재빨리 십여 걸음 뒤로 물러났다. 적이 물러났지만 송추월은 쫓지 않았다. 대신 그는 다른 묵련 고수를 향해 검을 휘둘렀다.

　송추월의 검도 괴이했지만 그의 움직임 역시 상대에겐 괴이한 것이었다. 예상치 못한 방향으로 움직여 공격 상대를 바꾸는 그의 행동에 송추월의 공격을 받은 묵련 고수가 크게 당황했다.

차창!

묵련 고수가 급히 검을 들어 송추월의 검을 막았다.

"음!"

그러나 송추월의 검을 막아내는 순간 공격받은 묵련 고수의 입에서 묵직한 침음성이 흘러나왔다. 그의 검과 맞닿은 송추월의 검을 통해 전해지는 진기의 힘이 그의 예상을 훨씬 뛰어넘고 있었기 때문이다.

"죽고 싶지 않으면 길을 여시오!"

송추월이 두 명의 묵련 고수를 상대하는 사이 어느새 대일과 곽풍산도 장내에 뛰어들었다. 곽풍산이 걸쭉한 음성을 토해내며 다른 묵련 고수를 향해 도끼를 휘둘렀다.

콰아앙!

허공을 가르는 곽풍산의 도끼에서 공기를 찢어내는 듯한 파공음이 일어났다.

"핫!"

무시무시한 힘으로 떨어져 내리는 곽풍산의 도끼를 상대로 묵련 고수가 기합을 터뜨리며 대도를 휘둘렀다.

쾅!

도끼와 대도가 부딪치는 순간 장내에 터질 듯한 파열음이 일어났다. 일수를 나눈 두 사람이 각기 대여섯 걸음씩 뒤로 물러났다. 승패를 논할 수 없는 팽팽한 승부. 그러나 곽풍산의 눈에는 여유가 있는 반면 묵련 고수의 눈은 초조함이 깃들어 있었다.

그사이 대일 또한 광풍처럼 도를 휘두르며 또 다른 묵련 고수와 격돌하기 시작했다. 대일의 도는 폭풍을 일으키며 묵련 고수를 휘몰아쳤고, 묵련 고수는 검을 들어 그런 대일의 광풍 같은 공세를 급히 막아내고 있었다.

그러는 사이 부루와 모용검천을 위시한 천목맹 고수들의 퇴로를 막고 있던 묵련 다섯 고수의 진세는 완전히 허물어졌다.

"먼저 가십시오."

부루가 모용검천을 향해 소리쳤다.

"이대로 물러나잔 말이오?"

모용검천이 쌍심지를 켜며 말했다.

"물러나야 합니다."

"승기를 잡고 물러나다니 무슨 소리요?"

모용검천이 노한 목소리로 소리쳤다. 송추월 등이 가세하는 순간 싸움의 양상이 다시 천목맹 쪽으로 기울고 있었기 때문이다. 순간 부루가 침착한 목소리로 말했다.

"그들이 왔습니다."

"그들?"

모용검천이 퍼뜩 정신을 차리고 눈을 돌려 작은 봉우리 위쪽을 바라봤다. 그러자 묵련의 고수들이 속속들이 봉우리에 도착해 발아래에서 벌어지는 천목맹과 묵련 고수들의 싸움을 지켜보고 있었다.

"젠장!"

모용검천의 입에서 낮은 욕설이 흘러나왔다.

"물러나지요."

부루가 다시 권했다.

"알겠소."

모용검천이 비록 명예욕이 강한 사람이기는 하지만 아주 앞뒤 분간을 못하는 망나니는 아니었다. 그 또한 지금으로선 뒤로 물러날 수밖에 없는 상황이란 걸 누구보다 잘 알고 있었다.

"물러난다."

모용검천의 명이 떨어지자 천목맹 고수들이 일제히 몸을 날려 송추월 등이 열어놓은 퇴로를 통해 물러나기 시작했다.

"쫓지 마라!"

묵련 고수들이 퇴각하는 천목맹 고수들을 추격하려는데 봉우리 위에서 누군가의 목소리가 흘러나왔다. 그러자 묵련 고수들이 추격을 멈추고 뒤로 물러났다.

"왜 추격하지 않는 거지?"

대일이 의아한 표정으로 중얼거렸다. 송추월 등은 천목맹 고수들의 퇴각이 시작된 이후 묵련 고수들과 거리를 둔 채 뒤로 물러나 길목을 지키고 있었다.

"오늘 모든 것을 결정할 것은 아니니까."

송추월이 대답했다.

"무슨 소리야?"

"오늘 전면전을 할 필요는 없다는 거지."

“전면전?”

대일의 되물음에 송추월이 고개를 돌렸다. 대일이 송추월을 따라 고개를 돌리자 과연 벽산 주봉 아래 까맣게 천목맹 고수들이 도열하고 있었다.

“아하, 이제야 도착하셨군.”

그제야 묵련 고수들이 추격을 멈춘 이유를 알게 된 대일이 고개를 끄덕였다.

“우리도 가자.”

곽풍산이 도끼를 어깨에 둘러멘 채 소리쳤다.

“그러지.”

송추월이 대답과 함께 신형을 돌리는데 문득 뒤에서 묵련 고수의 목소리가 들려왔다.

“잠깐 기다려라.”

입을 연 묵련 고수는 송추월 등과 격돌했던 다섯 명 중 한 명이었다.

“더 싸워보자는 거요?”

곽풍산이 퉁명스런 목소리로 물었다. 물론 싸움을 피할 생각은 없다는 듯 어깨에 멘 도끼를 꺼내 들며.

“아니, 더 싸울 생각은 없다.”

“그럼 무슨 일이오? 설마 친구를 삼자는 것은 아닐 테고.”

“너희들의 이름을 알고 싶다. 너희처럼 젊은 고수가 천목맹에 있을 줄은 몰랐군. 혹 너희들 중 대산문의 젊은 총관이 있느냐?”

“봐봐, 부루 녀석은 벌써 유명해졌다니까. 이 사람들도 그 녀석을 알고 있잖아?”

곽풍산이 부러운 듯 송추월과 대일을 보며 말했다.

“없다는 말이군.”

곽풍산이 한 말은 묵련 고수의 질문에 대한 대답도 됐다. 묵련 고수는 세 사람 중 부루가 없다는 것을 알아채고는 더욱 호기심이 동한 표정으로 물었다.

“그럼 너희들의 정체는 뭐냐?”

“그건 알아서 뭐 하시려우?”

“고수를 만나 안계를 넓히는 일이야 강호의 일상이지.”

“흐흐, 우린 그저 천목맹의 일개 무사일 뿐이니 관심 가질 필요 없소.”

곽풍산이 딱 잘라 말했다.

“일개 무사라……. 우리가 겨우 천목맹의 일개 무사에게 밀렸단 말이냐?”

“그러게 말이오. 혹 그대들은 묵련에서 중요한 위치에 있는 사람들이오?”

“우린 묵련이령 중 천황령의 고수들이다.”

“천황령이라……. 쩝, 묵련이 어떻게 생겨먹었는지 알 수 없으니 묵련에서의 당신들 위치를 알 수도 없군. 어쨌든 제법 대단한 위치에 있는 분들이란 말이구려?”

“그렇다고 할 수 있다.”

“그렇다면 참 안타까운 일이오.”

"뭐가 말이냐?"

"우린 정말 천목맹의 일개 무사요. 그런 우리에게 묵련의 고수 분들께서 크게 양보를 하셨으니 이 임황에서의 싸움은 이미 결과가 보이는 것 같소이다. 하하하! 아니 그렇소?"

곽풍산이 너털웃음을 터뜨리며 말하자 묵련의 고수가 눈을 가늘게 뜨고 곽풍산을 노려보다 침착한 목소리로 말했다.

"일이란 보는 사람에 따라 다르게 보이는 법이지."

"무슨 말씀이시오?"

"오늘의 일을 이렇게도 볼 수 있다는 말이다. 내가 볼 때 그대들의 실력은 충분히 천목맹에서 요직을 맡을 만하다. 그런데 그런 너희들이 평무사에 머물러 있다는 것은 천목맹에 사람을 볼 줄 아는 인물이 없다는 말이나 마찬가지. 그러니 그런 수뇌들이 이끄는 천목맹이 어찌 묵련을 이기겠는가? 그리 보면 오히려 묵련 쪽으로 승부가 기운 것이 아니겠나? 후후후, 어쨌든 이름을 말해줄 것 같지 않으니 난 물러가지. 그럼 다음에 보세."

말을 마친 묵련 천황령의 고수들이 신형을 돌려 봉우리 위로 올라가 버렸다. 묵련의 고수들이 물러가는 것을 보고 있던 곽풍산이 송추월과 대일을 돌아보며 물었다.

"이게 어떻게 된 일이냐?"

"뭐가?"

대일이 되물었다.

"이 말싸움에서 내가 진 거냐?"

"그럼 졌지, 이겼다고 생각했냐?"

"젠장, 역시 늙은 생강이 맵군. 아주 혀를 잘 놀리는군."

"흐흐, 그래서 젊은 놈은 힘, 늙은이는 입으로 싸우는 법이다. 가자."

대일이 곽풍산의 소매를 잡아끌었다.

묘한 동거가 시작됐다. 벽산은 주봉을 중심으로 사방에 작은 봉우리들을 거느리고 있었다. 천목맹이 벽산 주봉 아래 진영을 구축하는 사이, 묵련의 고수들은 주봉에서 반 시진 정도의 거리에 떨어진 작은 봉우리에 진영을 세웠다. 그러니 애초에 벽산을 차지하려던 천목맹의 목적은 반은 성공이고 반은 실패한 것이라고 할 수 있었다.

그러나 비록 묵련에 작은 봉우리 하나를 내주었다고는 해도 천목맹 고수들의 사기는 높았다. 그것이 전략적이든 아니면 심리적인 문제이든 일단 높은 곳에서 적을 내려다본다는 것은 사람들에게 자신감을 심어주기 때문이다.

양쪽은 서로 자신들의 전력을 숨기기 위해 여러 가지 방법으로 각자의 진영을 감추었으나 숨길 수 없는 사실은 천목맹이 묵련보다 더 높은 곳에 있다는 것이었다. 그 한 가지 사실로 싸움의 선기는 천목맹 쪽으로 넘어가 있었다. 그러나 이 상황이 사실 싸움의 승패에 큰 영향을 미치지 못한다는 것은 천목맹도 묵련도 모두 알고 있었다.

"싸움이 커질 가능성은 없어."

부루가 단정적으로 말했다. 부루가 이끄는 현무신부는 벽산 주봉의 서쪽 아래에 진영을 세우고 있었다. 이웃해 동쪽으로 주작신부의 진영이 서 있었는데 이건 현무신부에게 조금 불리한 위치라고 할 수 있었다. 만약의 경우 묵련에서 정면으로 공격을 해온다면 현무신부에서 그 예봉을 맞아야 하기 때문이었다.

그러나 이런 포진의 안을 모용검천이 내놓았을 때 부루는 순순히 그 의견을 받아들였다. 모용검천 같은 인물과 포진의 위치를 놓고 실랑이를 벌이는 것은 실익이 없는 일이기 때문이었다.

"어째서?"

곽풍산이 반문했다. 송추월 등 네 명의 친구는 현무신부의 진영 앞쪽에 나란히 앉아 멀리 보이는 묵련 진영을 바라보고 있었다.

"양쪽 다 이제 갓 일어선 세력들이야. 또한 공통적으로 중원에 사패라는 강적을 두고 있지. 물론 사패와 직접적인 쟁패가 일어나긴 힘들지만 어쨌든 사패는 북방와 요동에서 큰 세력이 성장하는 것을 두고 보지는 않을 거야. 그런 사실은 당연히 천목맹과 묵련의 수뇌들도 알고 있을 거고. 그러니 이 와중에 서로 전면전을 벌여 힘을 소모할 이유가 없는 거지."

"듣고 보니 그렇군. 하지만 싸움이란 게 그렇게 생각처럼 진행되는 게 아니잖아. 일단 작은 싸움이 시작되기라도 하면 결국 큰 싸움으로 번지게 되는 거 아닐까?"

곽풍산이 물었다.

"물론 그런 경우가 종종 있지. 하지만 지금 이 임황에 나와 있는 양쪽 수뇌들은 그리 만만한 사람들이 아니야. 감정적으로 일을 처리할 사람들이 아니란 말이지. 아마 대장로들이 통천 노사와 낭왕 어른을 뒤늦게 이 일의 책임자로 결정한 것도 혹여 임황에서의 싸움이 크게 번질까 두려워했기 때문일 거야. 그들로서는 어리고 혈기왕성한 나나 모용검천을 믿을 수는 없었을 테니까."

"특히 모용검천이겠지."

대일이 빙긋 웃으며 말했다.

"어쨌든 그래서 이 싸움이 커질 위험은 거의 없을 것 같아. 큰 변수가 생기지 않는 한."

"그럼 어떤 식으로 싸움이 진행될 것 같으냐?"

송추월이 물었다. 그러자 부루가 손을 들어 멀리 보이는 임황을 가리켰다. 벽산에서 이어진 몇 갈래의 길이 임황으로 이어져 있었고, 그 길이 끝나는 곳에 사람들이 사는 가옥들이 빼곡하게 들어서 있었다.

"결국 누가 임황으로 들어가 용천문의 마음을 얻느냐에 따라 이곳에서의 승패가 결정될 거야. 이쪽에서 사람을 보내면 저쪽에서도 보낼 것이고, 저쪽에서 보내면 이쪽에서도 사람을 보내게 되겠지."

"정말 전면전은 없을 거라고 확신하나?"

송추월이 물었다.

"아마도. 혹 저쪽에 싸움 귀신이 있다면 몰라도!"

부루가 묵련의 진영을 바라보며 말했다.

"저쪽 소식은 파악한 거냐?"

"음, 최근 들어 묵련에 대한 정확한 소식이 들어오고 있어. 일단 묵련의 본거지는 살호원에 세워질 모양이야."

"살호원. 너무 북쪽 아닐까?"

"그만큼 외부의 공격을 막기에 제격이지."

"그동안 막북무림의 성격을 보자면 지나치게 소극적이 군."

"맹의 수뇌들도 그리 생각하는 모양이야. 하지만 살호원에 본거지를 세워도 언젠가는 그들이 남쪽으로 진출할 거란 예상은 누구나 할 수 있지. 어쩌면 그래서 벌써부터 임황을 노리는 걸지도 모르고."

"임황에 또 하나의 본거지를 세울 수도 있다는 말이냐?"

"가능성이 있어. 임황은 너도 봐서 알겠지만 사통팔달이야. 재력도 충분한 곳이고."

"그렇긴 해."

"어쨌든 살호원에 묵련의 본거지가 세워지고 있는 것은 확실해. 그리고 묵련의 구성이 알려졌는데, 수뇌는 묵련칠황이라 불리는 일곱의 절대고수들이고, 그 밑으로 이령오기라는 조직을 갖추고 있다는군."

"이령오기라……. 우리가 만났던 자들이 그중 천황령의 고수들이라고 했는데……."

"그래?"

"그러더군."

"음, 그럼 역시 보통 인물들이 아니었군. 묵련이령은 천황령과 지왕령으로 불리는데 각 령은 령주를 포함해 스무 명씩의 상승고수들로 구성되어 있다고 해. 그러니 그중 천황령에 소속된 고수들이라면 묵련에서도 손꼽히는 고수들이란 말이지."

"하긴, 그들의 무공이 보통은 아니었지. 한순간에 너희들의 퇴로를 막았으니까."

"뭐, 그야 어쨌든 좀 더 설명하자면, 그 이령 아래 오기라는 조직이 있는데 그들은 우리 사신부와 비슷한 조직인 것 같아. 대신 그 인원은 각 기에 오십 명씩이라고 하더군."

"생각보다 작군."

"막북의 문파들은 사람이 귀한 편이지. 대신 혹독한 수련으로 한 사람 한 사람이 고수일뿐더러 거칠고 용맹하지. 그래서 사패가 항상 막북의 고수들을 상대하길 꺼리는 것이고."

"다른 조직은 없는 거냐?"

"일단 그렇게만 알려졌어. 아! 그리고 묵련칠황 중 한 명인 지천우란 사람이 묵련의 일을 총괄하는 총관이 되었다고 하더군."

"지천우? 아는 사람이냐?"

"들어는 봤어."

"어떤 사람이야?"

“막북의 현자라 불리는 인물이지. 거친 막북에서 어떻게 그런 인물이 나왔는지가 한때 무림인들의 큰 의문이었을 정도로. 과거는 자세히 알려지지 않았어.”

“음흉한 잔가?”

이번엔 대일이 물었다. 그러자 부루가 고개를 저었다.

“들리는 소문으론 그런 것 같지는 않아. 그런데 그에 대해 더 중요한 이야기가 있어.”

“뭔데?”

다시 대일이 물었다.

“그의 무공에 관한 이야기야. 그가 강호에서 이름을 얻은 것은 그의 머리에 든 박학과 세상사에 대한 현명함 때문이지만 기실 일부의 고수들은 그의 머리보다 그의 무공에 더 관심이 많지.”

“뛰어나단 말이야?”

“그래. 막북무림은 거친 곳이야. 그의 명성이 강호에 알려지는 순간부터 막북의 강자들이 자파로 초청하기 위해 회유와 협박을 반복했지만 그를 끌어들인 곳은 없었어. 그런데 들리는 소문에 의하면 그때 그를 강압적으로 끌어가려던 몇몇 문파의 고수들이 그의 손에 모두 패퇴했다는 거야. 그중에는 지금 묵련의 중심이 된 북사천의 고수들도 있었고.”

“음, 그렇다면 생각보다 대단한 무공을 가지고 있는 것은 분명하군.”

“그래. 그래서 그가 묵련의 총관이 되었다는 소식이 전해졌을 때 통천 어른도 조금 걱정을 하더라고. 혹 그가 이곳에 나와 있는 것은 아닐까 하고."

"통천 어른까지 걱정할 정도라면 정말 보통 인물이 아니군."

대일이 고개를 끄덕였다.

"어쨌든 그가 이곳에 왔다면 곧 보게 되겠지, 어떤 인물인지."

부루의 말이 끝나자 사람들이 묵련의 진영으로 시선을 향했다. 묵련 진영은 조용한 침묵에 휩싸여 있었다. 그 진영 너머로 너른 초원이 사막까지 이어져 있었다.

그때 문득 무사 하나가 네 사람이 있는 곳으로 다가왔다. 현무신부의 고수 우차였다. 지난번 묵련 고수들과의 대결 이후 우차는 온전히 부루의 사람이 되었다. 그는 숙영지가 세워질 때에도 언제나 부루의 곁에 있었다.

"웬일인가?"

부루가 우차에게 물었다.

"대장로들께서 찾으십니다."

"대장로들께서?"

"네. 두 분의 막사에서 사람이 나왔습니다. 급히 드시랍니다."

"알겠네."

"모시겠습니다."

우차가 고개를 숙여 보였다. 그러자 부루가 자리에서 일어나 우차를 앞세우고 현무신부와 주작신부의 진영 사이에 있는 통천 가섭과 낭왕 별고의 막사를 향해 걸음을 옮겼다.

"알 수 없는 일이야."

"뭐가?"

대일의 말에 곽풍산이 물었다.

"저 우차라는 사람 말이야. 왜 갑자기 부루의 심복이 된 거지?"

"들었잖아. 부루가 저 사람의 목숨을 구해줬다고."

"그래도 한순간에 저렇게 될 수 있는 건가?"

"그게 바로 인연이라는 거다."

"호호, 그런가?"

대일이 실소를 흘렸다. 그때 송추월이 자리에서 일어났다.

"그만 가보련다."

"오호, 서 소저께서 기다리신다 이거지?"

대일이 송추월을 놀렸다.

"쓸데없는 소리 하지 말고 잠이나 자둬라. 언제 바빠질지 모르니."

"서 소저에게 얼굴 좀 보자고 전해줘. 이곳에 온 후 통 막사에서 나오질 않고 있으니……."

"지금 바쁜가 보더라."

"뭘 하느라고 바빠?"

"뭘 만드나 봐. 어쨌든 난 간다."

송추월이 손을 흔들고는 훌쩍 걸음을 옮겼다.

서연은 고개를 숙이고 뭔가를 열심히 조물거리고 있었다.

"뭘 해요?"

서연의 막사 입구를 열고 송추월이 물었다. 그러자 서연이 고개를 돌리며 말했다.

"얼른 들어와요."

급한 서연의 말에 송추월이 재빨리 막사 안으로 들어섰다.

"입구를 닫아요."

재차 이어진 서연의 말에 송추월이 들어 올렸던 막사 입구의 천을 내렸다. 그러자 막사 안이 순식간에 어둠에 휩싸였다. 잠시 후 송추월의 눈이 어둠에 익숙해졌다. 어둠은 그렇게 한순간 눈을 멀게 하지만 결국 그 자신의 속살을 기다린 자에게 보여준다.

"뭘 하는 거예요?"

송추월이 다시 물었다. 서연이 바깥출입을 하지 않고 막사에 갇혀 지낸 것이 벌써 이틀째였다. 송추월은 은근히 그런 서연을 걱정하고 있었다.

"지금 날 걱정하는 거예요?"

"아니… 꼭 그런 것은 아니지만."

"호호, 괜찮네. 좋은 방법은 아니지만 어쨌든 관심을 끌었으니."

"정말 내 관심이나 끌자고 막사에 갇혀 지내는 건 아니죠?"

"물론이죠. 당신 마음이야 이미 오래전에 잡아놓은 것 아닌가요?"

서연이 도발적으로 물었다. 순간 송추월은 이 여인이 독충과 독물을 대수롭지 않게 만지는 여인임을 잠시 잊고 있었던 것을 깨달았다. 송추월은 서연의 말을 반박할 수도 없었다. 기실 두 사람은 오랫동안 함께 강호를 주유하면서 이심전심으로 서로에 대한 마음을 깊이 공유하고 있었기 때문이다. 송추월이 어둠 속에서 빙그레 미소를 지으며 서연에게 다가섰다.

"뭘 하는 거예요?"

다시 같은 질문.

"칫, 재미없기는!"

서연이 딴소리를 해대는 송추월에게 샐쭉한 표정을 지어 보이고는 이내 손을 들어 십여 개의 단환을 보여줬다.

"이것 때문에요."

"이게 뭡니까?"

"음… 이름은 아직 붙이지 않았어요. 송 소협이 한번 붙여보세요."

"단약입니까?"

"그래요."

"이상하군요. 난 의술엔 조예가 없지만 단약이란 본래 화로를 놓고 탕기에 달여서 만드는 것 아닌가요?"

"흠, 그건 하수들이나 하는 거고요. 나와 같이 내공을 쓸 수 있는 사람은 굳이 화로가 필요없어요."

“아, 그런가요?”

“그럼요. 아시잖아요, 제가 강호제일의 의술을 지닌 괴의 원계행의 제자라는 걸.”

“그렇군요. 그런데 무슨 단약이에요?”

“벽산에 오르면서 제법 귀한 약재를 발견했어요. 그래서 그동안 모아두었던 약재와 섞어 단약을 한번 만들어봤어요. 쓰임새는 상한 원기를 되살려주는 것인데… 음, 사실 무척 귀한 단약이라고 할 수 있죠. 아마도 이 단약의 효능을 알면 서로들 가지려고 난리를 칠 걸요?”

“그렇게 귀한 건가요?”

“괴의 원계행의 제자는 아무 단약이나 만들지 않아요. 자요.”

서연이 십여 개의 단약 중 다섯 개를 작은 천에 싸서 송추월에게 건넸다,

“나에게 주는 건가요?”

“그래요. 가지고 있어요. 사실 급하게 이 단약을 만든 이유는 벽산에서 약재를 찾았기 때문만이 아니에요.”

“다른 이유가 있다는 건가요?”

“그럼요. 지금 이곳에선 언제 어느 때 묵련과 싸움이 일어날지 몰라요. 본래 묵련의 고수들은 강하고 거칠기로 유명하죠. 일단 싸움이 일어나면 크게 몸을 상할 수도 있어요. 그때 이 단약을 쓰세요. 내기를 안정시키고 원기를 회복하는 데 큰 힘이 될 거예요.”

"설마 부작용이 있는 건 아니겠죠?"

"없어요. 대신 관리를 잘해야 해요. 햇빛을 쏘이면 약효가 떨어질 수 있어요. 그래서 어둠 속에서 만들고 있었던 거예요. 아, 그리고 부작용이 한 가지 있기는 하네요."

"어떤 부작용이 있다는 말인가요?"

"뭐, 당신이 충분히 감당할 만한 부작용이에요."

"어떤 거죠?"

"그런 바로… 이 단약을 얻은 대가로 한 번쯤 날 안아줘야 한다는 거죠."

대담한 서연의 말에 송추월이 일순 당황하며 시선을 회피했다. 그러나 서연은 망설이지 않고 송추월의 품에 안겨들었다.

"이봐요. 한 번쯤 안아주는 것도 어려워요?"

"그… 그것이……."

송추월이 말을 더듬자 서연이 송추월의 허리를 감은 손에 힘을 줬다.

"이거 산적치고는 너무 순진한 것 같은데요?"

서연이 장난스럽게 말을 하면서 시선을 돌린 송추월의 입에 가볍게 입을 맞췄다. 송추월은 갑작스런 서연의 입맞춤에 놀라 흠칫 몸을 뺐다.

"호호호, 정말 순진하시네. 걱정 말아요, 오늘은 이쯤 해둘 테니. 아, 배고프다. 이틀 동안 아무것도 먹지 않았더니 배가 너무 고프네요. 가요."

서연이 송추월의 손을 잡아끌고는 이틀 만에 자신의 막사를 벗어났다.

　부루가 돌아온 것은 늦은 저녁이었다. 부루는 돌아오자마자 송추월 등을 자신의 막사로 불렀다.
　"무슨 일이냐?"
　가장 늦게 부루의 막사로 들어온 대일이 자리에 앉으며 물었다.
　"내일 임황으로 가야 할 것 같다."
　"임황으로?"
　"그래. 용천문에 가기로 했어."
　"너 혼자?"
　"아니. 통천 어른과 함께 가기로 했다."
　"이상한 일이군."
　부루의 말에 대일이 고개를 갸웃했다.
　"뭐가?"
　곽풍산이 묻자 대일이 오히려 부루를 보며 물었다.
　"모용검천이 순순히 이곳에 머물겠다고 해? 공을 세우기 위해 혈안이 되어 있는 자인데……."
　대일의 질문에 부루가 미소를 지으며 말했다.
　"물론 처음에는 자신이 가겠다고 했지. 자신이 간다면 단번에 용천문을 천목맹에 끌어들일 수 있다고. 하지만 통천 어른이 반대했어. 지금 용천문을 힘으로 제압하려 한다면 필히 용천문이 묵련과 암중에 손을 잡을 것이라 말씀하셨지. 해서 오히려 그들을 압박하기보단 잘 구슬려야 한다고 하셨지. 그러자면 아무래도 통천 어른 자신이 가야 한다고. 그러자 모용검천 스스로 뒤로 빠지더군. 아무래도 어르고 달래는 일에는 재미를 못 느끼는 모양이야."

"멍청한 작자 같으니라구. 하하!"

대일이 웃음을 터뜨렸다.

"그러게 말이다. 만약 용천문과 이야기가 잘되어 그들을 천목맹으로 불러들일 수 있다면 오히려 싸워서 이기는 것보다 더 대단한 명성을 얻을 것인데 스스로 기회를 걸어차는군. 해서 부루 네가 기회를 얻게 됐단 말이지?"

"그렇게 됐어. 같이 가자."

"위험할까?"

송추월이 물었다.

"어쩌면. 혹여라도 묵련의 기습이 있을 수도 있으니까. 그렇다고 많은 사람을 데리고 갈 수도 없어. 고수들을 여럿 몰고 가면 용천문에서 오해할 수도 있으니."

"좋아, 같이 가자."

송추월이 고개를 끄덕였다.

다음날 아침 송추월과 그 친구들은 통천 가섭을 호위해 벽산 천목맹 진영을 떠났다. 일행은 송추월 등을 포함해 열다섯. 벽산에 나와 있는 천목맹 고수들의 숫자를 생각하면 단출했다. 그러나 통천 가섭을 호위해 임황으로 들어가는 일이었으

므로 일행에 포함된 자들은 현무신부에서도 고르고 고른 고수
들이었다.

  일행은 눈 덮인 산길을 지나 벽산 아래로 내려왔다. 따가운
햇살 때문인지 벽산 아래서는 제법 쌓였던 첫눈의 흔적을 찾
아볼 수 없었다. 벽산에서 임황의 성내까지는 대략 한 시진
길. 일행은 벽산의 산길을 벗어나 뱀처럼 굽이진 관도를 따라
움직이기 시작했다.

  "어찌하시렵니까?"

  송추월 일행이 벽산을 벗어나 관도로 들어선 얼마 뒤 문득
숲 속에서 누군가의 목소리가 흘러나왔다. 동시에 다섯 명의
인물이 송추월 일행이 벗어난 산길에 모습을 드러냈다.

  "글쎄."

  일행 중 가장 나이가 많아 보이는 노고수가 턱을 괴며 생각
에 잠겼다.

  "낭왕을 만나보심은 어떠하실지."

  "아니, 지금은 낭왕에게 우리가 이곳에 있다는 걸 알리지 않
은 게 좋겠어. 이러니저러니 해도 그는 결국 요동 사람이 아닌
가?"

  "하지만 우리와 손을 잡지 않았습니까? 덕분에 대장로의 자
리에도 올랐고."

  "그거야 일시적인 일이지. 강호란 그래, 언제든 유리한 쪽으
로 마음을 돌릴 수 있지. 어느 날 그가 우리 뒤통수를 칠 수도
있어. 그러니… 그가 우릴 찾을 때까지 기다리는 것이 좋아.

본래 다급한 자를 상대하는 편이 훨씬 수월한 법이니까. 그보
다는… 모용검천을 움직이는 게 쉬울 것 같군."

"모용검천을요?"

"그래."

"어떻게 하시려고……?"

"어차피 임황을 놓고 겨루려면 제대로 한판 벌여야지 않겠
어?"

"하지만 전면전은 양쪽 모두 꺼리는 일 아닙니까?"

"하하하, 그러니 내가 그 불씨를 넣어주겠다는 것이야. 다행
히 모용검천은 제법 좋은 불쏘시개거든."

"그가 움직일까요?"

"이러려고 만조를 그에게 붙인 것 아닌가? 만조를 불러!"

"옛, 성주!"

사내 중 한 명이 고개를 숙여 보인 후 급히 벽산을 타고 오
르기 시작했다.

*　　　*　　　*

"가능성은 어찌 보시는지요?"

길을 가며 문득 부루가 통천 가섭에게 물었다.

"자네는 어찌 생각하나?"

부루의 질문에 통천 가섭이 반문했다.

"제가 용천문주라면 어느 쪽에도 속하지 않고 중립을 지킬

것입니다. 그게… 얻을 게 더 많지요."

"하하, 역시 자넨 계산이 빠른 사람이군. 맞아. 나라도 그럴 걸세. 그리되면 용천문으로서는 지금보다 더 많은 이득을 얻을 수 있을 테니까. 하지만… 결국 용천문은 천목맹과 묵련 둘 중 하나를 선택할 수밖에 없을 걸세."

"그리 보십니까?"

"그렇다네. 본래 인간이란 그래. 아주 소수의 사람을 제외하고는 대부분 이득과 두려움 이 두 가지 이유 때문에 자신의 행보를 결정하지. 그리고 지금 용천문주는 이 두 가지 감정 사이에서 고민하고 있을 걸세. 어떻게 처신해야 용천문에 더 이득일까 하는 계산과 과연 중립을 지키면서 천목맹과 묵련의 압박을 견뎌낼 수 있을 것인가 하는 두려움. 난 결국 그가 두려움을 버티지 못할 거라 생각하네."

"무슨 말씀인지 알겠습니다. 그가 두려움을 버틴다면 용천문이 얻을 수 있는 최고의 이득, 다시 말해 양 세력 사이에서 중립을 지키며 큰 실리를 챙기겠지만, 결국 그는 용천문이 멸문할지도 모른다는 두려움에 실리를 포기하고 든든한 울타리를 찾아 양쪽 어느 편에라도 손을 뻗을 거란 말씀이군요."

"후후, 역시 자네와는 말하기가 편하군. 내 생각은 그렇다네."

"가급적 거친 손이 아니라 부드러우면서도 단단한 손을 내밀어줘야겠군요. 믿음이 생기게."

"하하하, 역시 현무신장 자녠 뛰어난 사람이야. 천목맹이 큰 인재를 얻었어. 앞으로 기대가 크네."

"과찬이십니다."

"나 가섭의 눈이 그렇게 허술하진 않아. 임황의 일이 끝나면 따로 시간을 좀 가지세."

"저야 큰 영광이지요."

일행은 어느새 임황을 앞에 두고 있었다. 막북과 중원, 그리고 요동을 잇는 요지라 그런지 각양각색의 인물들이 임황으로 들어가거나 나오고 있었다. 사람들은 천목맹의 고수들을 발견하자 급히 걸음을 멈추고 두려운 눈으로 그들을 주시했다.

천목맹의 고수들이 그렇게 사람들의 두려운 시선 속에 임황의 경계로 들어서려는데 문득 서쪽에서 거대한 말발굽 소리가 들려왔다. 막 임황의 성문을 통과하려던 천목맹 고수들이 소리가 난 곳을 바라보니 일단의 무리들이 광풍처럼 말을 몰아 서쪽 길을 따라 임황으로 접근하고 있었다.

"저들은……?"

통천 가섭이 눈을 가늘게 뜨며 서쪽에서 다가오는 자들을 살폈다.

"아무래도 묵련의 고수들 같습니다."

"그렇지?"

"우리가 벽산을 출발하는 걸 지켜보고 있다 급히 길을 나선 모양입니다."

"후후, 뒤질 수 없다는 거겠지? 그런데 그나마 다행이군."

"무엇이 말입니까?"

"난 혹여라도 길을 막고 기습하지 않을까 걱정했는데 그런 일은 없을 것 같아서 말이네."

"그야… 두고 봐야지요. 아직 용천문에 도착한 것은 아니니 말입니다."

"그런가? 하긴, 아직 용천문까지는 거리가 좀 있지. 하지만 아무리 묵련의 인사들이 거칠다고 해도 설마 성내에서 일을 벌이기야 하겠나?"

"아무튼 경계를 강화하겠습니다."

"좋도록 하게."

통천 가섭의 말에 부루가 천목맹 고수들을 돌아보며 명을 내렸다.

"앞뒤로 이십여 장씩 경계를 선다."

부루의 명에 현무신부 고수들 중에서 네 사람이 나와 앞뒤로 두 명씩 재빨리 이동했다.

걱정과 달리 일행은 특별한 사단 없이 임황의 성내를 관통해 성의 중심에 있는 용천문에 이르렀다.

본래 임황은 관외의 오지에 형성된 성읍이라 예전부터 특별한 주인이 없는 땅으로 알려져 있었다. 중원과 변방에 여러 왕조가 설 때에도 임황은 어느 한곳에 복속되는 예가 극히 드물었던 곳이다.

　사방의 길이 모이는 요충지면서도 그 주변이 또한 황량한 초원과 사막이라는 점이 임황을 세상의 권력으로부터 자유롭게 만들었던 것이다. 그러나 외부의 권력이 미치지 않는다고 해서 내부의 권력이 없는 것은 아니었다.

　임황의 권력은 임황에서 살아가는 자들에 의해 생성됐다. 그리고 그 권력의 중심에 용천문이 있었다.

　"이건 정말 대단하군."

　용천문 앞에 도착하자 곽풍산이 혀를 내두르며 탄성을 흘렸다.

　"그러게 말이야. 이렇게 클 줄은 생각도 못했어. 이건… 천리표국과도 견줄 수 있을 것 같은데?"

　대일 역시 감탄사를 흘려냈다. 송추월이 보기에도 용천문의 위세는 결코 만만치가 않았다. 성읍의 중심에 어떻게 이렇게 거대한 터를 잡아 장원을 세울 수 있었는지는 모르지만, 용천문의 장원은 사방으로 수백 장에 이르는 넓이를 자랑하고 있었다. 또한 장원 앞에는 수십 장에 이르는 너른 공터가 있었는데, 그곳에는 천하에서 몰려온 상인들이 온갖 물건을 늘어놓고 거래를 하는 시전이 형성되어 있었다.

　잠시 용천문의 위용에 감탄하던 천목맹의 고수들이 이내 통천 가섭을 선두로 용천문의 정문 앞으로 다가갔다. 그러자 용천문의 정문에서 한 명의 노고수가 가벼운 발걸음으로 달려나와 천목맹 고수들 앞에 섰다.

　"혹 천목맹에서 나오신 분들이십니까?"

노고수가 마치 기다리고 있었다는 듯 물었다.

"그렇소이다. 난 천목맹의 부총관인 가섭이라 하오."

"아! 통천 어른께서 직접 오셨군요. 어서 오십시오, 기다리고 있었습니다. 뵙게 되어 영광입니다. 전 용천문의 총관인 웅여라 합니다."

"오, 노사가 바로 웅 노사셨구려. 말씀 많이 들었소이다."

"변방에 사는 일개 가신을 알아주시니 영광입니다."

"일개 가신이라니요, 웅 노사의 검을 받아낸 자가 수년래 없었다는 걸 모르는 사람은 없을 겁니다."

"변방에 사니 검을 들 일이 없었을 뿐이지요."

"하하하, 겸양이 너무 지나치시구려. 그나저나 문주님을 뵈었으면 합니다만……."

"그러셔야지요. 그런데 잠시 기다려 주시겠습니까? 함께 모실 분들이 계셔서……."

"함께할 사람들이라면?"

"아, 마침 저기 도착했군요."

두두두!

용천문의 총관 웅여의 말이 끝나는 순간 지축을 울리는 말발굽 소리와 함께 묵련의 고수들이 서쪽에서부터 무서운 속도로 달려왔다. 그 탓에 상인들이 늘어놓은 물건들이 사방으로 나뒹굴었으나 묵련의 고수들은 그에 아랑곳하지 않고 용천문의 총관 웅여와 천목맹 고수들이 있는 곳까지 단숨에 달려와 말을 세웠다. 그리고 그중 대춧빛의 붉은 얼굴을 한 노인이 서

릿발 같은 위엄을 드러내며 소리쳤다.

"난 묵련이령 중 천황령의 령주 마도적이라 하오. 용천문의
문주를 만나려 하니 문주께 마도적이 왔다고 전해주시오!"

『화마경(火魔經)』 5권 끝

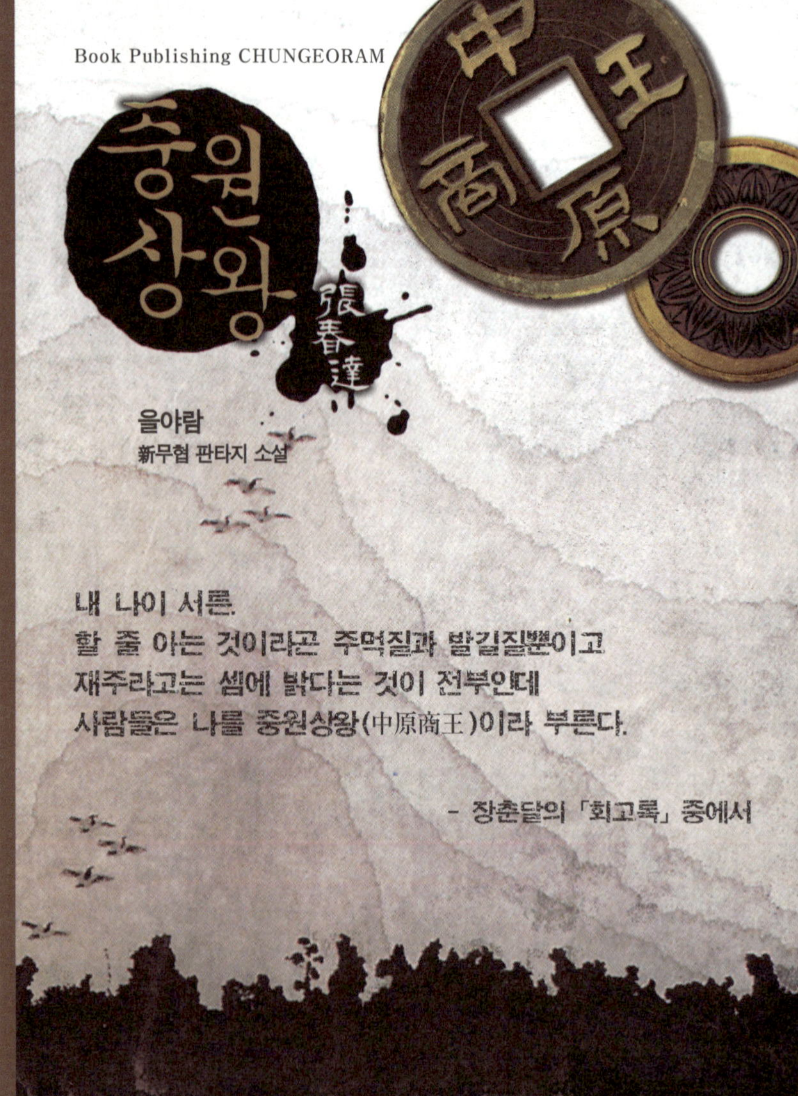
Book Publishing CHUNGEORAM

중원
상왕

張春達

을야람
新무협 판타지 소설

내 나이 서른.
할 줄 아는 것이라곤 주먹질과 발길질뿐이고
재주라고는 셈에 밝다는 것이 전부인데
사람들은 나를 중원상왕(中原商王)이라 부른다.

- 장춘달의 「회고록」 중에서

Book Publishing CHUNGEORAM

유행이 아닌 자유추구 -
WWW. chungeoram.com